李炳银 主编

中国创造故事丛书

挺进太空

中国载人航天纪事

兰宁远 著

河南文艺出版社
·郑州·

图书在版编目（CIP）数据

　挺进太空：中国载人航天纪事/兰宁远著. —郑州：河南文艺出版社，2018.8
　（中国创造故事丛书/李炳银主编）
　ISBN 978-7-5559-0698-8

Ⅰ.①挺…　Ⅱ.①兰…　Ⅲ.①报告文学-中国-当代　Ⅳ.①I25

中国版本图书馆 CIP 数据核字（2018）第 115636 号

出版发行　河南文艺出版社
本社地址　郑州市鑫苑路 18 号 11 栋
邮政编码　450011
售书热线　0371-65379196
承印单位　河南瑞之光印刷股份有限公司
经销单位　新华书店
开　　本　700 毫米×1000 毫米　1/16
印　　张　15
字　　数　196 000
版　　次　2018 年 8 月第 1 版
印　　次　2018 年 8 月第 1 次印刷
定　　价　42.00 元

"中国创造故事丛书"总序

李炳银

　　人类社会的历史，一直伴随着对客观世界的认识和自然规律的理解。这一过程，就是科学开始和不断融合于社会生活实际的过程，也就是人类科学技术日渐发展更新的道路。

　　习近平总书记指出，历史证明，谁牵住了科技创新这个牛鼻子，谁走好了科技创新这步先手棋，谁就能占领先机、赢得优势。长久以来，国际范围内的竞争，综合国力的竞争，其关键是科学技术的竞争，科技进步和创新是增强综合国力的决定性因素，对经济和社会发展具有先导性、全局性的意义，增强创新能力关系到中华民族的兴衰存亡。发展教育与科学，是文化建设的基础性工程，是推动经济和社会发展的决定性因素，加强科学技术创新和教育创新，有助于发展教育。创新是一个民族的灵魂，是一个国家兴旺发达的不竭动力。

　　中国曾经是一个科技文明发达的国家，拥有灿烂的文化和丰富的科技创造成果。后来因为长久相对恒定僵化的社会制度，再加上自我禁锢和故步自封，到了近现代，在科学技术领域明显落后于西方国家，结果遭受西方列强铁船火炮的凌辱。后来有人"睁开眼睛看世界"，提出了"以夷治夷"，开展"洋务运动"等主张，都是在感受到科技落后的基点上的自醒与奋起。中华人民共和国建立之后，国家独立，科技进步，日新月异。特别是自20世纪后期开始的改革开放以来，科技是第一生产力的观念得到确认，科学发展的自觉和行动愈加坚定，科技体制改革在加快，科技创新的成果不断地涌现出来，令人振奋和自豪，也让国家的尊严和综合实力获得很大提高。如今，科学技术不断更新换代，中国已经在不少科技项目中站在了世界的前列，令人至为高兴和振奋。因此，热情走近像青藏铁路建设、杂交水稻品种培育、高速铁路、航天科技、海洋深潜、超级运算、大飞机制造等这些立足于自主创新基础上的，表现了中国人独特的科技创造精神，并领先世界的科技成果项目，感受和理解中国科学家的科学思想、科学精神、科学创新、科学担当、科学情怀等丰富的内容，向科技创新致敬，就应该成为文学表达的优先选择。这也正是"中国创造故事丛书"策划、组织和书写、出版的初衷所在。

"中国创造故事丛书"以报告文学的形式，向读者真实展现我国近些年来的重大科技成果和高科技领域许多优秀人物的动人故事，目的在于提高对科技创新活动的认识和主动参与的自觉，推动中国全社会，特别是青少年形成学科学、爱科学的良好氛围。高科技成果的不断涌现，是中国国家力量和民族智慧创新精神的表现，真实生动地给予文学呈现，在增强民族自信心，增进爱国主义精神和普及科技知识的同时，积极弘扬科学精神，提升全社会创新发展意识水平，实现中华民族伟大复兴的中国梦，具有非常重要的现实意义。

参与这套丛书写作的作家，都是活跃于当今中国报告文学创作领域的骨干力量。他们不尚空谈，也没有无视和躲避现实社会生活的巨大改变，他们热情地抵近社会生活的前沿，在很多伟大的科技创造现场，在很多动人的科学人物故事中，在很多振奋人心的科技创新技术面前，在很多足以提振国人自豪骄傲的伟大创造成果获得中，很好地表现了文学家的热情，表现了文学对科学的致敬。如果说，提高全民科学素质，普及科学知识，弘扬科学精神，传播科学思想，倡导科学方法是科技工作者义不容辞的责任的话，那么，这套丛书的写作和出版，也是作家通过真实艺术表达的特殊方式参加科学推广和普及的一种表现，相信会产生积极的社会影响。

感谢所有参与这套丛书的作家和出版人士。

2017 年 7 月 26 日

目 录

Contents

引子 梦天

　　人类的文明史，其实是一部人类不断探索未知世界的历史。对未知世界的好奇和憧憬，使得人类探索的脚步越走越远，从森林到大漠，从赤道到两极，从地球到太空……

　　千百年来，虽然人类时时刻刻都在受着地球引力的束缚，但从来没有停止对飞天的探索。浩瀚宇宙，璀璨星河；嫦娥奔月，吴刚伐桂；牛郎鹊桥会织女，敦煌伎乐舞天宫……数不尽的神话传说都是和飞天梦想有关的。

　　嫦娥奔月，是中国家喻户晓的飞天神话，嫦娥本是后羿的妻子，后羿射日立下丰功伟绩后，受到天神们的敬仰。王母娘娘赞赏后羿的功绩，便赐给他一包长生不死药，服下此药即可升天成仙。由于后羿舍不得撇下妻子，便将此药交给嫦娥珍藏。不料此事被后羿的徒弟逢蒙知晓，他趁后羿外出狩猎之机，潜入后羿的家中，威逼嫦娥交出长生不死药。嫦娥知道自己不是逢蒙的对手，遂当机立断，打开百宝箱，取出仙药一口吞下。此时，意想不到的事情发生了，嫦娥忽然感到自己身子变得轻盈了起来，飘离了地面，向天上飞去。她牵挂着后羿，便飞落到离家人最近的月球之上，变成了月亮仙子。

在古希腊神话中，有一位叫代达罗斯的建筑师。他的外甥塔罗斯跟他学习雕塑，他很高兴，尽心尽力地教这个"徒弟"。可是几年之后，外甥的技术竟然超过了舅舅，并且好学的塔罗斯还发明了制造陶器的轮盘和旋转的车床，一下子引起了轰动，名声也越来越大。于是代达罗斯开始嫉妒外甥，终于他寻了个机会，把塔罗斯从雅典卫城上扔了下去。可是法网恢恢，事情被人发觉了，他被法庭判处死刑。为了逃避惩罚，代达罗斯逃到克里特岛上，成为国王的朋友。国王委派他给牛头人身的巨怪弥诺陶洛斯建造一座迷宫。迷宫建成后，代达罗斯受到了国王的赞赏，却开始思念家乡，不愿意在这个孤岛上虚度一生，便准备逃离此地。他使用蜡和羽毛精心制作了一对翅膀，带着儿子伊卡洛斯一起飞出了克里特岛。当他们飞过爱琴海上空时，伊卡洛斯忘记了父亲的告诫，向着太阳飞去，结果由于温度太高，翅膀熔化，伊卡洛斯坠落下来，葬身鱼腹。

"可上九天揽月，可下五洋捉鳖，谈笑凯歌还。"这是毛泽东主席《水调歌头·重上井冈山》中的诗句，他所描述的情景，自古就是中国人的梦想。尽管苏联首次进入了太空，美国率先登上了月球，但最初进行的载人上天活动，却要追溯到中国的古代。

2000多年前，墨翟斫木为鹞，制作了世界上的第一只风筝，这也是人类最早的飞行器。明朝中叶，一个叫万户的人，在一把椅子下面安装了47支当时最大的火箭，两手各持一只大风筝，让人把自己捆在椅子上，然后点燃火箭，试图借助火箭的推力和风筝的升力飞向天空。20世纪70年代，国际天文学联合会将月球背面的一座环形山命名为万户山。

随着科学技术的发展，到了17世纪，人们开始把天文知识与循理虚构的故事结合起来，编写太空旅行的科幻小说。德国天文学家开普勒写的《梦游》一书，讲述了人类飞渡月球的情景，是最早的太空科幻小说。1865年，法国作家凡尔纳在深入研究了大量关于数学、物理学和天文学的知识后，出版了著名的科幻小说《从地球到月球》。这部小说讲述了这样一个故事：

> 美国南北战争结束后，巴尔的摩城大炮俱乐部主席巴比康提议向月球发射一颗炮弹，建立地球与月球之间的联系。法国冒险家米歇尔·阿当获悉这一消息后，建议造一颗空心炮弹，他准备乘这颗炮弹到月球去探险。巴比康、米歇尔·阿当和尼却尔船长克服了种种困难，终于在十二月一日乘这颗炮弹出发了。但是他们没有到达目的地，炮弹并没有在月球上着陆，却在离月球二千八百英里的地方绕月运行。这三位冒险家的命运如何呢？据剑桥天文台的观测，只有两种可能：月球的引力征服了这颗炮弹，三位旅行家最后到达目的地；另一种可能是炮弹被束缚在一个固定的轨道上，永远环绕月球运行……

值得一提的是，凡尔纳在这部小说中设计的类似宇宙飞船的炮弹和发射装置并不是凭空想象的，而是都经过了严格的数学计算。书中人物所乘坐的炮弹的飞行速度是 11 千米/秒，接近第二宇宙速度。而在这枚空心的炮弹中，还装有粮食、饮用水和制氧用的化学药品，能在太空中飞行 4 天，几乎是现代航天飞行器的雏形。更令人惊奇的是，炮弹的发射地点恰好就是现在的美国航天发射场——卡纳维拉尔角。

凡尔纳以丰富的想象力和严谨的科学态度，正确预言了许多航天活动的重要元素：火箭发射场、飞船密封舱、失重、火箭变轨飞行、制动火箭、飞船海上返回……

古代神话也好，科幻小说也好，虽然它们有着本质的区别，但都寄托着人类对飞天的梦想和遐思。然而，由于受到技术条件的限制，人类的脚步始终没有能够离开养育自己的地球。

直到 1961 年 4 月 12 日，人类终于挣脱了地球的怀抱，第一次实现了飞天的梦想。这天，一枚由 SS-6 洲际弹道导弹①改制而成的火箭巍然竖立在哈萨克大草原的拜科努尔发射场中央，它的顶端装载着的是一艘名为"东方一号"的载人飞船。莫斯科时间 9 时 07 分，火箭徐徐升起。"东方一号"飞船载着加加林以 27200 千米/时的速度飞驰，环绕地球运行。

加加林的这次飞行，在最大高度为 301 千米的轨道上绕地球一周，历时 1 小时 48 分钟，安全返回地面，完成了世界上首次载人宇宙飞行。从此，人类开始了拓展太空活动空间的历史，波澜壮阔的载人航天帷幕由此拉开。

---

① SS-6 洲际弹道导弹是苏联 1954 年开始研制的第一代洲际导弹，是世界上最早出现的洲际弹道导弹，该导弹仅部署十多枚，具有威力大、射程远、精度高等特点。

第一章　问鼎长天

中国没有理由在太空缺席

在世界历史上，远洋航海技术的兴起，导致了世界贸易的发展、世界市场的开辟和近代科学的一系列成就，开始了"全球文明"的时代。当今，载人航天技术的兴起，使人类走出了地球摇篮，到达浩瀚无边的太空，开始了"太空文明"的新时代。在这个时代，地球是人类生存之本和一切物质财富之源的断言已经过时，而宇宙空间以其无穷无尽的宝贵资源吸引着人们去开发和利用。

时间进入 20 世纪，世界上的一些大国将探索太空奥秘、寻找能够利用的空间资源的目光瞄准了距离地球 300~500 千米之遥的太空，那里是陆地、海洋和大气层之外的新空间，那里有太阳能、强辐射、高洁净、高真空、微重力、大温差、高远位置以及月球、火星、小行星上的稀有矿藏等很多地球上所缺乏的资源，在这个轨道高度上运行的载人航天器可以进行地球环境与资源探测、开展生命科学和空间医学实验、进行卫星释放等太空活动。

实现太空强国的梦想由此成为世界多个国家追求的目标。载人航天技术的发展和成就，不仅是一个国家综合国力的直接体现，而且在政治、军事和经济领域都具有重大的战略意义，将对世界格局和一个国家在国际舞台上的地位产生深远的影响。

第二次世界大战后，西方国家特别是美国、苏联两国开始大量投入人力、物力进行航天领域的探索，开展了一场此起彼伏的太空竞赛。1961年，苏联航天员加加林率先完成了人类的首次太空飞行。1965年，苏联航天员列昂诺夫又实现了人类首次太空行走。1969年，"阿波罗十一号"飞船载着美国航天员阿姆斯特朗首次完成了神奇的月球之旅。

20世纪50年代中期，新生的共和国正处在摇篮中，朝鲜战争的硝烟还未散尽，一切百废待兴。刚刚从战火中走出来的中国人从过去百年的屈辱史中深刻地体会到落后就要挨打的道理，新中国的最高领导人毛主席提出了"向科学进军"的目标，明确要以原子弹和导弹为重点，发展尖端科学技术事业，迅速赶上世界先进水平。

1955年1月15日，中央书记处扩大会议，做出发展航天事业和原子能的重大决策，从此拉开了火箭、导弹、人造卫星研制的序幕。

这一年，被西方称为"中国导弹之父"的科学家钱学森，在国外冲破重重阻力，归国参加科研攻关。

1956年，是中国航天史上一个值得永远纪念的年份。金秋的一天，北京西郊的解放军466医院，刚刚被授予军衔的解放军将帅们穿着崭新笔挺的55式军服走进简陋的职工食堂，参加一个后来被写入共和国史册的庄严仪式。聂荣臻元帅对着台下的200多人，宣布了一个振奋人心的消息："经过中央军委批准，国防部第五研究院今天正式成立了。"说到这儿，他转过头来看了看坐在身边的钱学森，指着钱学森说："这位就是大名鼎鼎的科学家钱学森先生。从今天开始，他就是第五研究院的院长了，由他领导大家从事火箭和导弹的研究工作。"如雷的掌声中，钱学森站起身，微笑着向大家深深地鞠了一躬。聂荣臻元帅还特别强调了五院的建院原则："以自力更生为主，力争外援和利用资本主义国家已有的科学成果。"这一方针得到毛主席、周总理的认可，后来，逐渐成为我国国防科技事业，乃至整个科技事业的基本方针。

这一天是 1956 年 10 月 8 日，中国火箭、导弹事业正式奠基。火箭、导弹既是国家防卫重器，也是发展航天事业的首要工具，所以，这一天也被作为了中国航天事业创建的纪念日。

正当中国的航天事业在"一穷二白"中迈出第一步时，美苏两国已经开始了宏大的航天计划，他们把航天领域的较量，看作国家实力的角逐，都渴望凭借举世瞩目的成就从气势上压倒对方。仅 1951 年和 1952 年两年，苏联就发射了 6 枚生物探空火箭，到 1956 年苏联已累计发射了 22 枚火箭，上天进行试验的狗也达到 20 只。美国也毫不示弱，在 1955 年 3 月 10 日向全世界宣布了他们的"先锋计划"，准备短期内连续发射多颗卫星上天。正当美国为这一计划沾沾自喜时，没承想苏联却捷足先登，于 1957 年 10 月 4 日，率先发射了第一颗人造地球卫星，成为世界上第一个掌握了卫星发射技术的国家。1958 年 1 月 31 日，美国的"探险者一号"卫星发射成功，成为世界上第二个拥有卫星发射技术的国家。

这个消息极大地震动了中国的科学家们。面对新的国际形势和高技术发展的迅猛势头，他们下决心要鼓足干劲、追赶世界了。

1958 年 5 月 17 日，党的八大二次会议上，毛主席站起身来说："苏联去年把卫星抛上了天，美国几个月前，也把卫星抛上了天。那么，我们中国怎么办？"说到这儿，毛主席把话停了下来，环视了会场一周后，大手一挥，"我们——也要搞人造卫星！"

八大二次会议结束半个月后，主管国家科技工作的国务院副总理聂荣臻按照周恩来总理的指示，组织中国科学院党组书记张劲夫和国防部五院院长钱学森等有关领导和专家召开专门会议，讨论研制卫星的实施方案。

中国科学院和国防部五院将人造卫星的研制列为 1958 年的首要重点任务，尽快研制高能推进剂运载火箭和重型卫星，计划在 1959 年即新中国成

挺进太空：中国载人航天纪事

立 10 周年之际，将第一颗人造卫星送入太空，这个设想被称为 "581 工程"。与此同时，中国科学院成立了以钱学森为组长，赵九章、卫一清为副组长的代号 "581" 的领导小组，具体组织实施人造卫星、运载火箭、卫星探测仪器设计以及空间物理的研究工作。

这项工程被称为 "581" 还有一个原因。1958 年 1 月，钱学森和几位与他齐名的科学家从国际形势出发，联合向中央提出了一份建议，描绘出一个大胆而浪漫的设想——上天、入地、下海。上天，就是发展人造卫星和载人航天；下海，指的是研制建造中国的海军潜艇；入地，说的是探测地球深部资源的核心技术。这份报告第一次公开表达了中国开展载人航天的意向。这几位科学家除了钱学森，还有郭永怀、贝时璋等。

1958 年，中共中央决定，成立国防部第五部，负责领导特种部队的组建工作。同时成立的，还有以聂荣臻为主任、陈赓为副主任的国防科学技术委员会，在中央军委领导下，负责统一领导国防科学技术研究工作。这年 3 月，中央军委决定，专门组成以工程兵司令员陈士榘上将为领导的，以刚从朝鲜归国的志愿兵第 20 兵团领导机关为基础组成的特种工程指挥部，调集工程兵、铁道兵等数万人的施工部队开赴内蒙古额济纳地区，兴建我国第一个导弹、卫星试验靶场。一个月后，战略导弹训练大队成立，从全军及科研院所、地方院校选调了上万名干部和科技人员，投入运载火箭的研制中。

中国的人造卫星研制正式拉开帷幕，一万多名科技人员迅速行动起来，从当时有限的公开发表的资料的字里行间，寻找有关空间科学技术的线索。

1959 年 1 月，中南海。

新年刚过，中央书记处就召开会议听取卫星研制的汇报。会议认为，在当时没有运载工具的情况下，中国的卫星计划应先从探空火箭开始。

1959 年 7 月 10 日清晨，上海机电设计院党委书记艾丁刚刚来到办公室，秘书就送来了一份机要信件。从信封熟悉的字体上，艾丁便知道这是一封至关重要的信件。他戴上花镜，小心翼翼地拆开信封——

> 我建议，把上海机电设计院改组为一个设计和试验小型火箭的单位。其中，火箭发动机的推力在3吨以下，使用一般推进剂，不搞复杂的控制系统。调整后的设计院，首先开展小型探空火箭的研制。

信是钱学森亲笔所书。根据钱学森的建议，艾丁立即组织专家用了一个多月的时间，对小型探空火箭的设计和试验工作进行了研究论证，对此前承担的任务进行了调整重组。8月4日，上海机电设计院向国家科委和中国科学院呈报了《关于加强上海机电设计院发展探空火箭技术的计划任务书》，提出在1960年试验一两种难度较小的探空火箭的目标。

此后，上海机电设计院在著名的卫星和卫星返回技术专家王希季等科技人员的密切配合和艰苦努力下，研制探空火箭取得了重大进展。

王希季，中国卫星与卫星返回技术专家，1921年生于云南昆明。1947年考入美国弗吉尼亚理工学院，攻读动力和燃料专业。1949年获美国弗吉尼亚理工学院硕士学位。1950年回国，是中国早期从事火箭技术研究的组织者之一。

1958年11月，当王希季被调往上海机电设计院担任技术负责人主管运载火箭研究工作时，身为上海交通大学工程力学系副主任的他只有37岁。那时，他既不具备火箭方面的专业知识，也未掌握相关的技术资料，面对的又是一支平均年龄只有21岁、根本就没见识过火箭"庐山真面目"的年轻队伍。没有前人的经验可循，也没有现实的把握可言，只凭借着激情和朝气，王希季和副院长杨南生带领大家边学边干，废寝忘食、义无反顾地开始了大胆的尝试。

研制工作开展得非常艰苦，在许多基本条件都不具备的情况下，王希季他们以土法上马，没有电子计算机就用电动计算机和手摇计算器，甚至干脆靠打算盘来进行计算。为了计算出完整的飞行弹道，三个人一组，两人负责计算，一人负责校对，几个小组轮班倒，夜以继日地干，没过多久，光是演算纸堆起来就比桌子还要高。

然而，科学规律却不是光有热情和忠诚就能够改变和替代的。迅速赶上世界先进水平的强烈愿望，使他们忽略了国家的工业基础和技术实力，他们设计的 T-3、T-4 型号的第一、二级火箭，由于指标过高而不得不放弃。T-5 型火箭虽然完成了设计、制作和总装，但最终也成了展览馆中的陈列品。

面对一再受挫的严酷现实，王希季渐渐地冷静下来，他认识到承担一项前所未有的国家工程，目标与技术途径必须合乎国情和现实基础，否则只能欲速则不达。在国家经费投入有限、技术实践经验几乎为零的情况下，究竟选择怎样的阶段性目标才能最快实现目标？经过反复思考，他向上级领导提出了一个建议：从国情出发，以技术难度较小的无控制探空火箭为突破口，循序渐进地创造条件，等适当的时候再开始运载火箭的研制。

建议被采纳以后，王希季从曾经急于求成的心理中走了出来，改用稳扎稳打的战略战术，开始了型号为 T-7 的无控制探空火箭的研制工作。为了确保研发顺利，他先从模型火箭 T-7M 入手。设计过程中，王希季时刻提醒自己，要密切结合我国的实际，清楚了解此项技术和产品所处的社会环境和工程环境，在准确定位的基础上选择适当的技术途径。他带着这群年轻人，用了不到 100 天，便拿出了液体推进剂探空火箭 T-7M 的设计方案：飞行高度为 8~10 千米，有效载荷 19 千克。方案确定后，仅用了三个月时间就完成了第一枚主火箭的总装。

1960 年 2 月 19 日，黄浦江畔的上海还沉浸在过年的气氛中，距离南汇县老港镇大约 2 千米的东进村的荒凉海滩上，却是一派紧张忙碌的景象。在这个经过上海市气象局的配合而选定的天气晴朗的日子，我国第一枚液体推进剂探空火箭 T-7M 静静地竖立在 20 米高的发射架上。

当时的发射设施非常简陋，发电机、起重卷扬机、望远镜都是临时借来的。指挥员没有电子对话设备，下达口令全凭扯着嗓子喊和挥舞信号旗；没有为火箭加注推进剂的设备，加压设备用的是自行车打气筒；没有专业的遥测设备，遥测数据的接收靠的是利用手动天线来跟踪火箭飞行……

时针渐渐地指向下午 4 时 47 分。"点火！"随着指挥员一声令下，现场的人员屏住了呼吸。一阵轰鸣过后，发射架下浓烟四起，火箭迅速冲出发射架，直冲云天。试验成功了，王希季喜极而泣。

T-7M 火箭是后继实用型探空火箭的缩比试验型号，飞行高度虽然只有 8 千米，却验证了火箭设计、生产工艺和试验技术的正确性，迈出中国探空火箭技术具有工程实践意义的重要一步。

一个月后，这枚探空火箭的模型被陈列在了上海新技术展览会会场中央最显眼的位置。这次，站在它面前的是共和国的最高领导人毛主席。毛主席围着火箭模型摸了又摸，看了又看，还不时用手指在外壳上敲打几下，笑着说："8 千米，也很了不起啊。不要怕土，土八路也可以打败洋鬼子嘛。我们就要这样搞，8 千米、20 千米、200 千米地搞下去，搞他个天翻地覆，直到把卫星送上天。"

毛主席的话大大鼓舞了科技工作者的信心和勇气。

然而正在这时，7 月 16 日，苏联突然照会中国政府，要将苏联援华的全部专家和顾问从中国召回，同时中止的还有 343 项专家合同和 257 项科研合同，彻底撕毁了两国签订的《中苏国防新技术协定》。特别是苏联从此断绝了火箭的燃料供应，刚刚开始的中国航天事业能否继续前进？年轻的共和国面临着一次新的考验。

消息传到北戴河。正在这里的毛主席对前来汇报的国务院副总理李富春说："赫鲁晓夫不给我们尖端技术，极好。否则，这个账以后是很难还

1960 年 5 月 29 日，T-7M 探空火箭第四次发射，钱学森（左六）在上海南汇发射场现场指导

的！苏联人走了，但我们的尖端技术不能放松，更不能下马。"

苏联撤走专家，迫使中国更快地在独立自主、自力更生的道路上进入科研攻关的新阶段。

T-7M 火箭在上海发射成功后，探空火箭的发射场便移师到了位于安徽省广德县誓节镇的一片荒无人烟的山坳里。1960 年 7 月，代号"603"的探空火箭试验基地正式建成。

在 603 发射场建设的同时，探空火箭 T-7 的研制工作就如火如荼地展开了。1960 年 6 月底，第一枚 T-7 火箭加工完成，经过测试运抵刚刚交付使用的发射场。7 月 1 日加注推进剂，进行试射，然而，火箭点火后发动机管路爆裂，发射失败。

1960 年 12 月，钱学森亲临 603 发射场，指挥 T-7 火箭发射。12 月 28 日清晨，探测气象条件与气象台预报的基本一致，符合发射要求，发射工作进入了预定程序。但当完成推进剂加注和发射架调整时，天气突变，风雨交加，发射工作只得暂停。现场气象人员不断测量风速，风速虽然不断变小，但仍大于 6 米/秒的发射允许风速。当地面风速减小到 4 米/秒时，现场指挥决定继续发射工作。可当就要下达点火口令时，风速又突然变大，考虑到钱学森已在风雨中等待了很长时间，现场指挥决定闯一次试试。结果，点火后，火箭虽然升空了，却过早转向，没有达到预定高度。

钱学森看完了发射的全过程，对飞行中可目视的一段所发生的现象做了分析。这次失败是由切变风引起火箭飞行失稳造成的，钱学森提出了改进意见后才离开了基地。根据钱学森的建议，科研人员决定在 T-7 火箭下面串联一枚固体助推器，这样火箭飞出发射架时速度较高，风的影响就相对较小，火箭发射的高度也会大大增加。

串联了助推器之后，经过 4 次发射试验均取得成功，火箭的飞行高度已从 8 千米提高到了 60 千米，可以探测 60 千米以下的大气温度、气压、风向和风速。这次来之不易的突破，拉开了我国火箭探空活动的序幕。

1962 年，为了满足中国科学院对气象火箭的新要求，专家们对 T-7 火箭进行了改进，改进后的型号称为 T-7A 气象火箭。T-7A 火箭全长 10.32 米，主火箭直径 0.45 米，助推器直径 0.46 米，起飞重量 1145 千克，能将 40 千克的箭头送至 115 千米的高度。

T-7A 气象火箭的成功为等待已久的空间生物试验创造了条件，为了进行生物试验，对 T-7 气象火箭再次进行了改进，改进后的火箭型号为 T-7A（S1）生物试验火箭。T-7A（S1）的箭头由密封生物舱、遥测舱和回

挺进太空：中国载人航天纪事

收舱组成，内部装有生命保障系统、摄像系统和磁记录等设备，为生物在空间试验中的生存创造条件，并记录生物的姿态变化和各种生理参数。

为了进行生物试验，中国科学院组建了生物物理研究所，承担航天飞行环境对人和生物的影响及其防护方法的研究工作。在当时，这还是一门新兴学科，人们在这方面的知识几乎是一片空白。

1964年7月19日，中国第一枚生物火箭T-7A（S1）在广德发射成功，把8只大白鼠送上80千米的高空。当时，中国还没有掌握回收技术，火箭只是到达80千米的高空，把回收舱弹出，降落伞打开，回收舱降落在地面。1965年6月1日和5日，又进行了两次相同的试验，飞行高度在60~70千米。研究人员在每枚火箭的箭头部都装载了4只大白鼠和4只小白鼠，以及12支分别装有果蝇、须酶等样品的生物试管。通过大白鼠在飞行过程中的心电图变化曲线和血液理化分析，研究太阳辐射对大白鼠的影响，连续拍摄大白鼠由超重状态到失重状态的姿态变化，通过解剖来观察飞行环境和高空环境对白鼠组织器官的影响，同时，对回收后的白鼠和果蝇进行繁殖试验，观察飞行环境和高空环境对遗传的影响。

在大白鼠成功"飞天"之后，1966年7月，广德县的发射架又迎来了一枚新的生物火箭，不过，这次乘客的身材要比白鼠大好多倍。这次是大型动物飞行试验——把小狗送上天。

上天的小狗，要经过严格的"选拔"，除身体健康、反应灵敏、性格温和、善解人意之外，对体重也有严格的要求，太胖不行，太瘦也不行，最好在6公斤左右。按照这个标准，工作人员精心挑选了30多只符合条件的小狗，最终遴选出一只小公狗"小豹"和一只小母狗"珊珊"。

7月15日，"小豹"被选中第一个上天，装进T-7A（S2）生物火箭，成为我国生物试验火箭的首个大型动物乘客。"小豹"被送上了离地面近百千米的高空，正在空中搜寻的空军直升机和地面仰望天空的民兵战士们密切注视着天空，终于，吊着生物舱的降落伞出现在众人的视野中，地面顿时欢腾起来，"小豹"受到了英雄般的欢迎。

在"小豹"胜利归来十几天后，1966年7月28日，"珊珊"被装进T-7A（S2）生物火箭，成为第二个生物试验火箭的大型动物乘客。"珊珊"同样安然回到了地面，欢快地摇动着尾巴，把头依偎在科技人员的身上，仿佛在诉说着曾经受到的惊吓。

在这两次飞行试验中，火箭上的设备准确地记录了小狗的心电、血压、呼吸和体温等生理参数，用条件发射试验装置观察了小狗的高级神经活动。

这些生物火箭试验开我国宇宙生物试验的先河，为航天医学的发展积累了宝贵的经验。"小豹"和"珊珊"也一举成名，随后被送往北京，受到著名生物学家贝时璋等科学家的极大关注。

共和国的飞天"曙光"

就在中国人把白鼠、小狗送上高空的时候，苏联和美国已经将人类送上了太空。这大大地刺激了正在"大跃进"和"文革"中艰难跋涉的中国航天人的神经。

依照航天发展的规律，要实现把载人航天器送入太空的目标，首先要解决把人造卫星送上天的问题。

1966年3月，在钱学森的主持下，国防科委和中国科学院在高度戒备的北京京西宾馆联合召开了一次严格保密的会议，与会者都是航天方面的顶级专家、学者。这次会议没有对外公开，内部称之为"宇宙飞船规划会议"。经过将近一个月的讨论，中国载人航天以及研制宇宙飞船的发展规划草案出台了，按照这个规划，将以科学实验卫星打基础，以测地卫星特别是返回式卫星为重点，在此基础上发展载人飞船。规划设想的总目标是在 1973 至 1975 年之间，发射我国第一艘载人宇宙飞船。这是我国第一次正式把载人航天列入航天发展的规划之中。

钱学森组织专家从国情出发，确定了中国的第一艘宇宙飞船的设计方案。载人飞船以技术比较成熟的美国第二代飞船"双子星座号"作为蓝本，由座舱和调配舱两个舱段组成，运载 2 名航天员。1967 年 9 月，中国载人飞船精美的模型已经做了出来，被命名为"曙光一号"。

1967 年 6 月 27 日，中央军委决定，由国防科委组建中国空间技术研究院，将分散在中国科学院、七机部和其他部门的空间研究机构集中起来，实行统一领导，以保证第一颗人造卫星顺利上天。1968 年 2 月 20 日，划归国防科委建制的空间技术研究院正式宣告成立，钱学森被任命为首任院长。孙家栋、戚发轫等一批年轻的科学家在钱学森的推荐下，进入了中国空间技术研究院。

中国空间技术研究院成立后，钱学森立即向国防科委提交了一份报告，建议成立"宇宙医学及工程研究所"。报告很快得到批准，研究所于 1968 年 4 月 1 日宣告成立，这个代号"五〇七"的研究所由中国科学院、中国医学科学院和军事医学科学院的有关单位联合组成，主要任务是承担航天员的生命保障、医学监督保障以及航天员的选拔训练。

航天员在上天之前，必须先在地面进行各种实验，在确保安全可靠的情况下才能把人送上天。五〇七所组建之后，载人飞船医学工程的环境模拟设备研制工作更加明确，类型也更加复杂了。上天的设备要进行宇宙环境下的模拟试验，上天的人也要进行大量的模拟训练。所以，研制地面模拟试验设备是发展载人航天不可缺少的基本环节。事实上，第一批入列五〇七所的科技人员，早在 10 年前就开始了对宇宙医学的摸索，到研究所成立时，已经建成了我国第一台半径为 6 米的人用离心机、低压环境实验舱、高低温实验室和人用秋千、转椅与振动台等大型地面模拟试验设备，积累了丰富的经验。在没有图纸导向，更谈不上操作经验的情况下，他们就凭着勤劳智慧的双手，试制出了宇航头盔、手套、靴子以及结构复杂的多层舱内航天服。

1970年4月24日，新华社宣布了一个震惊世界的消息：1970年4月24日，中国成功地发射了第一颗人造卫星，卫星运行轨道的近地点高度439千米，远地点高度2384千米，轨道平面与地球赤道平面夹角68.5度，绕地球一圈114分钟。卫星重173千克，用20.009兆周的频率播送《东方红》乐曲……随着东方红一号的发射成功，我国成为世界上第五个独立研制和发射人造地球卫星的国家，开启了探索外层空间的新纪元。

7月14日，毛主席在国防部五院和空军联合起草的《上马宇航工业》的报告上批示"同意"。这份报告中，钱学森提出，我国第一艘载人飞船

1968年，宇宙医学及工程研究所在北京昌平成立

计划于 1973 年年底前发射升空。出于保密要求，按照毛主席圈阅报告的日子，这项工程被命名为"714 工程"。

从此，"宇航员训练筹备组"以"714 办公室"的名义正式开始办公，着手选拔中国首批航天员。一份以空军总部名义发出的"绝密"电报到达空 24 师师长薛伦、空 34 师副师长李振军等 7 名中高级军官手中，电报紧急命令他们前往北京空军招待所报到。这 7 人便是中国第一个"宇航员训练筹备组"的主要成员，薛伦被任命为这个筹备组的组长。

1971 年，空军派出专机，载着航天员选拔小组成员前往沈阳军区、北京军区、广州军区、南京军区 4 个大军区的 10 多支空军部队和院校进行选拔。

参照苏联和美国的选拔标准，"714 办公室"制定了中国的航天员选拔标准，首先必须是空军现役飞行员，初选条件是身高 1.59 米至 1.74 米，年龄 24 岁至 38 岁，体重 55 公斤至 70 公斤，飞行时间 300 小时以上。

在选拔小组到来之前，所有接到通知的部队调阅了全部飞行员的档案，在基本符合条件的飞行员中进行了第一轮筛选。选拔小组到来后，筛选出的飞行员接到了"体检"的通知。经过一轮又一轮的筛选，1840 名飞行员中，只有 215 名符合初选条件，接着再进行筛选，从中选出 88 名。这 88 名飞行员集中在北京空军总医院继续进行又一轮选拔后，只剩下 33 人。最后，从这 33 人中选定了身体健康、思想政治和飞行技术过硬的 19 人，成为中国待训宇航员的候选人。

按照计划，空军将成立一个专门针对载人航天工作的宇航部，组织这 19 名宇航员在 1971 年 11 月正式开始训练，两年之后，从这 19 人中选拔出 2 人，乘坐"曙光一号"飞向太空。

1971 年国庆节刚过，正当薛伦准备去南京紫金山天文台学习天文知识时，突然接到了上级的紧急通知：全国实施空中禁飞措施，所有人员一律不得外出。一个月后，这 19 名航天员接到通知，暂时推迟训练，返回原单位，对这段经历严格保密。因故解散"宇航员训练筹备组"，直接影响到了中国载人航天工程的研制计划和方向。所有正在进行的工作都停了下来，在建的项目也被迫下马。关于载人航天工作，中央传出指示，我们不与美苏大国搞太空竞赛，上天的事情先暂停一下，等把地球上的事情处理好了，再考虑地球外的事。中国首批航天员的训练工作，就这样以"暂停"的方式宣告结束。

曙光一号计划的下马，除了"9·13"事件的影响，还有经济、技术方面的原因。处在动荡时期的中国，无论是经济能力、工业基础，还是设计、制造工艺，特别是航天发射、测控水平都很落后，远不具备开展这一庞大系统工程的条件。但是钱学森、赵九章那一批科技精英，并没有放弃飞天的梦想，依然在忍辱负重地前行着。

钱学森心里清楚，卫星上天不容易，卫星回收更不容易，而开展载人航天，必须保证航天员安全回来。要实现这个目标，就得突破返回式卫星技术。

1974 年 8 月，第一颗返回式遥感卫星和长征二号运载火箭出厂测试合格，经主持中央军委日常工作的叶剑英批准，于 9 月 12 日运抵酒泉卫星发射中心。经过技术阵地和发射阵地的检查测试，加注推进剂，定于 11 月 5 日点火发射。

11 月 5 日午后，戈壁滩上寒风阵阵，发射程序进入"一分钟准备"，卫星控制台操作员突然发现卫星上大部分仪器断电。指挥员接到这一意外情况的报告时，离下达点火口令只有 13 秒的时间，千钧一发之际，他果断下达了"停止发射"的命令。

发射停止后，立即组织人员对故障原因进行查找，结果发现是卫星地面综合控制台电源容量较小，脱落插头长线电缆电压下降过大，造成卫星上电压不够而致使一些仪器断电。找到原因后，技术人员迅速更改了卫星的脱落插头供电方式，重新启动后，卫星工作恢复正常。

当天 17 时 40 分，第二次组织发射。火箭起飞 6 秒后，突然出现越来越大的俯仰摆动，飞行至 20 秒时，安全自毁系统爆炸，卫星及火箭残骸坠毁于发射塔东南方不到 1000 米的范围内，试验失败了。

后来，通过对测量数据进行技术分析，结合残骸解剖，发现是运载火箭上两个元器件之间的一根导线存在暗伤，在火箭飞行过程中，因为振动造成导线短路，使俯仰通道失去稳定。这种由于一根导线的纰漏而损失一颗卫星和一枚运载火箭，使返回式遥感卫星上天时间推迟一年的惨痛教训，值得每一个中国人谨记。

发射失败后，叶剑英立即做出指示："失败是成功之母，不要颓废，继续奋斗，再接再厉，一定要达到目的。"叶帅的指示，使大家从沉重的心情中解脱出来，从沮丧的情绪里平静下来，认真细致查找原因，组织力量继续再干。经过将近一年时间的努力，重新拿出了一个质量可靠的产品，再次运往酒泉卫星发射中心。

1975 年 11 月 26 日清晨，我国第一颗返回式卫星发射进入了倒计时，钱学森早早地来到大漠深处的发射场，密切地注视着火箭的一举一动。11 时 30 分，长征二号运载火箭按时飞离发射塔架，在空中完成了一级关机、二级点火、星箭分离等程序动作后，将卫星送入近地点高度 173 千米、远地点高度 483 千米、轨道倾角 63 度的预定轨道，绕地球一圈 91 分钟。看到这组数据，钱学森欣慰地笑了，因为所有的技术指标都完全符合设计要求。

11 月 29 日，卫星在轨道上运行了 3 天，完成了对预定地区的全部遥感任务，返回舱携带着遥感试验资料，按计划在四川中部安稳着陆。

中国首次回收卫星获得成功，意味着我国已攻克了变轨、再入大气层、防热和回收等技术难关，成为继美国、苏联之后世界上第三个掌握卫星返回技术的国家。

返回式卫星发射回收成功的《新闻公报》呈送到毛主席案头时，已双目患上严重白内障的他，坚持用放大镜一字一句地亲自审读修改，直到改完最后一个字时，才郑重地签上了自己的名字。"毛泽东"这三个字，最后一次被亲笔书写在尖端科技试验的《新闻公报》上。病危之中的周恩来总理也收到了这份《新闻公报》，但步入人生倒计时的周总理此时已拿不动笔了，他请工作人员给国防科委负责人打电话，感谢他们又为祖国立了新功！

代号"921"的秘密工程

1979年2月初的一天，美国休斯敦航天中心迎来了一位特殊的客人——中国国务院副总理邓小平。邓小平兴致勃勃地走到1972年飞上月球的"阿波罗17号"飞船面前，不仅仔细参观了指令舱和月球车，还在美国资深宇航员弗雷德·海斯的引导下，登上即将试飞的航天飞机的飞行模拟器，亲身体验了航天飞机从30480米高空降落到地面的模拟情景。参观"天空实验室"太空站实体模型时，邓小平副总理不时向身边的宇航员询问太空生活的种种细节。在美国宇航局举行的欢迎宴会上，邓小平副总理还向陪同的宇航局官员详细询问了航天飞行的军事、经济和科学意义。

这次访美归来后，邓小平副总理清楚地看到了中国与世界的差距。他意识到，60年代，没有原子弹、导弹，在世界上说话就不算数；70年代，没有人造卫星，说话也没有分量；80年代以后，航天成为世界各国高科技发展的主流之一，中国作为一个有着飞天传奇的文明古国、一个正在崛起的航天大国，没有理由缺席。

这时，有了前20年的坚实基础和经验教训，以及改革开放激发的开拓、创新的精神，中国航天事业瞄准国际水平迈开了赶超的步伐。1980

年，第一支远洋航天测量船队起锚远航，第一枚洲际运载火箭飞向太平洋；1981 年，"一弹三星"成功发射；1982 年，首次潜艇水下发射运载火箭获得成功；1984 年，第一颗试验通信卫星东方红二号被送入地球同步轨道，在赤道上空进行了通信、广播、电视传输试验……

中国人飞天梦想的幕布，是 1985 年再一次被悄然拉开的，拉开这一幕布的是年届 70 岁的科学家任新民。

这年的盛夏，任新民以航天部科技委的名义在秦皇岛北戴河主持召开了一次"中国首届太空站问题研讨会"。从火箭谈到飞船，从国防谈到世界航天格局，从太空站谈到载人飞天，一直谈到航天对社会的应用、对国家经济的促进等。任新民憧憬着中国载人航天的未来：太空站迟早是要搞的，但等到人家都成了常规的东西，我们才开始设想就晚了。我们要争取在 21 世纪初，在地球的近地空域翱翔着中国的永久型太空站，在太空和地球之间有中国的运载工具，装载着人员、物资、设备穿梭往来，我国的航天员、科学家和工程师在太空站上紧张有序地进行各种各样的科学技术活动……

然而，航天技术既需要成熟的高新技术做基础，又需要雄厚的资金做后盾，中国正值改革开放初期，各个领域的建设和改革都亟待资金的投入，对载人航天不可能有大量的资金支持，那么中国航天的未来该如何发展呢？

1986 年的春天，乍暖还寒的北京城里，正悄悄酝酿着一股暖流，孕育着一场新的革命。一个玉兰飘香的日子，素有"光学之父"之称的中国科学院技术科学部主任王大珩和国防科工委科技委专职委员、航天测控专家陈芳允一起参加了一次会议，谈到世界高科技变革形势时，两人发言的内容完全一致，都认为谁能把握住高科技领域的发展方向，谁就能在国际竞争中占据优势，因此我国应该拥有自己的高科技。会后，陈芳允意犹未尽，连夜来到王大珩家中，继续着白天的话题，不觉便到了深夜。临走时，陈芳允问王大珩："要不要写个东西，把咱们的想法向中央反映反映？"

王大珩点点头，说："对，应该让国家高层了解我们的想法，为国家决策提供些帮助。"

陈芳允走后，王大珩当即伏在案头，拧亮台灯，铺开信纸，一笔一画地写道：关于跟踪研究外国战略性高技术发展的建议……

建议写完了，王大珩感觉仅凭自己和陈芳允两个人的力量还不够，第二天清晨，他又找到了核工业部科技委副主任王淦昌和航天部空间技术研究院科技委副主任杨嘉墀。这两位科学家听到这个想法后，也非常赞同，和王大珩一起斟酌修改了建议信。

> ……我们四位科学院学部委员关注到美国"战略防御倡议"对世界各国引起的反应和采取的对策，认为我国也应采取适当对策。为此，提出了《关于跟踪研究外国战略性高技术发展的建议》。现经我们签名呈上。敬恳察阅裁定。

四位科学家建议国家制定"高技术发展规划"，主要基于以下原因：真正的高技术是花钱买不来的；高科技研究的实效是要花力气和时间的；提高技术不仅可以集中现有的科研实力出成果，而且可以培养新一代高技术人才；等等。

信写好了，可应该呈送给谁呢？王大珩说："还是报给小平同志吧，以他的胆略和魄力，最有可能引起中央的重视。"大家表示赞同。

> 面对着世界新技术革命的挑战，中国应该不甘落后，要从现在就抓起，用力所能及的资金和人力跟踪新技术的发展进程，而不能等到十年、十五年经济实力相当好时再说，否则就会贻误时机，以后永远

1987 年 2 月，"863" 计划航天专家委员会专家组在航天〇六七基地考察

翻不了身……

当读到这几句话时，四位科学家的建议与邓小平的战略思考产生了共鸣。邓小平当即提起笔来，在信的空白处写道："这个建议十分重要"，"找些专家和有关负责同志讨论，提出意见，以凭决策。"邓小平对这件事的重视程度远远超出大家的预期，他在批示中还特意强调说："此事宜速作决断，不可拖延。"

邓小平的批示下达后，国务院立即会同有关部委、院、所，组织了几百名专家，进行了周密的调查论证，8 个月后，在充分论证的基础上，中共中央、国务院批准了一项具有深远意义的重大决策——《国家高技术研究发展计划纲要》。由于促成这个计划的建议的提出和邓小平的批示都是在 1986 年的 3 月，所以，这个由科学家和政治家联手推出的计划被称作

"863"计划。

"863"计划的内容非常丰富，从世界高技术发展的趋势和中国的需要与实际情况出发，坚持"有限目标、突出重点"的方针，开始就选择了生物技术、航天技术、电子信息技术、先进防御技术、自动化技术、能源技术和新材料技术等 7 大领域的 17 个主题项目。当时制定的目标是，在其后的 15 年里，在选取的这 7 个高技术领域，跟踪国际水平，缩小同国外的差距，并力争在我国有优势的领域有所突破。其中，航天技术是这 7 大领域中的第二领域，两大主题项目都与载人航天工程紧密相关：大型运载火箭及天地往返运输系统、载人空间站系统及其应用。

尽管"863"计划中有明确的载人空间站系统及其应用项目，但中国为什么要搞载人航天，怎么搞，搞什么，这是需要明确的。在国家经济状态有所好转，但并不是十分富裕的当时，中国仍处于发展中国家行列，搞载人航天这样高投入、高风险的事业，是否能够获得对国家长远发展有实际效益的高回报，成为争论的焦点。

从国际上看，自从 1961 年加加林进入太空到 1986 年，全世界共进行了 100 多次载人航天飞行，开展了前所未有的空间实验活动，但这些成就是以几十万人 20 多年的努力和数以千亿美元计的投入为代价的。尽管付出了这么多，但人类似乎并没有从中得到多少回报。

在国内，一种意见认为，中国的航天事业经过 30 多年的努力，已建成了具有相当规模、专业齐全、完成配套的航天研究、设计、试验、研制、生产、发射和测控体系，完全有能力开展载人航天工程。另一种意见认为，载人航天投资大，风险更大，是一项高风险的事业。而且，国家并不富裕，还有很多人连温饱问题都没有解决，不应该跟在别人屁股后面，搞一些没有经济效益的事情。两种意见各抒己见，引发了"为什么搞载人航天和值不值得搞载人航天"的旷日持久的激烈争论，不光在其他领域，就是在航天战线的领导和专家们中间也长期存在着这样的分歧。

消息传到中南海。中共中央的态度是慎重的，决策者们并没有直接表态，而是决定在航天领域先安排概念研究，进行充分论证之后再行决策。

这是一场"百花齐放"的科学会战。任新民、屠善澄、黄纬禄、梁守槃等航天界的知名专家关起门来，日夜兼程地整整论证了 26 天。得出的结论是：中国应该着手开展载人航天工程的研制，这是中国新一代科技工作者的历史重任。

1987 年 2 月，"863"计划航天专家委员会正式成立，屠善澄为首席科学家，王永志、闵桂荣、黄克成、顾诵芬、李自广、胡文瑞为委员，汇集了国内航天领域的顶级专家。

中国载人航天发展的第一步怎么走，起点多高，与后续发展如何衔接，这是发展载人航天必须首先要解决的一个问题。

1987 年 4 月，专家委员会发布了《关于大型运载火箭及天地往返运输系统的概念研究和可行性论证》的招标通知。在短短一个多月时间里，各竞标单位就提出了 11 种可供选择的技术方案。专家组从这 11 种方案中，筛选出了空天飞机、火箭航天飞机、小型航天飞机、可部分重复使用的小型航天飞机、多用途载人飞船等 5 个方案。

20 世纪 80 年代中期，正是世界航天飞机发展的黄金时期，美国的"哥伦比亚号"和苏联的"暴风雪号"航天飞机已飞入了太空，日本、欧洲也都在着手研制航天飞机……从飞船到航天飞机，是一种技术上的进步。这种思想也影响着中国的航天专家们对开展载人航天路径的判断。

1988 年 7 月下旬，专家组在论证结果评审会上，经过激烈的辩论，载人航天发展途径的选择集中在载人飞船和小型航天飞机之间，并逐渐倾向于采用小型航天飞机方案。

1989 年 8 月，载人航天项目专家组组长钱振业将一份厚厚的报告送到了钱学森的案头，这便是国家航空航天部火箭技术论证组呈送国家航天领导小组办公室拟报中央的方案。国家航天领导小组在正式上报中央之前特意征求钱学森的意见。钱学森迫不及待地戴上花镜，一字一句地读了起来。报告中说：载人飞船作为天地往返运输手段已经处于衰退阶段，航天飞机可重复使用，代表了国际航天发展潮流，中国的载人航天应当有一个高起点……

读到这里，钱学森已经明白了这份报告的核心意见是，航天飞机方案优于飞船方案，建议选择航天飞机方案。钱学森深知航天飞机的绝对优势，但航天飞机是在大飞机基础上研制的高度复杂的航天器，显然不是当时我国的国情、国力和科技水平所能企及的。钱学森认为，中国还是个发展中国家，应当量力而行，因己制宜，走飞船之路。想到这里，钱学森拿起钢笔，在这份报告上慎重地写上了一句话："应将飞船案也报中央。"钱学森的建议只有9个字，但这9个字是经过他深思熟虑的，也清晰地表达了他的主张。

根据钱学森的建议，受航空航天部的委托，庄逢甘、孙家栋两位专家主持召开"航天飞机与飞船的比较论证会"。议题只有一项，最后在航天飞机和载人飞船二者之间选择其一。这次会议上，专家们接受了钱学森的建议，决定中国的载人航天要走一条适合国情的道路，从载人飞船起步。从此结束了载人航天的技术途径之争，推动了载人航天工程的决策实施。

1991年1月，在航空航天部副部长刘纪原的主持下，中央专委将一份《关于发展中国载人航天技术的建议》上报中央，建议中特别写道：中国航天事业的发展，面临老一辈无产阶级革命家领导创建的、得来不易的航天国际地位得而复失的危险。恳请中央尽快决策。

3月14日，正担任航空航天部高级技术顾问的任新民接到国务院秘书局的电话通知：国务院总理、中央专委主任李鹏同志将于3月15日下午邀见任新民和了解飞船情况的同志，听取汇报。

第二天下午，任新民和钱振业准时来到了国务院，一见面，李鹏总理就开门见山地说：今天请你们来，主要是想听一听有关载人飞船的情况。

任新民胸有成竹地说："我国已具有研制飞船的技术基础和研制条件。"

汇报完现有的成熟的技术条件之后，任新民又实事求是地说："载人与不载人是航天技术一个质的飞跃，在工程的研制实践中还需要付出努力，但据目前的分析，还没有不可逾越的重大技术关键，新研制的主要是飞船上升段的应急救生技术，我们过去没有搞过，需要研究寻求解决的途径。"

李鹏总理认真地听完两位专家的汇报后问："中国搞载人航天工程需要多少投资？研制周期要多长？"

钱振业看了一下汇报提纲后说："大约需要30亿元人民币，如果投资能多一点，保证及时到位，工程研制需要6至7年。"

李鹏总理最后笑了笑说："钱虽然有困难，但对于我们这样一个大国来说，还是可以解决的。我们要搞载人航天，从飞船搞起，争取在1999年新中国成立50周年的时候，让载人飞船上天！"

第二天，李鹏总理又请刘纪原到中南海谈了两个多小时，详细地询问了载人飞船方案论证的有关情况。

3月20日，航空航天部机要室收到了一份中共中央办公厅秘书局转来的机要文件，机要室当即呈送刘纪原副部长审阅。刘纪原敏感地意识到这是一份不同寻常的文件。他小心翼翼地拆开信封，里面装的是一份《航空航天部技术重大情况（5）》，扉页的空白处留下了江泽民等领导同志的批示。

中央领导对开展载人航天工程很支持，并建议由中央专委讨论后正式报中央审批。

自此，我国载人飞船工程的论证与立项工作进入了快车道。

1991年4月，航空航天部科技委副主任庄逢甘主持召开了一次针对"载人飞船工程实施方案"的讨论会。会议结束时，决定由负责火箭研制的航空航天部一院、负责卫星等航天器研制的航天部五院以及上海航天局根据会议提出的技术指标和要求，一边完善各自的实施方案，一边招标择优。11月，航空航天部一院、五院及上海航天局分别提交了整套的《载人飞船工程可行性论证报告》。在此基础上，航空航天部最终形成了《关于我国载人飞船工程立项的建议》。

"一九九二年，又是一个春天，有一位老人在中国的南海边写下诗篇……"与时代同步，中国的载人航天事业在这一年也步入了希望的春天。

1992年1月8日，中央专委召开会议，专门研究发展中国载人航天问题。会上，任新民做了关于中国载人飞船工程立项的建议汇报，并结合带去的1：10载人飞船三舱方案模型做了简明扼要的讲解。

中央专委成员经过讨论，最后做出正式决定：从政治、经济、科技、军事等诸多方面考虑，立即发展我国载人航天是必要的。我国发展载人航天，要从载人飞船起步。会议还决定，在"863"计划航天专家委员会和航空航天部过去论证的基础上，由国防科工委组织各方面专家，进一步对载人飞船工程研制问题进行技术、经济可行性论证。

中央专委第五次会议上给出的公允定论，赢得了此次会议最热烈、最持久的掌声，无数航天人蕴藏在心间多少年的企盼终于获得了国家的肯定与支持。

会后，国防科工委和航空航天部迅速成立载人航天工程领导小组，由国防科工委主任丁衡高出任主任。

丁衡高接过这一重担后，首先想到的是人才和队伍的问题，他约见的第一个人是火箭专家王永志。

1932年出生的王永志，1961年毕业于莫斯科航空学院，毕业后立即投身于我国第一种自行设计的火箭设计和研制工作，参加了多种火箭的设计和研制，是中国工程院的首批院士，国家最高科技奖获得者，俄罗斯宇航科学院外籍院士，国际宇航科学院院士。"863"计划实施后，王永志被聘为航天专家委员会成员，主要负责天地往返运输系统和大型运载火箭的论证工作。1992年，刚刚迈入花甲之年的王永志，已从中国运载火箭技术研究院院长调任航空航天部科技委副主任。

1月17日下午，王永志如约来到丁衡高的办公室。丁衡高向王永志传达了中央专委会议的决定，并告诉他："这次可行性论证其实就是立项论证，如果不出意外的话，载人航天工程就要上马了，这次论证意义重大，影响深远啊！今天请你来，是告诉你一个决定，经过与航空航天部领导反复研究，决定由你出任这个论证组的组长。"

丁衡高的话干脆、利落，让王永志心头如同吹过一阵春风，兴奋不已。但他也知道，这个论证组无论做出怎样的结论，都将记录在中国的航天史册上，作为组长，肩负的责任非同寻常。于是，他委婉地推辞说："这是整个航天战线都非常关注的大事，我怕干不好，还是请钱老、任老这样德高望重的老专家来牵头，我来当助手干具体工作吧。"

丁衡高笑了笑说："老专家们岁数都大了，不能让他们过分操劳。而且，载人航天工程庞大、任务艰巨，需要年富力强的人来挂帅，既然大家都推荐你，你就担起来吧。如果遇到什么困难直接来找我，我全力以赴支持你。"丁衡高用一种恳切的目光注视着王永志，说："明天就到国防科工委上班吧。"丁衡高眼神中透出的信任和热忱让王永志情不自禁地伸出双手，和丁衡高紧紧相握。

在王永志开始新的使命的同时，200多名专家也接到了通知，迅速秘密会集北京。2月9日，载人飞船工程技术、经济可行性论证组召开了第一次动员大会，丁衡高在会上说："这次虽然又是一次论证，但与以前最大的区别就是由务虚转为务实，只要专家们拿出一个能让中央认可的方案，载人航天工程便可正式启动。"

5个月的时间过去了，在王永志的带领下，工程总体和各系统论证组相互结合，经过分析、计算、讨论、研究，几个重大问题逐步明确，到

1992 年 6 月初，各个系统的专题组都提出了具体的基本方案——

　　航天员系统补充完善航天员选拔、培训和医学监督、医务保障的基础设施，组成航天员选训中心，选拔和培训我国第一批航天员；飞船应用系统以对地观测、空间生命科学与生物技术实验、空间材料科学与材料加工实验为重点，力争有所突破，并组成有效载荷应用中心；采用三舱（轨道舱、返回舱、推进舱）、两对太阳能电池帆板构型和降落伞回收的飞船方案，其轨道舱可留轨利用，并可作为交会对接试验的目标；改进长征二号 E 型火箭为适用于载人飞行的高可靠性火箭；充分利用原有公共设施，在酒泉卫星发射中心新建一个相对集中的测试、发射区，进行远距离测试发射；建立 S 波段的统一陆海基测控通信网，将飞行控制的指挥中心设在北京，陆海基测控通信网包括若干个地面固定站和活动站以及 4 艘海上测控船；选择一个主着陆场、一个气象备份用的副着陆场以及若干个陆上和海上应急着陆区……

　　从 1987 年的春天一直持续到 1992 年的盛夏，长达 5 年多的载人航天工程论证终于到了瓜熟蒂落的季节。

　　1992 年 8 月 1 日的中央专委会议上，正式审议王永志主持起草的《技术经济可行性论证报告》。王永志在发言中，提出了我国载人航天工程计划分"三步走"的建议：第一步，发射载人飞船，建成初步配套的试验性载人飞船工程，开展空间应用实验；第二步，突破航天员出舱活动技术、空间飞行器的交会对接技术，发射空间实验室，解决有一定规模的、短期有人照料的空间应用问题；第三步，建造空间站，解决有较大规模的、长期有人照料的空间应用问题。

　　经过了 5 年多的论证，每位专委委员都对启动工程的战略意义和客观条件有了足够的认识和了解，会议开得很顺利，大家都对这份论证报告表示赞赏。

会议结束时，原则同意了我国载人飞船工程研制的意见和载人飞船总体设计方案。

1992年8月25日，中央专委向党中央、国务院、中央军委正式递交了《关于开展我国载人飞船工程研制的请示》，建议中国的第一艘无人飞船争取在1998年、确保在1999年首飞。

1992年9月21日早晨，北京，中南海。

丁衡高、林宗棠、刘纪原、王永志等航天领域的领导和专家再次走进中央政治局会议厅。这一天，中共中央政治局常委会要专门听取国防科工委和航空航天部的汇报，讨论中央专委提交的《关于开展我国载人飞船工

王永志在空间应用系统的中科院长春光机所检查工作

程研制的请示》，决定我国载人航天工程命运的时刻即将到来。由于事关重大，中顾委的老领导杨尚昆、万里、薄一波也应邀参加了会议。

国防科工委主任丁衡高首先汇报了我国开展载人飞船工程研制的意见。他分析了当前国际航天事业以及我国航天事业的现状，谈到了这项工程的意义和作用，还从培养人才的角度强调了工程的必要性。王永志着重汇报了可行性论证的结果和专家们的意见。

这次会议正式批准了载人航天工程"三步走"的战略蓝图。中央认为，开展载人航天工程在政治、经济和科技领域具有重要意义，也是综合国力的标志。要像当年抓"两弹一星"那样，坚持不懈地、锲而不舍地把载人航天工程搞上去。中央要求，此事要静静地、坚持不懈地、锲而不舍地去搞，多干少说、只干不说，不报道、不宣传。

我国历史上规模最大、系统组成最复杂、技术难度最高、协调面最广的国家重大工程——载人航天工程正式启动，根据会议举行的时间，工程代号为"921"。

也在这一天，北京航天桥东侧一座普通的公寓内，一位老人密切地期待着会议的结果，他就是钱学森。这时的钱学森已年过八旬，行走已十分困难，但仍关注着载人航天工程的进展。当他听说政治局常委会批准了工程的立项报告，喜悦的心情溢于言表，他亲笔致信有关领导，表示了最诚挚的祝贺。

第二章　飞天序幕

总设计师的顶层蓝图

1992年年末，中华民族的飞天梦想化作国家的发展战略，载人航天工程在全国各地有关单位中悄无声息地开始了。

1992年11月3日，载人航天工程第一次会议召开，中央专委任命了工程的负责人：工程总指挥丁衡高，副总指挥沈荣骏、刘纪原。

与总指挥同时任命的还有工程的总设计师。作为设计师队伍的核心和灵魂，总设计师是工程技术工作的组织者、指挥者和重大问题的决策者。选择总设计师，不仅要求有对祖国赤诚的心，顽强执着的事业心，还要有科学严谨、坚持原则、协调处理问题的能力。堪当此重任的人选，责无旁贷地落在了王永志身上。这一年，王永志刚刚跨入60岁的门槛。60岁，多少人已在子孙绕膝中安享天伦之乐，而对王永志来说，却是他人生第二个青春的开始。把中国人送上太空，前无古人，这是条充满艰辛的道路，肩负如此重任，就意味着自己要在新的征途上带头冲锋陷阵。一种军人渴望战斗的激情在王永志心中升腾，他的心变得年轻起来，既兴奋又激动。

按照《工程总设计师工作条例》的规定，工程总设计师的首要任务就是提出工程总体技术方案，确定各系统的设计任务书和主要技术指标，审定各系统的技术方案。王永志首先要完成的是工程系统建设，研制载人飞船和运载火箭，建设先进的载人航天发射场和测控通信、回收等基础设施系统和发展空间科学与应用技术的空间应用系统。这些远比人造卫星难得多，也复杂得多。中央明确要求，我们起步虽晚，但起点要高，要从总体上体现中国特色和技术进步。王永志认识到，要实现这一目标，必须坚持高起点、高效益，通过技术创新，实现跨越式发展；必须调动各方面的积极性，发挥中国航天人的集体智慧，齐心协力，集智攻关。

载人航天工程立项时由工程总体和七大系统组成，分别是航天员系统、空间应用系统、载人飞船系统、长征二号 F 运载火箭系统、酒泉发射场系统、测控通信系统和着陆场系统，这七大系统相互关联，成为整体。

由于这七大系统隶属不同的行政部门，按照隶属关系将各系统归口于三个部门管理，即载人飞船和运载火箭系统归航空航天工业部管理，1993年航空航天工业部撤销后，改由新组建的中国航天工业总公司管理。空间应用系统归中国科学院管理。其他 4 个系统由国防科工委管理，1998 年国防科工委改组后，改由解放军总装备部管理。

参照工程总体的组成方式，工程各系统也分别建立了行政和技术两条指挥线和总指挥、总设计师联席会议制度。

工程研制的第一道程序就是方案设计，也称为模样研制阶段。王永志把这个阶段的主要任务用简练的语言概括为：攻关键，定方案，抓短线，建立协作配套网，创建研制条件。这是工程研制中最基础、最具根本性的工作，这个阶段工作完成得好坏，直接关系着整个工程的指标甚至命运。

为了将方案阶段的工作做得踏实可靠，工程"两总"决定先用 3 个月的时间，对可行性论证时提出的各系统方案进行复议确认。之所以有这个安排，是因为在可行性论证期间，就航天员系统提出的实施载人航天飞行前应安排动物搭载试验的建议，尚未达成共识；酒泉发射场系统上报的

"三垂"① 方案还是"暂定";着陆场系统提出的将河南黄泛区作为主着陆场的方案，还没有来得及实地勘察；飞船轨道设计还没有完成……

工程研制即将启动，这些悬而未决的问题，作为总设计师，王永志必须做出明确的回答。

由于有了航天员的参与，保障航天员的生命安全就成为载人航天飞行的首要任务。在载人上天之前，要经过大量的地面试验和无人飞行试验来考核飞船的安全性和可靠性。苏联在首次载人飞行前，发射了 7 艘试验飞船；美国在载人飞行前进行了 8 次无人飞行试验。两国在载人之前，都进行了动物搭载试验。我们怎么办？在技术方案论证会上，航天员系统的技术负责人认为先送大动物上天试验比较保险，"按照国外的经验，动物试验成功后，才能证明可以载人飞行"。

王永志认真地听着，然后问道："要是上动物，用什么动物好？"

这位负责人回答说："我们准备用猕猴，云南的猕猴最聪明，好训练。而且猴子的代谢能力比较低，消耗氧气慢，在相同的时间里，氧气消耗量只相当于人的 1/6，6 只猴子的氧消耗量才相当于一个人。"

"从购买猕猴到训练成功，你们估计要多少天？预算是多少？"王永志进一步问道。

这位负责人想了一下说："先成立一个动物研究实验室，再开展训练，估计要一年时间，需要 3000 万元左右。"

听到这里，王永志接过话说道："训练猴子要有专人饲养和训练，光建一个动物研究实验室就要几千万，而且飞船内还要研制一套猴子的生命保障系统。经费和代价暂且不说，最主要的问题是能否达到目的。猴子安全回来了，不见得人就一定行。相反，猴子不行，未必人不行。关键是 3 个人的代谢量，需要 18 只猴子来模拟。如果上天带着 18 只猴子，还不得

---

① 火箭转运的一种方式，即垂直组装、垂直测试、垂直整体运输。

'大闹天宫'呀!"

王永志的话惹得大家哈哈大笑，他自己也不禁笑了起来："那我再给大家讲个有意思的事情吧。据说国外曾经安排一只黑猩猩上了天，由于受到惊吓，它在几天的飞行中不吃不喝，很快被饿瘦了，竟然从束缚带里溜了出来，在飞船里上蹿下跳，让地面人员虚惊一场。"讲完这个故事，王永志接着说："除了前面说的那些，还有一个问题不得不考虑。猴子上天以后，如果出现了意外，我们很难分清是飞船环境满足不了猴子的生存要求，还是猴子本身的问题。"

说到这儿，王永志收起了笑容，站起身来说："人能不能上天，国外的实践已经证明过了。世界上有几百位航天员都上过天，他们在天上停留的时间也已经有几百天了。而且，从太空返回后照样能够生儿育女。这就说明，人可以适应升空和返回段的过载，也能适应飞船在轨运行的失重状态。我们还有必要从猴子、从狗开始试验吗？上动物能起到的作用，无非是两个：一是测定耐受失重、超重的能力；二是依靠动物不断消耗氧气，排出二氧化碳，来考核飞船自动补充氧气和消除二氧化碳的能力。而根据当今的科技水平，要实现这个目的，不用非上动物不可。只要做一个模拟人代谢的装置就足够了。这样，不仅可以节省经费，更重要的是节省时间。如果不创造性地前进，40 年的差距，什么时候才能赶上！我的意思是，大动物试验就不做了。"

听了王永志的这番分析，大家都表示赞同。航天员系统的总指挥魏金河和总设计师杨天德也同意了这一意见。

在进一步组织相关人员进行调研和论证的基础上，确定由中国科学院大连化学物理研究所研制拟人代谢装置。这个装置利用物理和化学原理，可以模拟 3 个人的代谢规律，不断地消耗氧气并释放出二氧化碳。这样在无人飞行试验中，就可以全面在轨考核飞船的环境控制能力。这套装置只耗费了 600 万元人民币，大大地节省了开支。

1994 年 10 月 28 日，在北京北郊一个叫"唐家岭"的地方，一座现代化的航天城开始奠基。负责航天城总体建设的是国防科工委副主任、载人航天工程的副总指挥沈荣骏。

沈荣骏，航天系统工程战略科学家，航天工程管理与测控技术专家。1958年毕业于解放军测绘学院，是我国航天测控网和电子对抗技术试验场建设的主要奠基人之一，为我国航天测控网的建设和中国航天测控网跨入世界先进行列做出了突出贡献。1985年以来，沈荣骏直接组织指挥了50余次火箭、卫星大型发射试验任务，开展并组织实施了中国航天走向国际市场的开拓创新，是中国航天走向国际市场的主要开创者之一。

工程立项时，中央关于批准载人航天工程上马的方案中明确，在北京集中建设一座航天城，国防科工委负责建两个中心，即航天员训练中心、指挥控制中心，航天部负责建飞船总装测试中心。

航天部领导在机场路沿线选了300亩地，每亩45万元，在当时还是比较便宜的。但沈荣骏一听，连连摆手说："不行。第一，空间技术研究院在中关村，跑到机场路干啥？布局不合理。第二，哪有这么多钱呀，太贵了。还是到北边去。"

航天部领导为难地说："北边搞不到这么多地。"

沈荣骏说："你就甭管啦，我弄完了给你分地就是了。"

其实，对这三个中心如何建设，在沈荣骏的脑海里早有一幅雄伟的蓝图。他坚持认为，一定要把三个中心建在一起，这样有利于工作协调、生活方便。为此，他拟定了三条选址原则：一、不准移民，他深知移民工作的难度之大；二、要把这三个中心按照一个整体统一规划；三、方便生活。依据这个总体指导思想，一天，他驱车来到现在北郊的唐家岭实地察看，当时的唐家岭还是一片尘土飞扬的荒郊野岭，沈荣骏认为在这里建三个中心最为合适。

地址选好以后，沈荣骏又亲自去找北京市分管城市建设工作的副市长张百发。张百发副市长很支持，同意征地3000亩，并预留1400亩。

航天城建设规模之大、要求之高、建设项目之多、时间之紧、施工协调之难，都是史无前例的。它与一般的土木工程建设不同，如果不能赶在飞船研制完成前竣工，后续的大型试验就无法进行，不仅飞船系统的研制计划被打乱，"争八保九"的目标也将会付诸东流。

由于工程要求高、技术复杂，又要抢时间、赶进度，所以，多家单位的建设由工程统一规划，统一组织实施。在沈荣骏的努力下，北京市委、市政府再次给予了大力支持，决定特事特办，在工程建设的程序上，可以边报批、边规划、边建设。这项"三边工程"在当时的特殊情况下，起到了很大的作用，为工程建设争取了大量宝贵的时间。

1994 年 10 月 28 日，曾为载人发射场奠基铲下第一锹土的中央军委副主席刘华清上将又兴致勃勃地来到唐家岭，亲手为未来的北京航天城奠基。奠基仪式上，沈荣骏喊出了"誓死拿下航天城，给党中央交一份满意的答卷"的口号。

自这一天起，沈荣骏这位共和国的将军，瞄准世界一流水平，以排山倒海的气势，指挥千军万马浩浩荡荡地开进了唐家岭。

在沈荣骏的直接领导下，空间技术研制试验中心、航天员培训中心、指挥控制中心和测控通信中心等多家航天机构开始在这里集中建设，同时破土动工。

1998 年 5 月，在距离我国第一艘飞船发射只剩下一年零五个月时，北京航天指挥控制中心大楼和航天员中心科研训练的部分场所均已如期竣工，各种设备陆续到位，近千台（套）各种计算机、显示器，仅用 4 个月的时间全部集成、安装和测试完毕。

与指挥控制中心大楼同时竣工的，还有由航天部负责建设的空间技术研制试验中心。一个总建筑面积达 75879 平方米，划分为研制试验区、科研管理区和生活区，实现了大型航天器总装、测试、试验一体化以及垂直装配、垂直测试、垂直转运的工艺要求，具有国际一流水平的空间试验中心展现在人们面前，并通过了国家级验收，为载人航天工程中的"神舟"

飞船的研制提供了一流的服务。

从此，一座雄伟的航天城在北京西郊宣告建成，其宏伟壮观的程度可以和欧洲的航天试验中心相媲美。沈荣骏到俄罗斯访问时，看到俄罗斯的指挥中心、飞船中心和总装测试中心相隔很远，工作起来不方便，也不好协调。中国航天城建成后，俄罗斯人来看了，大为赞赏，说："你们的这个布局比美国好，比俄罗斯也好。"

酒泉，"神舟"起飞的地方

酒泉卫星发射中心始建于 1958 年，位于内蒙古自治区额济纳旗境内，是中国建设最早、规模最大的航天发射场。作为中国的航天第一港，我国第一枚导弹在这里发射，第一颗卫星在这里上天，第一枚洲际运载火箭从这里飞向太平洋，积累了丰富的实践经验和雄厚的技术基础，拥有完善的测量、控制、通信、气象、计量、铁路运输、发供电设施设备，可完成多种轨道卫星的测试发射任务，具有良好的载人航天发射试验基础。

发射场选址经过了一年多的地理考察，专家们走遍了戈壁沙漠，对发射区、降落区、应急救生区都做了详尽考察，一致认为，酒泉卫星发射中心处于戈壁平原地带，人烟稀少，地势平坦，视野开阔，气象条件优越，对跟踪测量的限制小，发射前后航天员应急救生条件极好，年可发射时间长达 300 多天，有利于发射场各项设施的建设。还有一点，酒泉卫星发射中心距离城市远，环境艰苦，利于保密，符合"只干不说"的原则。但是，根据载人航天任务的需求，原有的发射场已不适应今后的载人航天发射，需要新建一座专门用于载人航天的新发射场。

1994 年 7 月 3 日，载人航天发射场在大漠深处奠基。发射中心主任、

中国酒泉卫星发射中心载人航天发射场

发射场系统总指挥李元正把发射场方案设计工作交给了发射场系统的总设计师徐克俊。他对徐克俊说："一定要争取主动，拿出一个具有世界先进水平的发射场方案。"

徐克俊是个敢作敢为、勇于创新的专家，接过任务，他用了一个晚上的时间归纳了世界上工艺流程最先进的技术资料，并拿出了远距离测试施工的方案。

酒泉卫星发射中心过去采取的是火箭分段测试、分段总装、分段运输到发射场后分段对接，再进行重复测试的模式。按照徐克俊的想法，载人航天发射场应采用当时具有国际先进水平的"三垂一远"发射模式。

　　　　　　挺进太空：中国载人航天纪事

"三垂一远"① 发射模式最大限度地减少了技术状态的变化，大幅度提高了载人发射的安全性和可靠性，具备短时间内连续发射的能力，同时满足未来空间站应急救援发射的需求。这个方案被徐克俊进一步丰富后写成论文，发表在《载人航天》杂志上，被钱学森看到了，他立即给工程负责人打电话说，徐克俊的文章"很有用，能供载人航天发射场的建设参考"。

　　3 年多的时间转眼过去了，1998 年春节刚过，空旷的戈壁滩上奇迹般地矗立起一座巍峨的厂房。雄伟的发射塔和蓝白相间的双工位垂直测试厂房遥遥相对。两条相隔 10 多米的铁轨从垂直测试厂房大门一直延伸到发射塔下的导流槽两旁，这就是用于垂直转运的铁轨，笔直而光滑。

　　发射场建成了，但能不能承担起发射飞船的重任，需要通过飞船、火箭在发射场技术合练做一次初步试验。1998 年 5 月，载人航天工程在发射场进行第一次合练，所有的大型地面测试设备、庞大的电缆中枢，都要在合练中铺设完成，工作人员也要通过这次合练，掌握基本的发射流程。经过发射场全体人员的努力，合练取得了成功，前来视察的首长高兴地对李元正和徐克俊说："祝贺你们！发射场顺利通过了评审！"

阿木古郎， 为英雄回家护航

　　航天员和飞船返回是载人航天飞行的最后一个环节，如果把载人航天飞行比作一场太空接力，着陆场就是最后一棒。根据国际航天界的记录，飞船返回阶段往往是航天员罹难最多的阶段。2003 年，美国哥伦比亚号航天飞机就是在返回时失事的。

----

　　① "三垂一远"指的是垂直组装、垂直测试、垂直整体运输和远距离测试发射控制。

载人航天工程立项之初，在中国 960 万平方千米的疆域中，选择一块 2000 平方千米的平坦区域不难，但要找到一块既能够满足着陆条件，又符合飞船轨道要求的区域并不简单。从 1993 年 2 月至 1996 年 10 月，工程指挥部组织人员对河南、四川、内蒙古、辽宁、甘肃、新疆等所有理论上适宜飞船着陆的地方，经过 6 次大规模的实地勘察，动用直升机 17 架次，车辆行程 23500 千米，勘察面积达 18 万平方千米。根据图上作业和空中勘察的结果，初步拟定主着陆场选在河南开封至驻马店以东长约 200 千米、宽约 100 千米的范围内。

1993 年 2 月初，王永志前往河南进行地面详细勘察。望着星罗棋布的村庄、茂密的树林和随处可见的柴草堆，王永志意识到一个问题，树木和建筑多，势必会影响飞船的降落，而村庄多意味着人口密度大，飞船降落前就要疏散群众，不仅存在安全隐患，而且扰民。

这不是王永志心目中理想的着陆场，他想另选新址。但原方案已经过中央批准，这个"马后炮"要不要放？王永志考虑再三，为了对国家负责，对载人航天工程负责，勘察结束后，他在总结会上正式提出建议，主着陆场要改址。

王永志的想法当即遭到了反对，有人提醒他说，着陆场的位置变化会带来一系列技术上的变化，轨道倾角、搜索救援回收的设施和设备配置、测控通信系统的布局都要改变。而且，原定着陆场尽管存在隐患，但飞船降落时撞到建筑物和树木的概率很小，稍加注意就可以避免。更重要的是，选址方案已经向中央报告过了，得到了中央的批准，如果这时提出更改，中央会怎么想？

这些话，丝毫没有动摇王永志的决心，他耐心地说："我们干载人航天不是打几艘飞船就完了，降落一两次很可能不会出问题，但要是方案留有隐患，迟早会出事。如果因为选址不当，造成的后果是人命关天的，那时我们又怎么向中央交代？"说到这儿，王永志停了下来，逐个看了看在场的每个人之后，接着说："实际上，如果从全局出发，把着陆场调整与飞行轨道优化设计联系到一起考虑，不仅可以解决着陆的安全问题，更主要的收获是飞船返回主着陆场的机会增大了，航天员的安全性更高了，花再大的代价都是值得的。"

回到北京后，王永志把主着陆场实地勘察的情况向有关领导做了汇报，总指挥丁衡高和副总指挥沈荣骏都支持他的意见，决定改变主着陆场地址。

1993 年 6 月，王永志又率队出发了，一行 14 人直奔内蒙古大草原。他们先乘坐直升机对乌兰察布盟的四子王旗阿木古郎草原、伊克昭盟西部的草原和戈壁沙漠进行空中勘察，选定空旷平坦的地区后，再乘汽车进行地面勘察。

王永志的视野渐渐地聚焦在了四子王旗的阿木古郎草原。这片草原处在大青山北麓，南高北低，海拔 1000～1200 米，地势宽阔平坦，人烟稀少，由此向西将近 1000 千米也是同样地形的平原地区，为飞船弹道式返回提供了极为难得的安全走廊。

王永志对这里的一切都感到非常满意，更坚定了他更换着陆场的决心。考察结束后，他和丁衡高专程向中央汇报了主着陆场的更改方案，李鹏总理亲自听取了他们的汇报。

按照王永志提交的这个方案，飞船的飞行方案有了重大变化，每次任务结束之后，飞船按计划返回内蒙古四子王旗着陆场，并将原定 52 度的轨道倾角降低到 42～44 度，使主着陆场能够位于飞船下点轨迹的弧顶，增加了飞船正常返回的机会。如果四子王旗不具备气象条件，飞船返回舱还可以在返回主着陆场的途中在酒泉卫星发射中心南边的副着陆场着陆。另外，为了保证飞船在任何故障情况下应急着陆时，都能够迅速地找到返回舱并且保证航天员的生命安全，王永志还建议，在陕西榆林、河北邯郸、四川遂宁及国外有关国家和地区布设多个陆上应急救生区和海上应急溅落区。这样的设计，给飞船轨道设计、着陆场、测控站、测量船配置布局方案确定创造了条件。

除地面搜救之外，王永志还研究制定了一套海上搜救对策。因为飞船发射后，很快进入海洋上空，如果出现意外需要救生，我们面对的将是5200千米范围的茫茫太平洋，在汪洋大海中寻找一艘小小的飞船，如同大海捞针一般。可如果不能在24小时内把返回舱打捞回来，航天员就会有生命危险。为了实施海上救生，美国当初派了3艘航空母舰、21艘舰船和126架飞机，动用了2.6万人；苏联的规模小一些，但也布置了7艘舰船和110架飞机，动用了4500人。依照中国的国情，我们难以组织这么庞大的搜救力量。怎么办？王永志的对策是，利用飞船自身的能力，控制飞船就近飞向三个预先设定的海上应急搜救圈。这样，一旦飞船落入大海，定点等候的6艘船很快就能找到，减少了搜救力量，提高了时效。

李鹏总理听了王永志的汇报后，当即表示："改得好，就这样定了，批准实施这一方案。"

世界上最精干的航天测控网

飞船点火发射升空后，将进行一系列调姿、变轨，才能进入预定轨道开展工作，这个过程中，会受到空间各种干扰，为了保证飞船及轨道舱的正常工作，并确保飞船返回舱的顺利返回，必须对飞船轨道进行实时跟踪和控制。测控通信系统是飞船和地面唯一的联系纽带，在轨运行控制、轨道维持等都需要这个系统来进行。因此，它也是载人航天工程中，参与规模最庞大的系统。

载人航天工程正式启动时，测控通信系统首先要解决的是测控体制问题。在这之前，我国原有的航天测控网是 20 世纪 80 年代建成的，主要是对中低轨卫星和少数地球同步卫星进行测控的超短波网系和支持高轨道地球同步卫星测控通信的 C 波段测控网系组成的"一网两系"体制。前者曾在我国历次卫星测控任务中发挥了重要的作用，但设备老化，面临退役；后者则不符合国际电信联合会关于航天测控业务使用频段的划分，无法实现与国际标准的兼容。更重要的是，针对载人航天任务的测控，存在着航天员与地面联系等一系列新的问题。显然，无论是超短波还是 C 波段测控网都无法满足载人航天的需要，必须布设一张全新的测控网。

王永志对载人航天工程副总设计师陈炳忠说："我们过去的航天测控网一用就是几十年，应该采用新的技术手段，才能适应发展的需要。另外，我国的测控站、测量船不会太多，必须考虑国际联网的可能性。"

陈炳忠是一位资深的航天测控专家，在制定载人航天测控方案和实施飞行控制中都发挥了重要作用。他回答说："测控波段的选择和测控网的布局十分关键，而根据我们的国情，必须走低投入、高产出的路子，我认为，规划、设计新一代 S 波段①统一测控通信系统是最好的选择。"

1989 年，我国航天测控系统的总体设计单位——北京跟踪与通信技术研究所首次提出了建立 S 波段统一测控通信网的设想。这个研究所集中了我国航天测控领域的大部分专家，陈炳忠就曾在这个所当过所长，是 S 波段统一测控通信网积极的倡导者之一。想法一提出，激烈的争论就开始了。在之后整整三年的概念性论证中，争论越来越激烈，到 1992 年我国载人飞船计划被正式确定下来时，争论也达到了高潮。

在最后一次论证会上，专家们一致排除了使用 C 波段雷达的想法，但大多数老专家和测控一线的技术权威都赞同使用超短波测控网的方式，他们的理由非常充分：经过历次航天任务的实践，我国已完全掌握超短波技

---

① S 波段是指频率范围在 1.55~3.4GHz 的电磁波频段。主要应用在中继卫星、卫星通信、雷达上面，现在广泛使用的蓝牙、无线路由、无线鼠标等也使用这个范围的波段。

术，且安全可靠，把握性大，很多设备经过维修、改造后，还可以充分利用。

"那就按这个方案上报吧！"就在会议主持人即将宣布散会时，有一位专家突然站了起来说："等等，我不同意这个意见。"

这位专家是当时担任北京跟踪与通信技术研究所副所长的罗海银。罗海银是新一代S波段统一测控网的倡议者，他坚定地认为自己的想法是最适合载人航天的。在过去三年里，罗海银已经对S波段的设想做了大量的论证，还同许多专家交换过意见，只不过没能说服大家。这一次，如果再不能得到大家的支持，也许他的这个想法就再没有机会成为现实了。

"我可以说说我的想法吗？"罗海银恳切地问主持人。

主持人看了看表，时针已指向了开饭的时间。

"五分钟够吗？"主持人问罗海银。

"不够。"

"那十分钟呢？"

"也不够！"

"那你需要多长时间？"

"至少半个小时！"

听到罗海银的回答，主持人面露难色，他看了看在座的专家们。

尽管很多人的肚子已经开始咕咕叫了，但出于对工程负责的态度，专家们都点头表示同意。

"谢谢，我以最快的速度说完。"罗海银没有反驳任何人的观点，只是指出了S波段的好处。他把国外S波段中存在的问题和我们设想中的S波段的特点进行解读和对比，一口气归纳出了S波段的五大优点：

一是功能全。具有精密跟踪、测距、测速、对飞行器遥控、遥测、双向话音及下行图像传输的功能。二是体制新。把测控和天地通信综合为一体，一体两用，化繁为简，省了设备，又消除了测控与通信之间的矛盾。

三是一网多用。S波段不仅可以满足载人航天的要求，同时也可完成对近地卫星以及同步卫星的测控，并且采用新的设计标准，为将来与国际联网创造先决条件。四是规模大。我国S波段测控网建成后，将有陆基测控站、海上测量船以及车载测控站和三大中心共同组成的遍布全国和可航行于三大洋的庞大的S波段测控网。五是经济效益高。在设备的设计上采用多功能、多用途，如共用天线、共用通信信道等。仅此一项就可以节省上亿元的经费……

当罗海银将这些理由一一摆到专家们面前时，从他们的表情中，他看出大部分专家接受了他的想法。这时，罗海银忽然感觉自己饿了，正当他准备结束发言去餐厅用餐时，他意料之外的事情发生了。一位专家站起身来，拍着桌子说："老罗，你光说不行，怎么实施，能不能实施，得把具体方案拿出来！"

罗海银听了顿时火冒三丈，这不是强人所难吗？按照科学的程序，应当是航天员、火箭、飞船等系统的技术状态和指标都明确后，才可以向测控系统提要求，真正进入具体实施的过程。可载人航天的七大系统的论证是同时展开的，火箭和飞船刚刚开始研制，航天员还没有选拔，根本无法拿到这几个系统的具体技术状态和指标要求，测控自然无法具体。

"没有具体方案，我不同意采用S波段的建议。"这位专家气呼呼地甩下这句话，转身离席而去。

主持人尴尬地看着这个局面，他知道，会议进行到这里，显然无法继续下去了。但罗海银发言过后，与会的专家们形成了两种意见，会议陷入了僵持。

"老罗，先坐下。"主持人摆了摆手，示意罗海银坐下，"我看今天的会议，我们不急于做结论。两种方案都有优势。至于选择哪一种，还是等老罗拿出具体方案以后再说吧。老罗，你看这样行不行？"

罗海银没有吭声，只是点了点头。

"那好吧，等老罗的方案出来后，我们继续研究。"主持人打了个圆场后，宣布休会。

刚刚还胸有成竹的罗海银这时才感到了压力重重，原本以为只要概念清楚，就可以让大家接受他的观点。可如今必须让方案具体化，不具体就无法说服人。

这一"具体"就是整整 5 个月。

罗海银从其他系统收集到了足够的数据、参数，基本掌握了飞船、火箭的具体技术状态和指标要求。

评审的时间到了，论证组的专家们再次聚集在那间"不欢而散"的会议室里。会议还没开始，一幅浓缩了 S 波段航天测控网的示意图就清晰地展现在了专家们面前。当得知这张占满会议室整整一面墙的图纸是罗海银他们用了三天时间才拼接完成时，专家们都被深深地感动了。精妙的设计、完美的规划，让评审组的专家们纷纷对 S 波段的方案表示赞同，就连上次强烈反对的那位专家也投了赞成票。

测控通信系统的方案进入设计阶段后，罗海银被任命为测控通信系统的总设计师。他首先要做的，就是在测控站船数量最少的情况下，找出一套最佳的布站方案。

受命担此重任的是北京跟踪与通信技术研究所的青年专家于志坚。于志坚毕业于解放军测绘学院人造地球卫星大地测量专业，刚刚 30 岁出头，却有着敏锐的洞察力和缜密的思维能力，因为出色的科研设计能力和工作管理经验，被任命为测控系统的副总设计师。

于志坚结合以往的卫星测控任务，摸索出了载人航天对测控通信系统的高实时、高可靠、高覆盖的"三高"要求特点。可我国国力有限，最少用多少个测控站、多少艘测量船，如何布设才能满足这样高的要求？

于志坚把目光投向了国外。

美国在执行"水星号"任务时，在全球布设了 16 个测控站，到了

挺进太空：中国载人航天纪事

"双子星座"计划时，已增加到 22 个。而当"阿波罗"计划进行时，采用 S 波段技术在全球布设的测控站也有近 20 个。俄罗斯从"东方号"到"联盟号"飞船，再到"礼炮号""和平号"空间站，经过 30 多年的建设，拥有了一个庞大的功能齐全的测控网。仅仅是针对载人航天运行段的测控，就布设了 15 个主要测控站，经度覆盖范围将近 180 度，除此之外，还有 11 艘航天测量船参与。

美国和俄罗斯这样庞大的布站规模和全球布站方式，让于志坚放弃了学习和借鉴的想法，因为对于当时的中国来说，无论从技术还是从经济能力上都是无法达到的。但是，于志坚是个极具前瞻眼光的人，他懂得权衡利弊，懂得保证重点，懂得各种要求的综合满足。

由于其他系统对测控通信系统的要求没有完全明确，于志坚只能利用所掌握的国外载人航天情况对比分析我国载人航天工程对测控通信的要求。综合分析国外的情况，于志坚发现，飞船上升段和返回段是容易发生故障的关键段，当初对概念进行研究时，对飞船上升段和返回段测控通信覆盖率要求的论证是非常正确的，上升段必须保证 100% 的覆盖率，返回段则必须保证对几个关键点较高的测控覆盖率。

入轨段的测控任务由哪几个站承担会取得最佳效果？变轨段怎样才能保证足够的测控时间以备确定轨道情况和必要时实施决策控制？返回段如何才能确保返回指令的成功注入？……带着这些大大小小的问题，于志坚和同事们又开始了不计其数的反复计算和比较工作。最终选择了综合效果最佳的 4 船 9 站，即 4 艘远洋测量船、6 个陆地测控站和 3 个活动测控站的布站方式，构成我国规模庞大、布局合理的新一代综合性航天测控通信系统。除了具备常规的跟踪、通信与控制功能，还具有天地话音、电视图像和高速数据传输能力，既覆盖飞船的运行范围，还可支持所有中低轨道卫星测控，以及部分同步卫星的测控任务。

这一方案还得到了总设计师王永志、副总设计师陈炳忠的赞同，以及工程副总指挥、测控通信专家沈荣骏的坚定支持。

罗海银关于 S 波段统一测控网的构想和于志坚的布站方式已经被大家认可和接受。下一步要解决的问题就是，如何让这个网真正实现"三高"的要求。

于志坚和孙宝升、翟政安等年轻的技术骨干不约而同地想到了采用透明传输的工作模式。

透明传输工作模式是相对于我国过去多年沿用的测控中心与测控站共同负责航天器测量数据处理与控制决策的模式来说的。这种工作模式是国际上较为先进的一种技术，在这种工作模式下，飞行控制中心可以直接对航天器进行监控，测控站只起沟通天地信道的作用。

作为一项先进的航天测控技术，透明传输工作模式已成为世界航天测控网建设的必然选择，远程监视和控制的优势在其中得到了充分显现。要建设我国的 S 波段新型航天测控网，如果依然沿用过去的测控方式，那就会使整个航天测控网的效率大打折扣，而采用透明传输工作模式，无疑会使 S 波段测控网如虎添翼。一旦采用透明传输工作模式，将会大大加强飞行控制中心实时掌握飞船和航天员状况的能力，加快故障判断、指挥决策和指令发送的速度，而且，可以适应多星测控任务的要求，一网多用，一举多得。

但是，如果采用透明传输的工作模式，将数据集中到指挥中心来，由中心直接操作，测控站所扮演的角色就仅仅是数据信息传输的高速公路上的一个"通道"而已，曾经在卫星任务中发挥了巨大作用的测控站就显得无足轻重。而且，透明传输工作模式的选用还意味着测控站的规模和人员数量的减少，很多老专家、老同志从感情上难以接受这一事实。再者，以往的测控方式已经过 30 年的检验，可靠性毋庸置疑，新的方式从没有使用过，可靠性究竟怎样，也在大家心头打上了一个大大的问号。

面对重重压力和各种质疑，于志坚一点儿也不着急，总是笑呵呵地利用各种机会去消除这些人的疑虑。在多年的总体工作锻炼中，他早已积累了丰富的与人打交道的经验，他表达能力极强，缜密的思维和条理清晰的语言，使他的解说极具感染力。

于志坚向大家反复说的主要是两点意思：一是载人航天任务要求具备高速的数据传输速率，减少中间环节本身就意味着速度的提高。另一点更为重要，任何一项大型工程，都需要各系统专家集体参与，将所有数据汇集到一个中心，有利于专家们共同决策。

而且，测控设备的稳定性和可靠性比起我国航天事业起步时，早已有了天壤之别，自动化检测水平提高，遇到故障可以快速自动切换到没有问题的器件上，往往一个人就能保证它的正常运行。从国外测控通信技术的发展情况来看，透明传输工作模式以及减少测控站的人员和规模都是公认的发展趋势，国外甚至已经出现很多无人值守的测控站……

在于志坚的侃侃而谈中，大家从国外测控技术发展的事实中，逐渐接受了他的观点。为了更有说服力，于志坚还特意带专家们到国际海事卫星北京测控站去实地参观，用海事站透明传输工作模式的成功经验现身说法。终于使透明传输工作模式被成功运用在新型的S波段统一测控通信系统中。

测控网的问题解决了，指挥控制中心怎么建、建在哪儿成了当务之急。一种意见是改建原有的西安卫星测控中心，另一种意见是扩建北京指挥所，第三种意见是另起炉灶，在北京建设一个全新的航天指挥控制中心。

在评审会上，前两种意见基本是维持原有的格局，专家们争议不大，但第三种意见却遭到了大多数人的反对。前两种意见主张指挥在北京、测控在西安，而后者主张将指挥和测控合二为一，建立统一的指挥控制中心。争论的焦点除了各种技术原因，还集中在经费和时间上。专家们认为建一个现代化的指挥控制中心绝非一朝一夕的事情，所以在评审意见上写下这样一句话："不宜搞大的基本建设。"

这时距离向评审组做最后的汇报与答辩，只剩下了 3 天时间。3 天后，将正式确定指控中心的建设方案。

3 天，72 个小时，除去吃饭、睡觉，有效工作时间，只有 20 多个小时，这让罗海银感到了时间的紧迫。因为提出第三种意见的，正是罗海银所在的北京跟踪与通信技术研究所。罗海银坚定地认为，无论改建还是扩建都是权宜之计，随着航天事业的发展，原来的基础设施已显得落后，迟早都要建设新的中心，如果趁着工程上马一并完成，就可以在技术上不走弯路、经济上不花冤枉钱。

"好好思考一下，和大家好好谈谈，一定要让他们接受我们的想法。"罗海银把说服专家的任务交给了所里的专家夏南银。

3 天后，夏南银的"总结"报告出炉了，9 页纸上列出了 6 条理由。罗海银接过一看，频频点头："有了这个总结，相信大家会同意的。"

这份报告第一条说的是经费。夏南银算了一笔账，乍一看建一个新的指控中心耗资巨大，但和改建所用的经费相比较，其实并没有太大的差距。其次，夏南银专门来谈故障和教训。过去只要任务成功，那些细小的、局部的、没有造成大的影响和失败的故障都被善意地忽略掉了，这次却被夏南银一个个地列举出来。这些故障都是同指挥和测控分开有着直接的关系。为了说服大家，夏南银还专门举了美、苏两国的例子。美、苏两国在航天事业创建初期，都在原有的基础上改建指控中心，但随着任务的拓展，美国从"双子星座"开始，新建了休斯敦航天控制中心；苏联从"联盟号"开始，建成了位于莫斯科附近的飞行控制中心。这两个中心都选择靠近决策层和技术支持单位的地方。

最后的答辩开始了，夏南银逐条地把 6 条理由说完之后，接着说："北京是中央的所在地，中央对载人航天那么重视，坐镇指挥时，我们能让中央首长往外地跑吗？工程的指挥和决策者都在北京，空间设施的研制、使用单位都在北京，航天医学研究和保障中心也在北京，都让他们往外地跑吗？"

答辩结束时，夏南银的结论清晰明了，指挥中心和测控中心必须走向统一，必须重新建设，选址必须在北京！

"那西安的测控中心怎么办，难道撤销吗？"有专家情绪激动地反问夏南银。

此话一出，立即引起了现场许多人的共鸣。的确，西安卫星测控中心作为当时国家唯一的航天测控中心，是测控事业的技术基地、人才基地和水平标杆，西安测控中心的建设历程几乎就是中国航天测控事业的一部发展史。从最初连卫星都没有见过、轨道计算都不懂，到熟练掌握通信卫星、气象卫星、一箭多星等多种航天器的测控技术，轨道计算的精度从没概念到有概念，从几千米到一个米级的星级，几十年来，中国的航天测控专家几乎都是在西安中心摸爬滚打过来的。工程启动之前，从专家们个人之间的讨论到有组织的论证，西安卫星测控中心都做了大量的前瞻性论证和技术储备工作，几乎每一个技术人员都信心百倍地期待着通过载人航天的实施再创辉煌，达到自己人生和事业的高峰。而且，他们坚信就像历次重大任务一样，会让他们担当重任。谁也没想到，夏南银对改址的想法如此坚决，这让他们从感情上难以接受。

面对近乎诘责的质问，夏南银并没有丝毫慌张，依然用他惯常的不慌不忙的语速说道："西安中心不用撤，可以作为备份中心，与北京一起开展载人航天飞行控制技术的研究和开发，这样可以实现双保险。"

按照这个方案，一旦北京航天指挥控制中心的建设达不到载人航天的总体要求，或者在执行任务中出现故障，将由西安卫星测控中心取而代之。

夏南银的答辩合情合理、无懈可击，而且是十分必要的，最终获得了工程领导和大多数专家的认可。

1996 年 3 月，中国测控网的核心——北京航天指挥控制中心宣告成立。正式挂牌的那天，工作人员发现，每个办公室的墙上都挂上了一张北京航天城的规划图，意图不言而喻：未来的航天城将是世界一流的，每个人的工作水平必须与之相匹配。

中心还公开提出了一个口号：决不能把机会留给西安测控中心。一场大会战一般的技术攻关由此拉开帷幕。针对每项工作、每个课题，每个人都有了一份自己的倒计时时间表。

一年过去了，北京航天飞行控制中心的大楼还未建成，各种设备也没有到位，一个又一个分系统却接连建成，一项又一项阶段性成果也相继发布了。他们成功研制出具有 7000 多个模块和 100 多万行源程序的飞行控制软件系统；制定出《测控通信系统初步实施方案》《飞船试验组织关系》等一百多套不同岗位的操作方案。

但没有经过实践检验，方案永远都是纸上谈兵。中心领导和专家们心里都清楚，国家不可能为验证这些方案专门去发射一个航天器。为此，他们想到了利用应用飞船模拟仿真系统进行训练。用一套由各种数字和数学公式组成的系统、一台仿制的飞船代替真实的任务，检验 9 个测控站、4 艘测控船的配合，检验从飞船发射到航天员返回的全部过程。

演练进行了整整 7 个月，暴露出来的 1300 多个问题被成功解决，到第一艘飞船发射前夕，北京中心几百个岗位上的科技人员都达到了闭着眼睛也能操作、几百上千条口令倒背如流、注入准确无误的程度。

西安卫星测控中心角色的转变是从对"备份"的理解开始的。最初，大家都认为备份意味着失去了往日的核心地位，不再是指挥者，将来也必将少了许多的荣誉和荣耀。但随着研制的推进，大家逐渐意识到，备份并不意味着责任的减轻、工作量的减少，更不是衡量贡献大小的标志。

备份，是一个独立的系统，应该有独立的软件、独立的计算方法，简单地复制就失去了双保险的意义。但有一个事实又不得不接受，备份就必须和北京中心同步，轨道、落点、控制量……整个任务的过程，每一步都得步步紧跟，积极主动地去配合。

从1993年开始，西安卫星测控中心着手对所属的陆上测控站进行建设性改造，完成了测控设备的更新换代，建成了统一的S波段测控网。在1994年到1999年的5年间，中心研制开发出了整个执行载人航天任务的软件系统，从而使测控模式实现了从传统的分级操作、测站遥控向透明转换、中心遥控的转变及指挥模式从人工指挥向自动化指挥的转变，大大拓展了测控网的能力。

世界上第一枚远程运载火箭发射的时候，一部雷达就能完成对它的全程跟踪和测量。随着航天技术的发展，远程运载火箭和人造卫星相继问世，它们的飞行全程达几万千米。地球上任何一个国家都无法在本土对这些航天器进行全程跟踪测控。

1962年，美国建造了世界上第一艘航天测量船"阿诺德将军号"；1963年，苏联建造了"德斯纳号"。之后，美、苏两国又相继建造了多艘航天测量船，在火箭发射、卫星测控及后来的登月计划中发挥了重要的作用。

对我国的航天事业来说，发射运载火箭和飞船时，火箭、飞船都将远远飞出国界，设在国内的测控站已无法满足需要，固定在陆地的测量设备也无法完成天涯追踪的使命。最理想的测控场所，必然是在占地球总面积71%的辽阔海洋上。于是，在浩瀚的大海上，便出现了一支拥有"神眼"的海上劲旅——中国航天远洋测量船队。

为了发展中国自己的火箭、卫星技术，克服地平线对测控设备的遮挡，周恩来总理在1965年提出了"建造中国自己的航天远洋测量船"的构想。1977年8月，我国自行设计建造的第一艘远洋测量船建成下水。一年后，又有了第二艘。这两艘万吨航天测量巨轮，以毛泽东主席手书的、叶剑英元帅七律诗《远望》命名，被称为"远望一号"和"远望二号"。

这两艘"远望"号的亮相，使得中国成为当时世界上第4个拥有远洋测量船的国家。

载人航天工程立项时，我国只有这两艘"远望"号船。根据任务的需求，还需增加两艘测量船，即后来的远望三号和远望四号船。

1994年，远望三号船在上海江南造船厂建成下水，这是我国自行设计建造的第二代远洋航天测量船，汇集了20世纪90年代船舶、机械、电子、气象、通信、计算机等方面的高新尖端技术，各项技术指标都达到了世界先进水平。1998年7月，远望四号入列远望号船队，远望四号是由远洋科学考察船向阳红十号改装而成的，也是我国自行设计建造的综合性航天远洋测量船。

四艘"远望"号船构成了一个可移动的海上测控站，从此，"远望"号成为这支远洋测量船队的共同名称。

"远望"号航天远洋测量船队

　挺进太空：中国载人航天纪事

"远望"号航天测量船集中了我国当代远洋航天测控技术的精华，全船装备分为航海、气象、测控、通信、机电5个系统，船上汇聚了上千台（套）我国当时在机械、电子、光学、计算机等方面先进的精密仪器设备。特别是，我国自行研制的大型电子计算机系统，能迅速对测控数据进行运算处理，并把各种信息发回陆地指挥所。而且，船上的测控系统，具有同频段国际联网、遥测、遥控、测距、测速等功能，可以独立完成对火箭和卫星的测控，从而使中国航天海上测控具有了在太平洋、大西洋、印度洋同时布阵的能力，海上整体综合测控水平得到了进一步提高，因此，"远望"号测量船队也被称为是一座"海上科学城"。

　　1980年5月，"远望"号船第一次从美丽的长江之滨扬帆远航，在远离本土8000多千米的大洋上出色地完成了远程运载火箭的海上测控任务。

　　1990年4月，中国首次承揽发射外国卫星亚洲一号。卫星入轨后8分钟，远在太平洋海域的远望一号、远望二号迅速、准确地提供了卫星轨道和各种参数。这次预报把地球同步通信卫星的测量精度提高了一个数量级。美国休斯公司称，这是他们经营卫星业务以来入轨精度最高的一次。

　　1997年，"远望"号船队在连续执行东方红三号通信卫星、风云二号气象卫星的海上测控任务时，连续7天对卫星进行跟踪和控制，准确无误地发出了80多条遥控指令，成功地调整了卫星的转速和姿态，实现了由海上测量到海上测控的跨越。

　　载人航天和卫星的测控任务不同，首先是海域广了，4艘测量船将第一次分布到太平洋、印度洋和大西洋上去同时执行任务。好几处海域，"远望"号还没有去过，甚至连航线都没有。怎么去、海况如何、气象条件怎么样，这些都是问题。

　　更重要的是，测量设备和测量精度之间的矛盾。按照载人航天的要求，"远望"号不仅要承担飞船发射的上升段、运行段和返回段的测控通信，而且还要担负飞船上升段海上应急救生任务。必须确保测量的高精度，像飞船的变轨、返回指令的注入等都是由"远望"号来完成的，差之毫厘将谬以千里。这就要求"远望"号在地球转动、海水流动、船体摆动、天线晃动等诸多不利因素的影响下，不仅要及时捕捉高速运动的飞船，而且还要对火箭、飞船进行复杂的控制，而时间每次只有短短的几百秒钟。

根据以往出海的经验，如果在风力超过7级，浪高大于3米，船横摇大于±6°、纵摇大于±2°时，测量设备就很难保证较高的精度，甚至无法工作。特别对远望二号和远望三号船来说，它们的预定船位在"咆哮40度"暴风带，在洋流、涌向都不清楚的情况下，根本无法确定合理的航向来保证船上设备的正常运行。

这一切都给海上测控带来了严峻的挑战。

而开辟一条新的航海线路的复杂程度更是常人难以想象的。载人航天任务要求4艘"远望"号船同时到太平洋、大西洋和印度洋去执行任务，海域和航线都是陌生的，航程长、时差大、气象复杂、海况恶劣。尤其是"远望"号经过的南中国海、宫古海峡、新加坡海峡、马六甲海峡和好望角都是十分复杂和危险的航区，平时风力有7~8米，浪高5~6米，是"远望"号航海史上前所未有的。

但"远望人"却对这次充满挑战的历史性航海满心向往。没有现成的资料，他们想出了一条捷径。从1994年年初开始，海上测量基地就专门派出技术人员到其他远洋货轮上进行远洋实习，这样就可以先他们的船到达相关海域，全面收集、分析和研究有关三大洋的气象水文资料，对所有能到达的任务海域的历史气象水文资料，尤其是对热带和温热带气旋、海浪、海冰等灾害性天气进行深入研究。回来后，他们根据中高海域气象的特点，制定出了"远望"号的航线，再利用执行其他卫星测控任务的时候，对新航线进行试航，并对任务海域进行实地调查，直到摸清全部情况。然后，他们根据取得的一系列数据，对船上的气象系统进行了彻底改造，使之与国际气象预报体制相适应，实现了同国家气象中心的联网，共享气象资源，具备海上联合会议的能力。

经过陆地和海洋的相互补充，1999年集遥测遥控、测距测速和话音图像传输等功能于一体的S频段统一测控系统基本布设完毕，青岛测控站和两个国外测控站相继建成，形成了由北京、西安、东风三个中心和遍布国内外的测控站、船组成的载人航天测控网，不论是测控覆盖率还是测控精度都实现了大幅跃升。

第三章　万人会战

太空舱的"火眼金睛"

20 世纪 80 年代后期，在国家"863"计划的支持下，我国一批具有前瞻性认识的科学家，走进了空间科学研究这个新领域，利用返回式卫星，开展了空间科学探索性研究，并系统研究了载人航天及其应用的发展战略和规划。载人航天工程立项后，中国科学院把开展空间科学与技术试验作为一项基本任务，动员和组织了上千名科学家成立了飞船应用系统。

飞船应用系统是一个实用性的系统，与人们的生活、环境息息相关，利用载人飞船，安排了 6 大领域的 28 个项目，包括对地观测和遥感应用，空间生命、材料科学和微重力流体物理，空间天文和物理，空间环境预报和监测以及天地技术支持系统。确定这些目标时，也同时向中国科学家出了一份难度极高的考卷。

工程立项后，顾逸东先后被任命为空间应用系统的总指挥和总设计师。顾逸东 1970 年毕业于清华大学工程物理系，原来是搞宇宙线物理研究的，但对涉及天体物理、材料科学及生命科学的知识也掌握很多。

顾逸东受命之时，正是应用工程最关键的阶段，刚刚完成技术调研，即将进入方案设计和模样机研制阶段。

太空，在自然科学意义上的概念，是指大气空间以外的整个空间。要在飞船上开展空间科学实验和应用研究，就要做出相应的仪器设备。按照工程计划，应用系统要研制 135 种 188 件设备，开发 50 多个软件。从科学技术方面看，涉及学科多、领域宽，系统复杂，其中重大设备技术难度更大，代表了国内最高技术和世界先进水平；在目标和方案上，还要尽量体现国家需求与创新的有效结合。与其他系统不同的是，每一艘飞船的空间应用都不同，有效载荷配置也完全不同，相当于 4 颗卫星的工作任务。

顾逸东上任之初，发现他们对几乎所有的有效载荷都没有研制经验。他从自身发展基础和国家科学发展的重大需求出发，第一次有计划、成规模地安排了一期工程中的空间科学实验计划。这个计划涵盖了当时国际上学科前沿的若干重大项目，瞄准在未来 10 至 20 年间建立一套面向世界科学前沿、有一定规模的空间实验技术。

应用系统的对地观测，通俗地讲，就是从飞船或卫星上看地球目标，照出它的图像，测出它的光谱数据。这个任务靠人的视力是无法完成的，飞船轨道离地面太远了，还隔着大气层，大气层下面还有风云雨雾。但是，用科学仪器造就的"火眼金睛"却可以实现。它就是中分辨率成像光谱仪和多模态遥感器等空间对地遥感仪器。

地球上所有的物质都有一种特性，可以发射或辐射出从可见光到短波红外光，再到微波的能量，因此，分波段地探测地物目标，可以获取更加丰富的信息。中分辨率成像光谱仪就是利用这个原理，遥感地球目标，包括海洋、大气、陆地，在拍摄图像的同时，获取目标的连续光谱，它可以在飞船上分辨出地球上这一片是沙土还是泥土，是水稻还是小麦，还可以分辨出河流和海洋是否有污染，是什么污染……

这种光谱仪是目前世界上公认的监测地球环境最有效的空间遥感仪器之一，也是世界公认的尖端难题。在任务立项之时，世界上还没有一台这样的仪器在太空中运行。

光谱仪的设计任务交给了上海技术物理研究所，第一任主任设计师搞到一半时，身体受了伤，遗憾地退出了，而其他的技术人员因为时间紧、技术难度大而无人愿意接手。原计划确定的研制进度无法保证，工程形势顿时变得严峻起来。

1999年冬，载人航天工程办公室在《任务情况通报》中点了光谱仪的名。光谱仪是神舟三号任务的主载荷，在中央专委是挂了号的。工程总指挥部向顾逸东下了死命令，无论如何都要保证光谱仪的研制速度，不能影响工程进度。

接到这个通知，顾逸东心急如焚，在一次工作会议上，向上海技术物理研究所的副所长徐如新发了火，逼着他立"军令状"，重新"点将"继续攻关。

尽管徐如新表态说："我愿立这个军令状，确保工程的完成。"但他内心其实并没有想好合适的人选来担此重任。

消息传到正在外地出差的研究员郑亲波的耳中。

1944年出生的郑亲波，毕业于浙江大学精密光学仪器系，当时是中国科学院上海技术物理研究所的副总工程师，也是"风云三号"气象卫星副总设计师。

郑亲波从方案论证时起，就断断续续地做着光谱仪的研究，对它有着一种难解的情结。他知道在遥远的太空，刚刚发射的一颗美国的EOS（地球观测系统）卫星正在运行，它里面就装着一台成像光谱辐射计，这在当时世界上是独一无二的。另外，欧共体空间局也在研制类似设备，几个月后就将进入太空。

陆地、海洋、高山、湖泊，能否对这些资源留下光谱图像并加以开发利用，已经成为一个国家科技进步水平的标志。从这个意义上讲，光谱仪已经不仅仅是一个科研项目，还是国家的战略需要。作为一个科学家，特别是一个航天科学家，如果不能走出象牙塔去参加国家的大工程，即使不是一种悲哀，至少也是一大遗憾。

想到这里，郑亲波拨通了徐如新的电话，主动请缨担此重任。徐如新喜出望外，立即把消息通过电话报告给了顾逸东。顾逸东听到这个消息，由衷地笑了，因为郑亲波也正是他心目中最合适的人选。

不久，郑亲波被任命为光谱仪分系统的主任设计师，率领攻坚队伍勇往直前。

这是一支160人的队伍。为了这一台光谱仪，他们奋斗了整整10年。这期间，中国有不少人出国留学或出国进行学术交流，但这160人在这10年间却没有一个踏出国门，他们不是没有机会，而是为了光谱仪能飞向太空，选择了放弃。

光谱仪的一个重要部件——红外焦平面探测器，外国对中国是禁运的，这个部件能够敏感到几千米外一根火柴发出的热量，而且需要在零下173摄氏度的极低温度下才能工作。取得低温的制冷机的活塞杆和活塞桶间隙只有头发丝的十分之一，而且不能有任何摩擦，听起来简直不可思议。

4年攻关，研究资料堆积成山，最紧张时，科技人员连续108天吃住在实验室，终于研制成功了中国人自己的高质量红外焦平面探测器和精密制冷机。

郑亲波没有辜负工程总指挥部的厚望，没有辜负研究所的期望，也没有辜负自己的诺言，他把光谱仪成功送上太空的时间，只比欧共体晚了27天。

世界上任何物体，无论何时何地都在发射微波，都是"明亮"的，所以，不管在什么地方的物体，无论在什么时候，都可以被拍成照片。人类在开辟太空时代以前，只能靠地面的局部条件和环境观测地球，只能靠最简单的望远镜观测空间，因而只能是"不识庐山真面目，只缘身在此山中"。

　　如果太空中能有一只"火眼金睛"，人类就可以穿云透雾，测量海面高度，测出海洋洋流，测定海面风向和风速，研究海洋和预测全球气候。

　　应用系统研制的多模态微波遥感器，便是这样具有展示度和显示度的重要对地观测项目产品，按照计划，是神舟四号飞船上试验的主载荷。

　　为了这台多模态微波遥感器，姜景山院士倾注了整整 15 年的心血。

　　姜景山是延边朝鲜族中唯一的院士，他 1962 年从苏联列宁格勒电子学院无线电技术专业毕业。1981 年，他作为中国科学院的访问学者，来到美国的堪萨斯大学，同世界著名的科学家、微波遥感技术的创始人 R.K.莫尔教授一起进行科研工作。在那里，他和莫尔教授合作，共同在世界上第一次提出"遥感地物微波介电性现场测量方法"的新原理，为世界遥感技术的发展做出了重要贡献。

　　20 世纪 90 年代，当应用系统还处于论证阶段时，姜景山先后担任了项目论证组副组长、副总指挥，国家 863 航天领域空间科学及应用专家组组长。当时，多模态微波遥感器在"863"计划中还只是一个科技创新的概念。姜景山对它做了前期研究，列入了神舟四号飞船的试验主载荷项目后，才把它正式变成了工程产品。

　　1995 年年初，应用系统按照设计方案做出了模样机。这是从原理到工程实践的一次飞跃，但重量、体积都大大超过了总体指标，大约有 500 公斤重，总体部要求初样产品降到 120 公斤以内。

　　总体部代表中国科学院行使应用系统行政、技术方面的组织协调职能，是专门为载人航天工程专项任务设立的，可以说，是工程技术的核心。

　　对于这个决定，攻关组的专家想不通，"根据资料，美国最初的也有 500 公斤重，我们为什么不行？"面对大家的质疑，姜景山却接受了总体部的要求，他耐心地给大家做工作，解除了大家的思想包袱，决定按要求一点一点地往下减。

但"减重"不是一件容易的事情，因为每改变一次结构及电布局，都要重新做环境试验，而一个周期下来，就要占用一个月时间，其中至少还要有7天白天黑夜不间断通电。姜景山带领攻关组一次又一次推翻设计方案，一天三班轮换，几乎所有参试人员都要值好多次夜班，经过多次试验，最终达到了要求，却花了足足两年半的时间。

姜景山如释重负地把做正样机的申请报告呈送到应用系统总体部。

几天后，总体部派来了一个年轻的副总师，宣布了一个令姜景山出乎意料的决定，"为适应飞船工作运行模式，你们的运控模式也要改变"。由此带来的结果是，多模态微波遥感器的硬件、软件都要重新改动。

听到这个决定，攻关组的成员火冒三丈。因为经过两年半的结构改变，大家早已身心疲惫，从心理和身体上再也经受不住折腾了，都认为这纯粹是找碴儿折腾他们，更有人急红了眼，用极不礼貌的语言顶撞那个副总师："你们总体部就知道瞎折腾，这是按姜院士的设计做的，你算老几呀？"

面对众人的起哄，这位年轻的副总师脸上有些挂不住了。总体部的权威受到了挑战，论业绩比资历，他都无法与姜景山相抗衡，他无言以对，只有一声不吭地回去了。

姜景山知道了这个消息，也发了火。但他并不是因为总体部苛刻的决定，而是因为自己团队成员莽撞的态度和幼稚的想法。姜景山把项目总调度王栓荣、副主任设计师郑震潘和总体组长张德海叫到自己的办公室，他把火压了下来，先给大家讲了一个故事：当年，拿破仑想进攻英国，智囊团里有个人叫富尔顿，他建议要打英国必须先改造法国舰队，并且建造蒸汽轮船代替旧木船。但拿破仑不听，还坚持用普通木船，结果船队刚一下海，就全军覆没了……

故事讲完了，姜景山问大家："你们知道我为什么要讲这一段历史吗?"

大家面面相觑,谁也不吭声。

姜景山笑了一下,继续说:"总体部就是指挥部的智囊团和参谋部,是工程的龙头,体现的是指挥部的意图。我们只有服从他们的决定,没有第二个选择。如果一项系统工程没有总体部协调,那么底下一个个本事再大,也是一盘散沙,将一事无成。"

"姜总,这个道理我们都懂,可这两年半的时间,就这么白白浪费了吗?"大家还是有些不太甘心。

这句话也说到了姜景山的痛处,他沉默了一会儿,又接着说道:"多模态微波遥感器从概念创新到变成工程实施,又从500公斤降为120公斤,我们一起经历了无数个不眠之夜,承受了难以想象的精神压力,有的青年变中年,有的从满头黑发变成银丝罩顶。特别是减重量这一仗,我们打得太艰难了……"说到这儿,姜景山的声音变得有些哽咽,指着自己的满头白发说:"你们看,我的头发也白了。可是我们不能因为自己太辛苦,就可以不顾总体,不管大局,就可以不服从上头的决定。无论如何,只能局部服从全局,一切都在大局下行动。"

姜景山说到这儿,大家都纷纷点头,心悦诚服地接受了这个事实。

"我们知道错了,可是人家总体部的人已经走了,怎么办?"

"明天,我去把人家请回来,并且要表示坚决按照总体部的意见,从硬件到软件,一项项地改。"

思想统一了,姜景山强调说:"今后,凡是总体部下达的技术指标,我们都要当作命令不折不扣地执行,说改就改,不打折扣地执行!"

当晚,姜景山拨通了总体部领导的电话,对白天发生的事诚恳地表示了歉意。

第二天,总体部的那位副总师再次来到了研究室。姜景山和研制团队的全体成员用友善的笑容和热情的握手对他的到来表示了诚挚的欢迎。

"下命令吧。"姜景山对副总师说。副总师传达了总体部对修改运控模式的具体要求。这时，距离春节只剩下了几天。姜景山带领大家宣了誓："今年春节不过了，按照总体部的要求，不达目的誓不罢休！"

但这年的春节，姜景山还是让大家休息了一天。从大年初二开始，他们就来到办公室，开始了夜以继日的工作。这一干就是半年，盛夏时分，姜景山和大家一起按照总体部的要求修改方案完成了初样机。为了验证新系统的在轨功能，1999 年 11 月，姜景山在广东汕头机场组织了一次大型航空校飞试验，已过花甲之年的他，在飞机上一工作就是几个小时，有时一天上两次飞机，工作量之大难以想象，恶心呕吐更是家常便饭，但他没有一次叫停任务，直到试验获得成功，他才欣慰地笑了。

在天文学中，地球是一颗已经死亡的星球，是冷却了的一堆岩石。而太阳才是恒星，会发光发热，体积变大，光谱变红。宇宙中有无数颗恒星，会有许多神秘的射线爆发现象，伽马暴就是其中的一种。伽马暴是宇宙中一种异常奇特和神秘的天文现象，是一种能量超乎寻常的大爆炸。这种大爆炸在几秒或几百秒之内爆发辐射出来的总能量，相当于太阳在相同时段内辐射总能量的 100 亿倍以上。

1972 年美国的"维拉"卫星在监测核爆炸时，第一次捕捉到了链子宇宙太空中的伽马暴现象。当时，卫星检测到的爆炸射线能量大得惊人，中国和苏联都不可能有这么多的原子弹同时爆炸。因此，这种能量只能来自宇宙空间。

迄今为止，全世界已发现 4000 多次伽马暴，成为天文学中最热门的话题之一。

对伽马暴的产生机理，国际上有几种主流认识：一种观点认为，它来自宇宙黑洞，在吞噬宇宙中的星球时，喷射出大量的伽马射线，有一天地球也将被它吞没。另一种观点认为，伽马暴可能是两个相互吸引的中子星球经过上亿年时间的吸引，最终碰撞在一起，从而发生宇宙间的大爆炸。有的科学家认为，伽马暴是恐龙灭绝的罪魁祸首。

1972 年，紫金山天文台的一位专家在讲座上讲，美国人在研究奇特的伽马射线，它在瞬间爆发的能量相当于 1000 亿颗十万吨级的原子弹。正在台下的大学生马宇倩被深深地吸引住了。从此，她开始了废寝忘食的研究，成为当时中国对伽马暴了解最多的人之一。

大学毕业后，马宇倩如愿地被分配到中国科学院高能物理研究所从事研究工作。

伽马暴是一种超级爆炸，由于地球被稠密的大气层包裹着，就像太阳耀斑无法在地球上进行试验一样，探测伽马暴只能通过卫星在太空进行。为此，马宇倩只要有机会就建议有关部门开展对伽马暴的研究。终于，马宇倩的建议受到了关注，中国科学院高能物理研究所决定研制一台观测伽马暴的探测器，装载在 1982 年发射的中国第一颗天文卫星上。

从 1972 年开始，南京高能物理研究所历经 10 年，完成了宇宙伽马射线暴探测器的物理设计和技术方案，还研制了一台实验室的样机。1982 年，探测器的正样完成生产，终于可以上天了。然而，马宇倩没有想到，由于国家财力不足，我国的第一颗天文卫星计划下马了。

项目下马了，但马宇倩对伽马暴的研究却没有停。她相信，下马只是暂时的，等国力雄厚起来，一定会再发射天文卫星，甚至宇宙飞船，自己要做的就是时刻准备着。有人劝她："即使真有一天载人飞船上了天，也不会上这个项目。原因很简单，伽马暴离地球太遥远了，离现实生活也太遥远了，不会为你花这笔钱的。"

马宇倩不这么看。虽然距离遥远，在地球附近观测到的宇宙伽马暴流量是比较小的，一般不会对人类造成伤害。但宇宙中有数以千计的星系，几乎每天都有伽马暴的讯息，我们不能不研究它，对伽马暴的观测和起源问题的研究仍然是当前空间天文学中最热门、最前沿的课题之一。在马宇倩看来，物质结构、生命起源、宇宙演化是人类认知自身和认识自然必不可少的基础性科学。空间技术的发展为人类打开了认识宇宙的新的视窗，使人类能用可见光以外的"眼睛"看天，我们为什么不去看看呢？为什么不去填补空白呢？再说，这门科学也需要突破。

马宇倩的愿望没有落空。1992年，载人航天工程启动时，应用系统决定，在飞船的轨道舱里为最前沿的天文科学伽马暴探测器留下一块空间，并任命马宇倩为分系统主任设计师。同时决定，由中国科学院高能物理所和紫金山天文台合作研制"太阳和宇宙天体高能辐射监测仪"，仪器包括超软 X 射线、X 射线和 γ 射线三个探测器。

整整20年，马宇倩的梦想终于成真了。

自然界无论是动物还是植物，一般都是雌雄受精孕育新一代生命。植物是通过花粉进行雌性和雄性结合产生新生命，动物则是雄性的精子和雌性的卵子结合，产生新的生命。

如果不是利用花粉、精子和卵子，而是采用动物或植物的体细胞，能否在太空中进行人工手段的细胞融合，产生新细胞、新生命呢？这是上海植物生物研究所著名生物学家刘承宪探索的新课题。在此之前，在太空中进行细胞电融合的试验，世界上只做过三次，德国两次，美国一次。

作为应用系统细胞电融合子系统的主任设计师，这一技术是刘承宪在研究了大量美国和德国的相关资料后提出来的。这种细胞电融合的过程，被人们形象地称为"太空婚礼"。应用系统总指挥部将其列入神舟四号飞船轨道舱试验项目，也是与他长期进行艰苦的技术论证分不开的。

体细胞的融合在地面上做是很难的，因为地面有重力，细胞在溶液中容易沉淀，两种细胞碰撞机会小，融合在一起的机会就自然很小。而在太空的微重力情况下，由于细胞能够均匀悬浮，两种细胞碰撞机会增多，融合结果就会比地面好得多。但要想在太空试验成功，必须先在地面上做好模拟试验。生物试验吊舱从高空快速坠落的几秒时间内，几乎像在太空失重，处于微重力状态，就在这一瞬间，细胞完成结合，并且形成新生命，就算模拟太空试验成功。

第一次吊舱试验开始了。

天空中，一只巨大的气球在万米之上随风飘荡着，下面一只巨大的吊舱急速地降落。随着坠落速度的加快，接连打开了两只巨大的降落伞。刘承宪坐在车里命令司机赶快追过去，边走边目不转睛地盯着那只黑色的生物试验吊舱。

吊舱轻轻地落到地面，刘承宪也刚好赶到跟前，他和助手们一拥而上，实验样品成功回收了。但进一步的实验分析却出现许多他们没有认识到的现象，刘承宪意识到，在未来的飞船实验中，也将会面临重重障碍。新的技术难关使刘承宪非常困惑，飞船实验机会难得，工程进度周期逼近，如果技术难关不攻破，就意味着这项研究的失败。

更加不幸的是，一种巨大的痛苦向刘承宪袭来，一纸化验结果通知他：晚期肺癌。沉重的工作压力和病痛把他击倒了，研究组的同事们围在他的病床前，忍住泪水安慰他。刘承宪虽然没有丧失希望，但知道自己已无法再挑起这副担子了，他对领导说："把郑惠琼请回来接我的班吧。"

郑惠琼曾是刘承宪研究组的成员，她从安徽师范大学生物系毕业后来到上海植物生物研究所，在所里取得博士学位后，又去美国科罗拉多州立大学分子生物系做博士后，研究重力对植物生长的影响。

"她虽然不是我的学生，但出国前，我和她有约，学成一定要回到所里参加这场战斗，我相信她不会不守诺言。"说完，刘承宪把一封早已写好的信交给了领导。

两个月后，郑惠琼带着刘承宪的信，从美国回来了，一下飞机就赶到刘承宪的病床前，大哭不已。刘承宪看到郑惠琼，非常欣慰："别哭，我把你叫回来，是因为我们的实验还没有完成，我思来想去，只有你能担此重任。"

刘承宪挣扎着起身，从床头取出厚厚的一沓资料递给郑惠琼："看来，我原来的那个先电泳后融合的方法在飞船上是行不通的。你到过德国和美国，可以吸取两家之长，搞一个新的技术方案出来。而且，要比德国和美国好。这些资料，希望对你有用。"

郑惠琼接过前辈的技术方案，久久没有说话。

刘承宪明白郑惠琼内心正在矛盾，正在抉择。他接着说："细胞电融合能够培养出新的物种，具有广阔的社会前景和经济效益。中国不仅是人的大基因库，也是物种的大基因库。我知道，这也是你的梦想，回来主持这个'太空婚礼'吧。"

面对刘承宪恳切的目光，郑惠琼哽咽着表了态："您放心吧，我一定把细胞电融合搞成功，把'婚礼'办好。"

这时，郑惠琼在美国6年的博士后学习才刚满3年，面对她突然中断学业的决定，她的博士后导师一再挽留她。面对导师的不解，她对导师说："风光永远在故乡，在美国再风光，我也是属于祖国的。现在祖国需要我、召唤我，我没有理由不回去。"

郑惠琼没有辜负刘承宪的期望，她很快就拿出了新的试验方案，她认为在太空中进行细胞电融合必须自始至终保持细胞体的鲜活状态，为此必须进行多次换液，由融合液换成营养液，否则即使融合了，也不能形成新生命新物种。尽管在密封下很难做到这几条，但要成功，这些条件就必须满足。

试验一步步进行得很顺利。郑惠琼按照国际上通行的烟草作为细胞融合亲本的惯例，从研究所培育的黄花一号和革新一号两种烟草中提取出活体细胞，进行太空模拟试验。

就在关键时刻，郑惠琼的公公婆婆双双得了病，她的丈夫是个军人，驻地远离上海，他们已多年两地分居。研究所为便于她全身心工作，曾派人到部队协商，表示可以把她的丈夫转业安置到上海工作。但部队不干，说她的丈夫是个好苗子正培养呢，反倒劝说郑惠琼能到部队工作，了却她丈夫的心愿。不久后，郑惠琼的丈夫被部队选送到北京国防大学深造，前途无量。夫妻俩只好继续天各一方，相守相望。

应用系统总指挥顾逸东和总体部领导得知郑惠琼的困难，特意向上海植物生物研究所提出建议，给予适当的照顾。研究所决定，给郑惠琼每月增加 1000 元工资。

郑惠琼没有被困难吓倒，此时，搞细胞电融合已成为她生活的全部，她不能没有这个事业。她把家事安排好后，便四处出差搞试验，用行动期待着神舟四号飞船载着她的梦想发射上天的那一天早日到来。

"神箭"为"神舟"护航

中国火箭统称"长征"系列，载人航天工程立项之前，长征系列火箭主要用来发射卫星。1985 年之前，已成功发射了 19 颗国内卫星，成功率高达 93%。

1986 年，美国"挑战者号"航天飞机在发射过程中发生爆炸，大力神火箭、德尔塔火箭和欧洲的阿里安火箭也相继发射失利。一时间，国际上的许多商业卫星不能被及时地送入太空，出现滞留。但这恰恰为中国航天进入国际市场提供了难得的机遇。中国政府宣布，长征火箭投放国际市场，承揽对外发射服务。但由于中国火箭的运载能力有限，而当时国际通信卫星大容量、重型化已趋明显，只能运载中型卫星的长征火箭的运载能力就难以满足多数卫星发射的要求了。为了及时赶上国际市场的需要，当时正在中国运载火箭技术研究院工作的王永志和长征二号火箭的总设计师王德臣提出了一个大胆的设想，在长征二号丙火箭的基础上，将箭体作为芯级，再在芯级周围捆绑上 4 个助推器，从而把低地球轨道运载能力从 2.5 吨提高到 9.2 吨。这枚火箭被命名为"长二捆"。1990 年 7 月 16 日，"长二捆"首飞成功。1992 年 8 月 14 日，"长二捆"发射"澳星"成功，中国航天开始迈出国门。

1992 年，载人航天工程启动时，航空航天部将研制用于发射飞船的新型运载火箭的任务下达给中国运载火箭技术研究院。

王永志第一个找到的就是自己曾经的老搭档、中国运载火箭技术研究院副院长王德臣。这时，王德臣刚刚被任命为载人火箭系统的首任总设计师。

没有寒暄，也没有客套，王德臣便知道了王永志的来意，他开门见山地说："发射飞船，'长二捆'的运载能力已经足够了，但人上天，就意味着火箭不能出问题，万一有问题也必须把航天员救出来。"

"这正是我要找你说的，指挥部把火箭上升段的逃逸救生任务也交给火箭系统了。你有什么好主意吗？"王永志急于想知道王德臣的想法。

王德臣像是早就想好了似的，胸有成竹地说："其实这并不难。只要在'长二捆'的基础上，增加两个系统就够了。"

"哪两个系统？"王永志问。

"一、故障检测系统；二、逃逸救生系统。"王德臣脱口而出，"故障检测系统可以在火箭待发段和上升段出现故障时，自行检测、诊断，自动发出信号；逃逸救生系统能迅速实施自动逃逸或地面控制逃逸，这样就可以确保航天员的安全。"

王德臣说这番话时，王永志想起了不久前，苏联航天员斯特列洛夫曾经告诉过他的一段往事。

在斯特列洛夫执行一次飞行任务的前一天，他的母亲似乎有了些许预感，心里掠过一丝不安，她对儿子说："明天能请个假，不上天吗？"斯特列洛夫安慰母亲说："妈妈，这是国家的任务，哪能不去呢？再说，火箭和飞船都很安全，不会有事的，您就放心吧！"第二天，斯特列洛夫还是按照原计划坐进飞船准备出征太空。谁也没有想到，母亲的担忧在火箭发射的瞬间成为现实。火箭刚一点火，自带的逃逸救生系统立即将飞船弹了起来，落在几千米之外。死里逃生的斯特列洛夫惊魂未定，急于知道究竟发生了什么事情，当他转过头时，发现火箭已经爆炸，发射架四周已然是一片火海。

王永志想到这儿，就把这个故事告诉了王德臣。王德臣顿时明白了老朋友的用意，人命关天，不可小视。他笑了笑说："放心吧，我们火箭系统一定会保质保量地完成任务。"

临别时，王永志又转回身来，再次嘱咐王德臣："我们火箭的可靠性必须达到甚至要超过世界上最好的火箭。"

王德臣点点头，用有力的握手回应了王永志。

不久后，由王永志签署的工程总体设计要求正式下发。其中，对载人火箭的可靠性指标要求是 0.97[①]，航天员安全性指标为 0.997[②]，并要求逃逸救生系统在事故发生后 2 秒之内，必须将航天员带离危险区。这一标准之高在中国航天史上是空前的，世界上也只有个别型号运载火箭能达到。

从 1992 年 9 月到 1994 年 4 月，是方案论证阶段。按照论证方案，用于载人飞行的火箭将是长征系列火箭中起飞质量最大、长度最长、系统最复杂的火箭。王德臣提出要增加的故障检测诊断技术和逃逸技术，是一项世界级的难题。

故障检测系统和逃逸系统是载人火箭独有的技术。它们一个是火箭的"自我诊断器"，一个是航天员的"生命保护神"。它们使火箭在待发段和上升段发生故障时，能够自检测、自诊断，发出故障信息给逃逸系统，并能实施自动逃逸和地面控制逃逸，把航天员带到安全地点。

[①] 平均发射 100 枚火箭，要将故障率降低到 3 枚以内。
[②] 平均发射 1000 艘飞船，要将发生航天员伤亡事故的可能性降低到 3 艘以内。

1994 年 5 月，已经 55 岁、有着丰富型号研制和管理经验的黄春平被任命为载人火箭系统的总指挥。黄春平上任后，面对生疏的"故检、逃逸"，无从下手。设计之初，他和王德臣曾想过走一条捷径，向俄罗斯的航天同行咨询一下，获得一些灵感。但对方的回答却是，咨询可以，但先交 100 万美元的咨询费。俄罗斯的专家曾断言："中国的生产水平和工艺根本无法达到这些技术要求。"他们还说，只要中方出资，俄方可以和中国合作，直接提供图纸和产品。这样傲慢的合作条件，被黄春平和王德臣断然拒绝了。他们选择的是一条自力更生、自主研制的不悔之路。

火箭飞行中随时都会出现故障，故障的种类还多种多样。如何判断火箭故障，如同医生诊断病人病情一样需要一系列的参数和判断逻辑。故障判断既不能漏，也不能误。漏判了，火箭就有可能爆炸，航天员的生命安全也就无法保证；误判了，发射失败，损失更是难以估量。

国内外发生的火箭故障资料无法满足载人火箭的故障模式研究，不能提供合理的参数。根据火箭发射过程中不同的时段，黄春平、王德臣带领刘竹生、荆木春等一批研制人员迎难而上，设计了 300 多种火箭故障模式，并进行一轮又一轮的筛选，分析什么情况下会出现故障、会出现什么样的故障、采取什么样的对策。当时，黄春平、王德臣满脑子都是各种参数和问号，各种各样的参数在他们脑子里相互碰撞，每一个参数既有用的依据，也有不用的理由，究竟用哪一个？这样的难题常常使他们彻夜难眠。4 年时间过去了，试验团队对发生概率最高的 11 种故障模式进行了成千上万次的飞行仿真试验。经过比较分析后，最终确定了合理的判据。

在飞船发射时，从火箭点火到飞行至 120 秒，这期间，如果发生影响航天员生命安全的意外，逃逸系统的固体发动机将按照指令点火，迅速将载有航天员的飞船返回舱带离危险区，当到达安全位置时，飞船返回舱再与逃逸飞行器分离，返回地面。如果火箭飞行正常的话，在飞至 120 分钟、抵达 39 千米的高空时，就要抛掉逃逸塔。否则，一旦逃逸塔未能抛掉，飞船就不能准确入轨，导致发射失败。因此，逃逸塔的紧急启用和适时分离，分别是火箭飞行出现故障或者正常飞行时都不可或缺的动作。前者失误，危及航天员的生命；后者失误，则会危及飞船入轨。对运载火箭系统的研制人员来说，不管火箭飞行是否正常，逃逸系统都不能出现任何问题，只能是100%成功。

作为航天员的"生命保护神"，飞船逃逸系统是火箭发射过程中的重要环节。逃逸救生系统的逃逸塔在飞船的顶部，从远处看像是火箭上安装的一枚避雷针。它的任务是在火箭起飞前1800秒到起飞后一段时间，万一火箭发生故障时，拽着轨道舱和返回舱与火箭分离，脱离故障火箭，达到安全距离后，按程序将返回舱释放出来并降落在安全地带，使航天员脱险。

没有任何经验、没有成熟的技术可以继承，甚至连间接的条件也不具备。为了突破这些技术，在黄春平和王德臣的带领下，研制人员采取并行工程方法和交叉作业"合二为一"的做法，1994年之内，先是完成了逃逸系统飞行器的模装、活动发射平台的缩比模型生产和三余度伺服机构等55项关键技术攻关，完成了总体及分系统方案论证。18个月后，就完成了全部的研制和试验。如果按照常规，这是需要2至3年才能完成的工作。

1996年，火箭研制工作取得了突破性的进展：完成了箭体结构静力试验件生产并交付试验；完成了振动箭生产及总装，并上塔开始全箭振动试验；箭上电气系统研制克服了诸多困难，开始综合试验；活动发射平台通过技术设计评审并投入生产。

新的运载火箭初具雏形，被命名为长征二号F型。

1998年10月，中国航天史上的第一次零高度逃逸救生飞行试验即将开始，这是对新研制的故障检测和逃逸系统所做的一次全面真实的考核，试验的成败直接关系到中国载人航天工程的总体进度。

1998 年 10 月 19 日，零高度逃逸救生飞行试验在酒泉卫星发射中心进行并获得成功。

10 月 19 日，零高度逃逸救生试验正式开始。"10、9、8、7……3、2、1"，点火指令下达后，不同于以往任何一次火箭发射的场面呈现在参试人员面前。震天动地的轰鸣声中，火箭逃逸飞行器腾空而起，发动机 4 个喷管与分离发动机的 8 个喷管在不同的部位喷射出耀眼的火焰，整流罩一双巨大的栅格翼随即打开。

"分离发动机点火！"

"逃逸塔分离！"

"整流罩分离！"

…………

几组发动机接连启动，在大漠长空中划出了一道美丽的烟云。不一会儿，分离出来的返回舱上空跳出一把引导伞，像风筝似的飞行到 1900 米的高空时，飞船返回舱与逃逸飞行器分离，一把鲜艳的大伞徐徐张开，像一朵美丽的鲜花在空中绽放，带着返回舱缓缓降落。

1999 年 6 月，经过长达 7 年的努力，长征二号 F 火箭的研制工作到了瓜熟蒂落的季节，这枚全新的火箭第一次露出了它的容颜：这枚火箭高58.3 米，最大包络直径 8 米，起飞重量为 480 吨，可将 8.5 吨的有效载荷送入近地轨道。

万众一心造"神舟"

在思考中国载人航天巨轮怎样起航时，在总设计师王永志的心目里，实现载人飞行的关键是飞船，飞船的技术体现着一个国家的科技水平。

加加林乘坐的"东方号"飞船是苏联第一艘载人飞船，只能乘坐一名航天员；后来，苏联又研制了可以乘坐三人的"上升号"飞船，算作第二代；在此基础上完善改进后的"联盟号"飞船是第三代飞船。"联盟T"、"联盟TM"载人飞船都是"联盟号"的改进版。美国的第一名航天员谢波德乘坐的"水星号"飞船是美国第一代载人飞船，后来又研制了"双子星号"和"阿波罗号"登月飞船。相比美国的载人飞船，苏联的技术更为成熟和先进。

1992年，飞船系统研制抓总的任务，落在了中国空间技术研究院。王永志对中国空间技术研究院院长戚发轫说："飞船是整个工程的核心组成部分，难度最大，又没有基础和经验，你们的担子最重。"

虽然中央已经明确，中国载人航天应该从飞船起步，但是对于究竟要造一艘什么样的飞船，各路专家的意见分歧很大，并且各抒己见，争论得相当激烈。

戚发轫主持载人飞船总体方案论证会，在听取和采纳哪位专家意见之间，常常陷入两难境地。那些日子里，戚发轫食不甘味、夜不能寐，在听取专家们意见的同时，更静下心来研究国外载人航天技术的发展。这时，苏联的"联盟TM"飞船刚刚问世不久，戚发轫把目光对准了这艘世界上最先进的飞船。

戚发轫的思路逐渐清晰，决心渐渐下定，他觉得中国的飞船研制必须有自身的独到之处，要有鲜明的中国特色，虽然起步晚，但要起点高，且一步到位。飞船应是多用途的天地往返工具，通过无数次的计算、论证、验证，他提出中国飞船的总体构型应为"三舱一段"，即由推进舱、返回舱、轨道舱和一个附加段构成。

后来的实践证明，与苏联、美国的飞船相比，我们的"神舟"号飞船特点鲜明，技术性能高，大大地缩短了与国外航天技术的距离。一是飞船的返回舱是世界上已有的近地轨道飞船中最大的一个，可同时容纳3名航天员；二是飞船具有留轨利用的特点，航天员返回地球后，留在轨道上的轨道舱可以继续工作半年以上，进行空间科学探测和技术试验；三是飞船的制导、导航控制和数据管理分系统具有容错能力，并广泛采用了可靠性设计措施，飞船能够"一次故障正常工作、二次故障安全返回"，提高了飞船的安全性；四是飞船上安装了自动和手动半自动两套应急救生装置，万一自动装置出现故障，船上的手动半自动系统也完全可以应付；五是飞船上的许多系统应用了大量先进的计算机智能管理系统。

高起点也必然带来高难点，一道道拦路虎摆在了既是院长又是总设计师的戚发轫面前。戚发轫说，困难面前不能退缩，解决一个就前进一步。

载人航天器与无人航天器最大的区别在于载人，有人就必须以保证人的生命安全为第一要求。要达到这个要求，首先要攻克五大技术难题：一是必须有环境控制和生命保障系统，为航天员提供适宜的温度、湿度和氧气浓度；二是必须有应急救生系统，要保证航天员在任何时候都能逃逸求生；三是必须有仪表与照明系统，航天员通过这个系统，可以监视飞船的飞行状态，并在必要时通过手动操作控制飞船的状态；四是必须有高性能的测控通信系统，保证航天员能及时与地面进行语音通话及舱内图像向地面传输；五是航天员乘坐的飞船返回舱在返回时受到的再入过载以及着陆时冲击力不能太大，否则就会危及航天员的生命。

戚发轫带领工程技术人员，将这些难题分解成"载人飞船返回控制技术""返回舱舷窗防热与密封结构技术""主用特大型降落伞技术""着陆缓冲技术"等 17 项关键技术并将其一一攻克。这么一大批具有自主知识产权的核心技术被突破，为神舟飞船的初样研制奠定了坚实的基础，为工程进入实施阶段扫平了障碍。

1995 年以后，载人飞船的研制工作全面铺开，进入了全新的非常艰难的攻关阶段。戚发轫虽然卸下了院长的重担，但又接过了总指挥的重任。他和各部门商量决定，把总体任务分解成 13 个分系统进行研究、试验，共同完成。

载人飞船构型复杂、系统复杂，一艘飞船所用的元器件有 10 万多只，电缆网节点 8 万个左右，计算机软件语句几十万条。戚发轫提出的目标是：必须保证每一个焊点、每一根导线、每一条语句都不能出错。为了确保航天员的安全，戚发轫专门安排了一系列大量的可靠性与安全性试验。为考核飞船各舱段之间能否正常、安全地解锁分离，仅飞船返回舱与推进舱连接面的火工锁，就进行了 100 多次可靠性试验和 10 多次舱段之间的解锁分离试验。为考核飞船关键电子设备的可靠性，对 60 多件关键电子设备进行了综合应力试验，这些设备达到了连续工作 100 小时无故障。

在返回舱综合空投试验后，现场工作人员突然闻到一股异味，这一现象立即引起了戚发轫的警觉。经过检查，一个可怕的问题暴露了——舱内有害气体超标！如果不及时解决，将来会直接威胁航天员的生命健康。他们立即组织飞船总体与有关系统人员严查有害气体来源。经过多次分析试验，最终查出问题出在舱内的多种火工产品上，是它们工作时产生的气体泄漏到返回舱内。

这是个事关航天员生命安全的问题，必须立即解决。戚发轫带领大家一起做了无数次的试验，想了各种各样的办法，最后还是用大禹治水的办法，先"疏"后"堵"，靠一个个"神秘"的小孔把有害气体排出舱外，消除了隐患。同时，他们还新研制了一个有害气体过滤器，做到双保险。

这件事之后，他要求设计人员，必须以严谨科学的态度来对待疑点，消灭疑点，凡是能被人预想出来的万一会出现的问题，甚至是万一里的万一的问题，都要千方百计地去发现、去寻找，虽然这种发现和寻找有时像大海捞针，但决不能放弃。

有人提出："火箭升空到一定高度，结束工作，该与飞船分离的时候，万一分不开怎么办？"

针对这个问题，工程总体要求飞船上再增加一项能保证航天员手控发送分离指令的功能，以对付这个万一。这个指令要从飞船送到火箭上，还要有独立的电源来支持，牵扯的问题比较多，解决起来很棘手，更何况这不是飞船系统自己可以解决的,还需要得到火箭系统的支持。有没有必要一定要增加这个功能呢?火箭为什么要接收飞船的指令?当一些人带着抱怨情绪议论纷纷的时候,戚发轫果断地宣布:只要是为保成功,保航天员安全,一个字——干!

需要飞船与火箭两支研制队伍共同解决的地方,花甲之年的戚发轫亲自找到38岁的火箭系统副总设计师张庆伟,请他共同协调解决。毕竟飞船与火箭相连,张庆伟给了戚发轫这位前辈极大的支持,同意火箭接收飞船的指令并按要求做到电源独立。

有位专家"预想"到了一个不安全因素:在进行大气层外救生时,由于运载火箭燃料未用尽,而飞船与火箭的分离速度又不够,有可能造成空中"追尾"事故。万一爆炸,可能直接危及飞船和航天员的安全。戚发轫听到这个议论后,先是回了一句玩笑话:"车辆追尾,责任在后面的车嘛!"话虽这样说,问题还得认真研究。为了避免这个万一,就要增加飞船与火箭分离的速度,而这一改变,要涉及飞船推进系统、数字管理系统、制导导航和控制系统等一系列软件和硬件状态改变,工程浩大。戚发轫立即组织科技人员对飞行程序、飞行软件进行修改,竭力阻止火箭与飞船在空中发生碰撞。修改后的方案经过多次仿真和试验验证,直到证明万一的"追尾"在任何情况下都不会出现。

1995年6月28日,航天界的领导和专家们经过两天认真而热烈的论证,宣布了一个令戚发轫无比欣慰的决定:飞船从设计阶段正式进入工程实施的初样研制阶段。

1996年9月,第一艘无人初样飞船开始了桌面联试。这是飞船的各分系统产品进行的第一次电性能设备联试,共有近600多台设备、300多根电缆、8万多个电缆网节点、20多个计算机软件模块参加了此次联试。经过200多个日日夜夜的苦战,联试终于成功了。这次成功,验证了方案设计的正确性,飞船可以投产了。

戚发轫（中）在飞船研制现场查看飞船技术状态

1997年岁末的一个周末，一辆深黑色的轿车行驶在虹桥机场前往上海航天局的公路上。坐在汽车上的载人航天工程副总指挥、国防科工委副主任沈荣骏眉头紧锁，心事重重。

1992年，载人航天工程立项时，第一艘试验飞船争取1998年、确保1999年起飞的期限就已经确定。航天科研部门把这个承诺称为"争八保九"。

可是到1997年下半年了，沈荣骏掐指一算，"争八"根本争不了，按"保九"算，整个工程进度拖了将近一年半，而且这时钱也快花完了。如果"争八保九"完不成，推迟一年，就意味着要多花几个亿。本来钱就很紧张，再一推迟，钱从哪里来？沈荣骏十分着急，他心想，到时候实现不了给中央的承诺，我们有什么脸到中央去要钱？所以，无论如何"保九"

这个底线不能突破!

按照火箭系统的研制进度,1999 年进行首次发射试验,应该不成问题。但 1997 年快要过去了,而飞船飞行中必备的发动机系统却还没有着落。飞船还没有造好,火箭发射什么就成了首要问题。有人建议利用这次发射送一颗卫星上天,而那段时间偏偏没有卫星发射任务,这个方案只能放弃。也有人说,只要有个配重就完全可以验证火箭的性能,按照飞船的样子,做一个同等重量的"铁疙瘩"发射上去就可以了。

这个方案报到沈荣骏的案头,他久久没有做出批示。沈荣骏知道,这样做,其实只试验了火箭,飞船一点没动。而载人航天的核心是在飞船上。于是,他拿起电话,接通了戚发轫的电话:"如果研制一艘功能简单一些的飞船,借火箭发射的机会进行一次太空试验,能不能做到?"

这个问题出乎戚发轫的意料,按照以往研制卫星的惯例,火箭进行试验时,不需要卫星一并参加,所以飞船系统并没有安排类似的试验。

戚发轫的回答令沈荣骏失望了:"飞船的研制进度没那么快,按照模样、初样、正样的顺序,现在才是初样阶段,无论如何也搭不上这趟'快车'了!能不能缓一缓?"

戚发轫知道,上海航天局承担了飞船上"一舱两个半系统"的研制任务后,一直在按照时间节点要求加快推进,但他们的工作量实在太大了,在完成两艘结构船、一艘热控船和一艘电性船产品生产的同时,还要全面完成任务书规定的单机和系统试验。从当时整个工程的进展分析,要完成整船的所有工作后,转入正样和发射第一艘飞船,时间进度可能要超过1999 年。

"不行!'争八保九'是我们对中央的承诺,困难再大,我们也必须如期完成任务。"沈荣骏的回答同样毫无余地。

戚发轫沉默了一会儿后,看沈荣骏没有结束通话的意思,便说:"飞船的短线在推进舱,推进舱的短线在发动机,只要上海航天局能够完成推进系统和电源系统，飞船总体就能赶上。"

"好，我这就动身去上海！"沈荣骏不容置疑的口气让戚发轫焦急万分。

放下电话，戚发轫立刻把袁家军和飞船系统的副总设计师王壮、郑松辉等人请来一起研究方案。听了戚发轫的话，大家都觉得如果这个想法能得以实施，可以带来意想不到的三大好处：一是通过这样一个近期的、明确的发射目标，可以激发和调动研制人员的积极性；二是可以让飞船的主要分系统得到实际考验，尤其是飞船的许多技术细节在地面难以模拟，提前飞行试验可以尽早暴露问题，及时加以改进。

然而，想法虽好，但试验飞船从何而来？

"大家说说吧，怎么才能保证试验飞船按时上天？"戚发轫的话说完了，却无人应答，谁也一时拿不出有效的方案，只好选择沉默。

"既然打不了正样，不行就把初样电性船打上去吧！"这句话一出口，虽然声音很小，却像平地春雷似的，震醒了在场的每个人。

戚发轫抬起头，向声音传来的方向望去，提出这个建议的是一个刚刚参加研制工作不久的小伙子。

"戚总，我只是随便一说，您别生气。"小伙子怯生生地说。"不，你说得有道理。"戚发轫从思考中醒过神来，这才想起来，自己的眼神可能吓到小伙子了。他笑着走过去拍了拍小伙子的肩膀，如释重负地说："这是个天赐良机，飞船的许多细节在地面难以模拟，提前进行飞行试验可以尽早暴露问题，尽早加以改进。"说着，戚发轫转过头来对袁家军说："我看咱们就这样定了吧，用电性船改装，按时首飞。"

戚发轫请几位副总尽快写个建议稿交给他，他没有忘记让那个提出建议的小伙子也一起参加讨论。

所谓电性船，简单地说，就是仅用于地面电性能测试的试验飞船，其性能与能飞太空的飞船相差很大。而将电性船改为试验船进行发射，等于跨越了一个研制阶段，跳过了许多要做的试验和程序，这样的改装，中国航天史上从来没有过，其风险无疑是巨大的。有不少人为此犯嘀咕：这样的飞船上得了天吗？谁敢用这样的飞船去冒险？即便是总设计师，戚发轫也不敢说他有多大的把握与胜算，但这可能是赶在最后期限前发射第一艘飞船的唯一可能的办法。

袁家军谨慎地对改装细节提出设想："电性船上的很多电器都是非上天产品，必须进行正式上天条件下的环境试验。机械件、模拟件按照上天产品的要求，寻找替代品或重新投产。"王壮和郑松辉建议，把飞船的13个分系统简化成8个，组成一艘最小配置的飞船。

戚发轫与各分系统的设计师们经过多次会商，决定采用王壮和郑松辉的建议，按照飞船最小配置进行首飞，先确保飞船能上得去、回得来。

虽然13个分系统简化成8个必需的分系统，已经大大减少了工作量，但是改装任务依然很艰巨。各分系统中，最难的是推进分系统。飞船发射升空后，是否能稳定飞行、准确变轨？是否能按照地面的指令实施制动和返回？这些都取决于飞船发动机的工作情况。发动机一旦有什么问题，飞船发射后既进不了轨道，返回时也回不了地面。所以，即便是改装，推进分系统的产品也必须是货真价实的正样产品。

由于发动机产品是新研类型，可靠性试验子样还很少，正样研制任务重、时间紧，成了整个工程的短线。根据国外惯例，飞船上天前，推进系统也就是发动机需要进行10万秒试车，就是按照中国其他航天器的要求，也需要几万秒的试车时间。然而，这时飞船的主发动机只进行过一次930秒的高空试车。

尽管上海航天局夜以继日地一步一步往前赶，但对于"争八保九"要求而言，在总体进度上还有一定的差距。正是这样，促使沈荣骏一定要亲自去一趟上海。

到机场迎接沈荣骏的，是载人飞船系统的副总指挥兼副总设计师施金苗。施金苗原是"863"计划的论证专家之一，长期负责上海地区的运载火箭研制工作，是中国"一箭三星"技术的主要设计师。载人航天工程立项后，施金苗负责上海地区的飞船推进系统、电源系统、测控通信系统、推进舱的技术和项目管理，他对载人航天的感情就像对待自己的孩子一样，他比谁都担心因为飞船的原因而耽误整个工程的进度。沈荣骏的到来，或许能让飞船研制进度再提升一大块，但随之而来的，一定是一次凤凰涅槃般的攻关，这让施金苗既高兴又压力重重。

"我是来要军令状的。"沈荣骏一见到施金苗，没有客套，直接点明了这次到访的目的。

"我先带您到一线看看吧。"施金苗没有立刻给沈荣骏肯定的答复，因为，他心里明白，自己没有退路，回答这个问题，不能说不行，必须回答行。但这个"行"必须建立在科学论证和科学决策的基础上。施金苗无法拍这个胸脯，只是默默地陪着他走遍了每一间实验室，每一座生产厂房。一路上，沈荣骏反复说的都是同一句话：发动机是飞船的心脏，无论如何都要让这颗心脏按时跳动起来。

考察中，沈荣骏发现，上海航天局拖延时间的原因，不是因为技术上不行，而是试验做得不够。做试验就需要时间，时间就是工作量，通过加班是可以解决的。至于条件差点，可以想办法改善。参观归来，沈荣骏连夜主持情况汇报会，开门见山地说："'争八'我们已经赶不上了，但'保九'是我们向中央的承诺，必须实现。现在的短线就是你们上海航天局。我看了以后，认为你们经过努力赶上进度是有可能的。希望你们能够顾全大局，千方百计赶上进度。我的标准也很低：只要能正常入轨，安全运行，返回落到中华人民共和国的土地上，就算试验成功！你们条件不具备的，要钱给钱，要条件给条件。你们说怎么样？"

这时，施金苗代表上海航天局向沈荣骏做出了郑重的承诺："我们一定千方百计地在1999年把试验飞船做出来，载人航天的列车绝不会在上海晚点。"

施金苗之所以这么说，是因为在陪沈荣骏考察的这两天，他心里默默地算了一笔账。他首先列清了所有的差距和困难，也逐一考虑了解决措施，其中包括产品加工短线迅速外协生产、试验测试能力加强、采取人休息而产品不休息等一系列生产组织管理办法，落实质量保障措施来确保后续工作一次成功等质量管理办法，加强组织调度力量，等等。经过计算，施金苗认为：如果采取这些措施，风险虽然很大，但拼一拼还是可以完成任务的。

上海航天技术研究院和负责飞船发动机研制的801所的所长黄瑞生、主任设计师臧家亮见施金苗表了态，也随之咬着牙说，801所一定全力以赴，决不拖后腿。

回到北京，沈荣骏叮嘱工程有关部门：上海航天局有什么困难，我们要全力以赴地解决。短线就得突，短线不保证，工程就上不去。

根据沈荣骏上海调研的情况，中国空间技术研究院召开了飞船系统的总指挥、总设计师联席会，正式向总指挥部提交了一份题为《用电性船改装成试验船的建议》的报告，此报告一交，便再无退路。

方案通过的那天，沈荣骏对大家开玩笑说："咱们从现在开始，从我开始，只有星期七，没有星期天！"整个飞船系统就像一台开足马力的机器，高速运转起来，就连农历年也只放了一天假，平时的节假日更是被自动取消。施金苗更是一诺千金，背水一战，带领各分系统的技术人员全力拼搏，一方面抢试车进度，特别是高空试车和全系统热试车；另一方面加紧生产上天正式产品。他亲自分配好了各科研部门承担的任务，并规定了最后的完成时间，向各部门下达了死命令，并与科技人员一起商量方案、探讨进度，对关键的技术项目攻关课题进行现场指导。在施金苗的"高压政策"和身体力行下，一场与技术难关较劲、与时间节点赛跑的战斗在黄浦江畔打响了。

一年时间过去了，金属膜片式贮箱技术难关被攻克；42千米高空模拟试车台也建立起来了；推进系统试车一次成功；数字图像压缩技术被攻克……上海航天局最终用一年的时间完成了两年的工作量，为飞船如期首飞赢得了宝贵的时间。

在电性船改装的过程中，飞船非重点的5个分系统也不想错过上天提前试验的机会，多次向戚发轫请缨，要求参加这一次飞行任务。经过飞船系统"两总"会议研究，同意这5个分系统在不影响主系统试验的前提下，可以上船。这样一来，这艘飞船其实已经是一艘完成的飞船了。

1999年的一天，随着中国空间技术研究院的空间环境模拟器巨大的密封门缓缓开启，如同凤凰经历洗礼一般的试验飞船，以非常圆满的涅槃，通过了全部电气系统的严格测试。中国的载人航天工程终于有了一艘基本达到了上天要求的试验飞船。

然而，这时的飞船还只是一个躯壳，专家们还没有编好能让飞船的大脑活起来的控制程序。按照惯例，这些程序是需要在相当长的一段调试过程中逐步完成的。但这时距离1999年年底仅剩下5个多月的时间。以往这点时间别说是完成联试，就是仅仅完成程序编写也远远不够。戚发轫决定，把原先必须在北京完成的编程等调试工作直接转移到发射场上去进行。

1999年7月，一趟专门列车开往酒泉卫星发射中心，车上的"乘客"正是人们为之付出了7年努力与心血的、准备进行首次无人飞行试验的第一艘飞船。在热浪滚滚的大漠戈壁，戚发轫亲自带领试验队昼夜兼程，开始了飞船全部技术流程的演练……

出征太空的生命保障

1961 年 4 月 12 日，27 岁的苏联人加加林乘坐"东方一号"飞船在太空遨游了 108 分钟，成为人类历史上第一位进入宇宙空间的人，从此，人类又增添了一种新的职业——航天员。

1992 年 12 月 12 日，北京航天医学工程研究所召开了一次科研工作会议，正式宣布该所承担的载人航天工程研制工作正式启动。

载人航天飞行的核心是"载人"，但人要上天，先要在地面接受相关的训练。航天医学工程研究所要攻克的第一个难关，就是创造出与太空环境相似的训练环境。

20 世纪 70 年代，虽然围绕"曙光号"任务建立了一些大型的地面模拟设备，但 20 多年过去了，大部分设备已经老化，无法满足工程新的要求。如果新的地面模拟设备不能按时完成，其他系统的工作就无法开展。时任航天医学工程研究所所长、航天员系统总指挥的沈力平决定，从头开始，从总体上对模拟设备进行重新设计和布局。具体的任务分为：改造原有的一号舱、小环境、离心机、天象仪等，还要重新研制环控生保试验舱、模拟超重设备、航天服试验舱和高压氧舱等。地面模拟设备分系统仅有的 30 名科研人员同时进行这 8 个大项目的研制，但时间却仅剩不足 4 年。

在这些项目当中，离心机是用于航天员超重耐力选拔和超重适应性训练，以及舱载工程产品的超重试验，同时也是超重生理学和超重工效学所必需的大型基础设备。"714"上马之时，航天医学工程研究所曾经研制了一台 68 型离心机，但在试车时没有达到设计指标而无奈放弃。到了 90 年代之后，这台离心机的主要系统都已陈旧老化，运行 G 值和速率也无法满足需要。怎么办？专家们形成了两种意见——自主研制和从国外引进。自主研制，既有风险，又充满困难，能否如期完成不好确定；而从国外引进，时间和技术都可以保证，而且，有关方面已经和美国的一家公司取得了联系。

然而，在进一步的谈判中，专家们逐渐了解到，美国公司要价150万美元的离心机，半径只有6米，是一台针对航空训练用的低性能离心机，根本无法完成航天员的训练。而且，离心机的吊舱还是个空壳，座椅、仪表等内部部件还需要重新配置，处处被人家牵着鼻子走。最重要的是，中国的航天员培训工作的成败一旦受制于人，将会像无底洞一般，何时是个头？而我们自己的人才队伍也得不到应有的锻炼。

在事关国家航天事业战略的关头，航天医学工程研究所决定放弃国外引进的方案，准备在68型离心机的基础上，完全独立自主研制。1992年年底，研究所成立了以张福冬、薛亮为技术负责人的研制任务组，仔细地分析总结了68型离心机的优势和不足，提出了新的离心机设计指标和要求。

方案出台后，沈力平特意带着张福冬去找工程的副总指挥沈荣骏汇报情况，请求批准立项。沈荣骏非常赞赏他们的决定和勇气，并很痛快地就批准了这个当初在论证期间没有安排的漏项任务。

全任务飞行训练模拟器，模拟的是飞船从发射到返回着陆场的全过程和各种应急状态，如同太空飞行前的"彩排"。航天员在这里可以熟悉各种指令，了解飞船的显示和操作，进行各个阶段的正常操作和故障处理。从三舱结构到内部仪器，模拟器与飞船一模一样，也可以说，它就是一台地面上的飞船，作用相当于空军飞行员的教练机。模拟器通过视觉模拟、音响模拟的方式，让航天员通过舷窗，可以看到苍茫的太空和下方的地球，也能听到从待发段到着陆全过程中的各种模拟声音。

航天医学工程研究所不光要研制各种大型的模拟设备，还要承担一些装船产品的研制任务，比方说，航天员空间飞行中所需要的药品，日常生活中需要的梳子、镜子、剃须刀、口腔清洁剂、纸巾、呕吐袋、照相机、胶卷、电池、手表、日记本、书写笔、手电筒等，这些产品对保障飞行中航天员的生命安全、身体健康和生活工作顺利，都有重要的作用和意义。到1998年之前，这些产品已基本定型到位。

航天医学工程研究所对中国空间技术研究院提供的初样飞船进行各种评价试验的同时，为了弥补工程设计的不足，还对防护飞船有害环境因素的个人产品也进行了研制，如航天员赋形缓冲减震坐垫、防噪声耳塞、座舱大气自动采样装置、舱内辐射环境监测仪等。

恶劣的太空环境不具备人类生存所必需的条件，因此，人要在太空中生存就必须有一个与地球生存条件类似的环境。在航天员系统中，这个创

航天员电动转椅试验

造和保障航天员基本生存条件的工程系统就被称为"环境控制与生命保障分系统"（以下简称"环控生保"）。"环控生保"分系统在整个飞船系统直接关系到航天员的生命安全。

在"环控生保"分系统的最初设计方案中，采用了很多现代化的控制技术，原理图上到处都是密密麻麻的电动控制开关。设计图送到王永志的案头，他仔细看后发现，这个方案的设计思想完全依靠自动控制。如果飞船的电源出了问题，系统就会瘫痪，即使气瓶里有充足的氧气，航天员也无法使用，这显然是设计上的疏漏。王永志立刻通知设计人员重新设计，最重要的一条原则就是发挥航天员的主观能动性。航天员系统按照王永志的要求，在飞船上增加了手动供氧开关，使航天员的生命安全又多了一道保障。

在对神舟一号飞船任务进行技术分析时，技术人员发现舱内压力逐步爬升，这说明，飞船舱内的压力环境没有达到设计要求，如果不及时解决，会对航天员的生命健康造成威胁。王永志决定，用"归零"的手段进行检查。

"归零"是中国航天人创造的一个名词。在载人航天工程的管理规定中，这个可以简单解释为"从头开始查找故障原因"的词语被进一步细化为5个步骤，即定位准确、机理清楚、问题复现、措施有效、举一反三。

但几经反复"归零"，却始终找不到问题出在哪里，研制工作一时陷入了困境。正当大家一筹莫展时，老专家罗旭峰突然说："会不会是冷却液出了问题？"对罗旭峰的这个提问，大家很不以为意，因为这种冷却液的配方是国内权威部门花了多年时间才研制成功的，应当说，技术过硬、质量可靠。听大家这么一说，罗旭峰不再吭声了，却按照他的猜测，闷头做起了实验。等他从实验室走出来时，真相已经大白了，大量的实验数据表明，故障的原因真的是由于冷却液与回路中的金属材料相容性出了问题。

问题找到了，最有效的解决方式就是重新研制新型的冷却液。航医所领导把任务交给了罗旭峰和年轻的专家余青霓、赵成坚。此时，29岁的余青霓已有8个月的身孕，实验室里各种化学试剂的粉尘对她有着怎样的影响不言而喻。但余青霓却无暇顾及这些，一头扎进了实验室。她在原有旧配方还处于保密状态的情况下，从零起步，夜以继日，以难以想象的速度研制出了新配方，从根本上解决了冷却液成分不均匀、性能不稳定的大难题。

　　在太空中，飞船需要将舱内密闭环境里人和机器设备中产生的冷凝水吸附，这就必须研制一种有效的吸水材料。一般的吸水材料吸水速度慢，吸附力不强，所含水珠容易被吹掉，要是冷凝水未被吸附干净，会影响舱内设备的工作运行。一旦被航天员吸入鼻腔，就有生命危险。因此，提高吸水材料的吸附速度和饱和度就成为这一问题的关键。为解决复杂的工艺要求，研制人员以特有的耐心坚守在工作平台上，眼睛一眨不眨地盯着玻璃容器中的刻度表，静静地观察材料吸水速度的变化。终于有一天，令人兴奋的情况出现了，吸水材料的吸水率在10秒内攀升了5厘米之高，超过普通材料十几倍，不仅达到了太空中的需求，甚至超过了国外的技术标准。

　　在采集和分析飞船返回舱内的气体参数时，研究人员意外发现舱内残留着部分一氧化碳。在航天员还没有上天之前，这个发现是及时的，一氧化碳万一被吸入人体，轻则引起昏迷，重则导致死亡。所以，必须将一氧化碳的源头切断。按照原来的设计，气体净化装置中，一氧化碳是可以转化为二氧化碳进行排除的。但在实际的模拟飞行中，却发现，船上的火工品发生爆炸后，会产生额外超量的一氧化碳气体。鉴于这种情况，工程总体明确要求，先从源头上减少一氧化碳释放，再研制一套一氧化碳滤除装置，以确保航天员的安全。

　　余青霓、赵成坚再次临危受命，承担催化剂的研制。他们下煤矿、进大学，调研了国内最有价值的单位，取回了急需的技术资料，在全所上下的集体攻关下，终于扼制住了一氧化碳的排放，实现了"零出口"。

1997年年底，南昌飞机制造公司、株洲608所、九江造船厂和中国船舶研究所等单位经过紧张的生产加工，按时完成了超重模拟设备各部件的研制，于1998年年底组装安放在航天医学工程研究所离心机楼内，经过调试合格，随即投入使用。这台离心机的增长率为6g/s，最大G值为15g，臂长为8米。

航天员是特殊的职业，自然需要有特殊的服装——航天服。航天服分为舱内航天服和舱外航天服两种。

飞船在轨道飞行时，航天员一般不穿航天服。但在容易出现事故的飞行时段，必须穿上航天服。舱内航天服是在飞船舱内压力异常的情况下，可以马上充气加压，保证航天员在有效时间内安全返回地面的服装。

1971年6月，苏联发射的"联盟11号"载人飞船，搭载3名航天员在礼炮1号内停留了23天。当飞船结束考察，奉命脱离"礼炮号"太空站返回地面后，人们震惊地看到3名宇航员竟然死在自己的座位上。事后经过各方面调查，在返回的过程当中，由于整个飞船的震动，导致返回舱压力阀门非正常打开，气体泄漏。在几秒内，气压下降到致命程度，宇航员就是因为没有穿舱内航天服，致使体内严重缺氧而死亡。这是苏联载人航天活动中最为悲惨的一次。专家们惋惜地说："如果他们穿上航天服，这场悲剧完全可以避免。"所以，从那以后，舱内航天服就成了整个天地往返运输系统载人航天的一个标准配置。当飞船座舱出现意外失压时，启动舱内航天服系统救生，可在6小时内保证航天员的生命安全。

舱外航天服是航天员进行出舱活动时穿的。航天员离开船舱，将身体完全暴露在太空环境中，这时，舱外航天服就如同一个小型的航天器，可以提供给航天员适合生存和保证工作效率的环境。

由此可见，无论是舱内还是舱外，航天服都不是简单的服装，它实质上是航天员进入太空的一套个人防护系统。在飞船出现意外情况时，航天服将成为保护航天员生命安全的最后防线。

中国的航天服研制工作从 1968 年就开始了。当年，20 多名技术人员曾花费 10 年心血生产出了一套为"曙光号"航天员设计的舱内航天服，但因为"曙光号"任务的下马，还没来得及缝制，就成为历史陈列室中的展品。

载人航天工程立项后，曾经参与"曙光号"航天服研制的陈景山被任命为航天服分系统的主任设计师。在这之前，陈景山只是从一些宣传图片和一些发表的论文上了解航天服的构造和基本原理，却无法了解它的内部构造和设备细节。因此可以说，陈景山和他的团队是在几乎是零的基础上开始航天服研制的。在工程初期，他们主要攻克的是舱内航天服的研制。

舱内航天服式样看似简单，但制作起来难度可不小。作为世界上工艺最复杂的服装，仅一件舱内航天服，就有 300 多道工序，需要 8 名技术工人 24 小时不停歇地连续工作一个月，才能做出一套。舱内航天服由三部分组成：一是限制层，由耐高温、抗磨损材料制成，用来保护服装内层结构，并使航天服按预定形态膨胀，保证航天员穿着舒适合体；二是气密层，用涂有丁基或氯丁橡胶的锦纶织物制成，有良好的气密性，防止服装加压后气体泄漏；三是散温层，与内衣裤连接在一起，有许多管道，采用抽风或通风将气流送往头部，然后向四肢躯干流动，经肢体排风口汇集到总出口排出，带走人体代谢产生的热量。航天员戴的头盔、手套和穿的靴子更加特殊。头盔的盔壳由聚碳酸酯制成，不仅能隔音、隔热和防碰撞，而且还具有减震好、重量轻的特点。为防止航天员呼吸造成水汽凝结以及低温环境下头盔面窗上结雾、结霜，需要特殊的气流和防雾涂层。手套与航天服相配套，充气加压后具有良好的活动功能和保暖性能。

这一切，都是陈景山和他的团队经过无数次的设计、改进、试验后完成的。在一套方案的服装设计加工完成后，首先要工作人员自己去做这些体验，要先选择跟航天员体形相当的人进行试验。在最终关键的一些节点和最终的节点再请航天员来试穿，完成人服匹配。此外，在研制工程中，还要经历多方面性能的试验，比如说功能试验、环境力学试验、温度试验等验收和鉴定过程，满足全部要求后才可以确定状态。每次试验后，细心的陈景山都要与航天员座谈，因为这些产品在地面上进行了若干的试验，但最终是要在失重状态下去使用的，所以失重状态下的一些体验就显得尤其重要。通过座谈，要找出来哪些是产品本身的问题，哪些是使用过程中出现的问题。

随着航天头盔、压力服、通风和供氧软管、可脱戴的手套、靴子接连研制成功，一套乳白色、镶有天蓝色边线的航天服呈现在了人们面前，这是中国人自主研制的第一件航天服，并达到了国际先进水平。现在，这套航天服已经被收藏到中国人民革命军事博物馆，成为记录中国载人航天事业发展历程的珍贵文物。

千里挑一的航天员选拔

载人航天工程的核心是航天员。选拔和训练航天员被看作一个国家可以独立自主实施载人航天的重要标志。过去，世界上只有美、苏两个国家能够独立完成航天员的训练。随着载人航天工程的立项，选拔航天员再次成为航天员系统的一项极为重要的任务。

国外一般把赴太空执行任务的人称为"太空人"或者"宇航员"，我们中国叫什么？早在"曙光号"时期也曾引起一些争论。钱学森建议说：

"我们还是叫'航天员'的好，因为，中国有天、海、空的领域划分，这样称呼比较规范。"钱学森还为这个我国最新的职业下了定义：航天员是指驾驶载人航天器和从事与太空飞行任务直接有关的各项工作的人员。这个职业既要与地面从事航天工作的人员相区别，也要和乘坐航天器进入太空的其他人员相区别。

在钱学森提出的系统科学观点指导下，围绕航天员开展的工作被提炼为三个基本因素：人——航天员；机——载人航天器和生命保障系统；环境——太空的失重、超重、真空等环境。这三个因素相互联系、相互作用的"人—机—环境系统工程"学术思想，为千头万绪的飞天任务，建立了一个清晰的构架。

什么人可以当航天员？航天员怎么适应太空环境？怎样操作飞船？上天后吃什么、穿什么、用什么……每一个问题的背后，都是中国人不曾涉足的新领域。

能否选拔出合适的航天员，将直接影响工程计划的进度和质量。从战斗机飞行员中选拔航天员，是世界公认的一条"捷径"。这是因为，在所有职业中，战斗机飞行员的工作环境和身心素质最接近于对航天员的要求。美、苏两国的航天员，一般也是从具有航空飞行经验的试飞员或优秀的歼击机飞行员中挑选。战斗机的超音速飞行、高空飞行和各种高难度的战斗特技，要求飞行员能够习惯高低气压迅速变化带来的不适，在承受数倍体重的载荷情况下仍能对飞机上数百个复杂仪表和控制器进行正确的操作处理。更重要的是，很多战斗机飞行员都经受过空中特情的考验。高速喷气式战斗机的起飞和着陆速度快，操作复杂，稍有不慎即会对生命造成威胁。当发生发动机空中停车、失火等故障时，很多飞行员就是因为具有冷静的头脑和出色的危机处理能力，能驾驶着故障飞机安全返回地面，或成功地跳伞逃生。

1995 年 8 月，载人航天工程指挥部向中央军委呈报了一份关于选拔航天员的请示，建议从空军现役飞行员中选拔预备航天员。同年9月，中央军委批复同意。一个月后，根据中央军委的指示，由国防科工委和空军联合组成预备航天员选拔领导小组，从符合条件的空军飞行员中进行航天员初选。

中国航天员的选拔工作借鉴了国外的经验，但标准却更为苛刻。选拔航天员的基本条件包括：有坚定的意志、献身精神和良好的相容性，身高160~172厘米，体重55~70千克，年龄25~35岁，必须是歼击机或强击机飞行员，累计飞行600小时以上，具备大专以上学历，且飞行成绩优秀，无等级事故，无烟酒瘾，最近3年体检均为"甲等"。

在茫茫人海中，按照这个标准，与其说是选拔航天员，还不如说是寻找航天员。首先，空军机关调阅了所有飞行员的政治档案和技术档案，从符合基本条件的飞行员中进行了筛选。然后，在师、团推荐的基础上，对入选对象的政治表现、思想作风、飞行技术、身体素质、工作表现、家庭状况等情况进行了审查。经过层层推荐审核，全军共有1506名飞行员符合条件。

首先进行初选体检，在空军的10个疗养院分别进行。那一个月的时间里，医院动用一切现代化的手段，对每一位参选者逐项进行巨细无遗的检查，并对遗传性疾病等潜在疾病进行了排除。一次次严格的检查过后，那些无论是身体条件还是知识水平都无可挑剔的飞行员，因为微乎其微的小毛病被一个个"刷"了下来。体检结束，1506人中只剩下了886人。

紧接着，他们中的一部分人接到通知，到北京空军总医院接受第二次检查。这次复选检查分三批进行，只有60人参加。十几天里，医生把每个人身上大大小小的器官检查了个遍。检查结束，又有20多人被淘汰出局。仅剩的30多人接着又来到北京航天医学工程研究所接受特殊生理功能检查。

航天员在身体上与其他人群的本质区别在于，他们天生具有比普通人更强的航天生理功能。这次检查就是要发现他们是否具备这样的特殊功能。对于最终成为航天员的人来说，特殊功能检查帮助他们发掘出了就连自己此前也未曾发现的潜在能力。这是一项更高难度的选拔，也是迈入预备航天员队伍的最后一道门槛。

检查开始后，第一，受检者要在离心机上进行超重考验，考查身体承受重力的能力；第二，在压力试验舱内接受缺氧耐力检测，随着低压舱内的氧气渐渐被抽走，相当于上升到了5000米的高空，如果谁不能适应，就将被淘汰，如果到了10000米，皮肤有蚂蚁爬过似的痒痒的感觉，就说明有减压症，也不能入选；第三，在旋转座椅上检查抗晕的功能，受检者被蒙住双眼，在6米摆长的电动秋千上荡15分钟，看有没有恶心反应，以此来检查前庭功能；第四，在噪声和振动里忍受着不间断的侵扰，观测是否烦躁不安；第五，受检者要在头低脚高的倾斜床上猛起、猛躺，测量颈动脉血流量和心脏负荷能力，还要进行下体负压等各种耐力测试……

这样的测试持续了好几个月，在专家们犀利而又谨慎的评判中，只有20名候选者以平和的心态闯过了一关又一关。最终的结果当时并没有公布，只是通知他们回部队等消息。

1997年4月，中国载人航天工程指挥部决定从最后通过复选检查的20名合格人选当中录取12人为预备航天员。这12名航天员全部是大专以上文化程度，驾机飞行都在800小时以上，平均年龄32.8岁。他们有一个共同的特点：都在少年时代接受过良好的教育，当飞行员期间，身经百战的经历为他们奠定了良好的心理、生理和技术基础。他们中间，有杨利伟、翟志刚、费俊龙、聂海胜、刘伯明、景海鹏、刘旺、张晓光等。

与他们同时加入这支队伍的还有另外两名战友——吴杰和李庆龙。为了学习借鉴俄罗斯航天员训练的经验，1996年3月，这两位兼获工程学和军事学学士学位的空军飞行员，经过相似的选拔率先走进北京航天医学工程研究所。经过8个月的俄语强化学习后，吴杰和李庆龙以航天员教练员的身份被派往俄罗斯加加林航天员训练中心接受培训。

到加加林航天员训练中心报到的那天，吴杰和李庆龙单独走进了训练

航天员低压密闭舱试验

中心主任、苏联航天英雄克里木克中将的办公室。他们用还不太流利的俄语陈述了一个申请——用一年时间学完全部课程。面对这个请求，克里木克感到不可思议。根据俄方的计划，培训一名合格的航天员至少需要四年的时间，一年毕业简直就是天方夜谭。但看到他们真诚而坚定的眼神，克里木克又觉得无法拒绝这两位中国人的请求，他充满疑虑地说："我可以考虑答应你们的请求，却不会减少课时和训练内容，更不会降低难度标准，这对你们来说可能会很困难。"

"没有问题，我们保证一项训练都不会落下！"吴杰和李庆龙斩钉截铁地说。

克里木克将军最终同意了他们的请求。

训练开始后，俄罗斯的教练员对这两位黄皮肤、矮个子的中国人很不以为意，甚至嘲笑他们说："这样的人也能成为航天员吗？"面对这样的怀疑，吴杰和李庆龙心里默默地告诫自己，就算掉层皮，也要做出个样子来，决不给中国人丢脸！于是，他们憋着一股劲儿，白天刻苦训练、细心观察，晚上潜心钻研、认真记录，开始了高负荷的学习、训练和生活。

在俄罗斯期间，和他们一起学习的还有美国、日本和欧洲一些国家的航天员。美国为他们的航天员在莫斯科修建了别墅，每到节假日，他们就会开着私家车，带着家人去莫斯科度假。但吴杰和李庆龙却没有一次这样的经历，一年中，他们连一天假都没有休过。他们心里很清楚，就是要在最短的时间内，学习到人家的精髓。

一年后，吴杰和李庆龙果然高标准、高质量地完成了全部考验极限的课目，出色地掌握了航天理论和各项技能，以优异的成绩折服了俄罗斯的教练，实现了自己的承诺。结业的那天，克里木克中将亲自为他们颁发了"国际航天员证书"，并郑重宣布："从今天起，中国的航天员吴杰和李庆龙可以胜任世界上任何飞船的飞行任务。"

20世纪90年代，北京航天城建成后，航天医学工程研究所也搬进了北京航天城。

1998年1月5日，14名航天员进入北京航天城，正式由空军部队移交给国防科工委管理。交接仪式上，前来送行的空军部队参谋长对14名航天员说："空军把你们送到这里，你们中间将会走出'中国的加加林''中国的阿姆斯特朗''中国的列昂诺夫'。你们将代表祖国去完成一项伟大的事业，你们永远是空军的骄傲！"

这个小小的仪式，翻开了中国航天史册上的重要一页——中国人民解放军航天员大队正式宣告成立。14名航天员在一面鲜红的中国共产党党旗上，郑重地签上了自己的名字，并面向国旗进行了庄严的宣誓：成为航天员是我无上的光荣，为了负起神圣的使命，我将英勇无畏，不怕牺牲，甘愿为载人航天事业奋斗终生……

中国的第一支航天员队伍正式登上了历史舞台。从那一天起，中华民族的飞天梦想、共和国几代航天人的希望，都落到了这 14 位优秀战士的肩上。

20 世纪 90 年代，美国西点军校一位中将校长曾说过一句名言："我们所教的历史的大部分都是我们教过的学生们创造的。"对中国来说，所有的载人航天历史也都将由这一代航天员开始创造。

载人航天工程其他系统的工作都有一定的继承性，而航天员的培训却犹如在平地上盖楼、在白纸上绘画，一切都要从零开始。

挂帅航天员训练工作的，是已做了多年医学总体和选训工作的航天员选拔训练分系统主任设计师黄伟芬。1997 年，黄伟芬参与起草了航天员训练的总体方案，并作为任务组长赴俄罗斯学习了 3 个月。她对美俄两国的航天员训练工作做了详细的分析调研，在吸取两国经验的同时，围绕中国第一次载人航天任务，从任务需求到飞船的安全性、可靠性都做了充分的考证，并对中国航天员的特点进行了全面分析，将智慧与创新放大到了最大值，设计出了一套符合中国国情特点的航天员训练方案。

在复杂的选拔尘埃落定之前，14 名航天员并不完全清楚"航天员"究竟是一个怎样的职业。直到训练陆续展开，他们才渐渐走进了载人航天这个勇气与梦想交织的领域。走进航天员大队，远不能说冲过重重关卡的幸运者就是一名完整意义上的航天员，这只是拉开了航天员职业生涯的序幕。在飞天的征程上，不仅充满了艰辛和风险，许多勇士还为此付出了生命。无疑是用生命去探险，用躯体去铺路。

国外培养的航天员分为三类——驾驶员、随船工程师（美国称任务专家）和载荷专家，执行任务时这三类航天员各有分工，通常由驾驶员兼任乘组的指令长。而我国目前培养的航天员都是驾驶员，他们不仅要操作飞船，还要兼顾随船工程师和载荷专家的工作，这就要求航天员必须有过人的本领和超常的耐力。

中国航天员的训练也是分为三个阶段：第一阶段是基础理论培训。在这一阶段，航天员要学习火箭和飞船的设计原理、飞行动力学、气象学、天文学、通信、设备检测、航天医学知识等等。第二阶段是专业技能训练。航天员要熟悉飞船的结构、组成，飞船各系统的工作原理和模式，甚至要掌握重要部组件和单机的情况。第三阶段是飞行程序和任务训练。航天员们要在与真实飞船相同的训练模拟器上，通过实景仿真，掌握和知道应该注意观察什么，什么时候和地面联系。在这一阶段，航天员们还要学会发现和排除紧急故障，以考查和锻炼他们的判断能力和对事物的迅速反应能力。这三个阶段的学习一般需要3~5年的时间。

飞船遨游太空，航天员需要在密闭狭小的环境里经历超重、失重相互交替的过程。要克服这重重障碍，除了飞船要具备适合人的生存条件，航天员必须用特殊的训练来主动适应这种太空生活。为了让航天员适应太空的特殊环境，提高他们对各种负荷的耐受性，教员们最大限度地模拟了太空舱内的各种环境。在这个非常艰苦的过程中，既有利用旋梯、滚轮、蹦床、旋转秋千等器材提高前庭功能的训练，也有为提高低压缺氧耐力的游泳、攀岩训练，还有为提高超重耐力专门进行的胸、腹部和四肢肌肉的训练等，每一项都称得上是"魔鬼训练"……

在做离心机训练时，离心机像一只巨大的铁钳，紧紧夹住旋转舱，在圆形的超重实验室里飞速旋转。负荷从1个G逐渐增加到8个G，转瞬之间，在强大作用力的牵引下，航天员的面部肌肉开始变形下垂，眼泪不由自主地流下来。做头盆方向超重训练时，全身的血液好像被甩到脊柱上；做胸背方向超重训练时，前胸后背就像压了块几百斤重的巨石，忽然心跳加快，呼吸困难，五脏六腑仿佛被压成了一张薄薄的纸片。当超重值加大到自身重量的 8 倍时，虽然持续时间只有短短的 40 秒，却几乎要耗尽全部体力和精力。

这是大家公认的最痛苦的一项训练，也有着一定的危险性。训练时，每人都是一只手握着操作设备，另一只手握着报警器，只要感到不适，就可以随时摁下报警器上的红色按钮，训练就会立即停止。但在长达十几年的训练中，14 名航天员没有谁因为主观原因停止过这项训练，报警器在他们的手中从来就没有鸣响过。

1999 年，中国航天员来到俄罗斯加加林航天员训练中心进行模拟失重飞行训练。第一次来到新的环境中接受陌生训练，大家感到很新奇，都想借此机会展示一下中国航天员的风采。上飞机的前一天，俄罗斯的教练员对中方的领队，时任北京航天医学工程研究所所长、航天员系统总指挥宿双宁说："你们的人只要有一个吐了，我们就立即停飞！"宿双宁一听就急了，连声说："不行！不行！"他心里清楚，飞一个架次虽然只有几分钟的失重体验，却是用成堆的美金堆积起来的，一吐就停，那不是白白浪费钱吗？可无论宿双宁怎么请求，俄罗斯的教练员却始终不同意，坚持说是基于安全考虑。

宿双宁既心疼钱，又担心航天员的安危，他诚恳地对俄方驾驶员说："我们的航天员是第一次做这种训练，希望你们开始飞时升降幅度不要过大。"但第二天训练前，翻译告诉宿双宁，他听到俄罗斯驾驶员私下嘀咕，就是要让动作大一点，看看中国人的前庭功能和身体素质到底行不行。

训练开始了，飞机一个小时里连续飞行了 12 个抛物线，交替产生超重、失重的模拟环境。尽管痛苦难忍，但中国的航天员们都咬着牙坚持了下来，而且还要在每一个抛物线产生的 20 多秒的失重时间里不断做着穿脱航天服、翻滚转圈的动作。飞行过程中，尽管很难受，但中国的航天员一个都没有吐。这个结果有些出乎俄方的意料，他们称赞说："在这里训练的其他国家的航天员，不少人几个抛物线下来就不行了，像你们这样全部

海上进行的载人飞船返回舱搜救演练

坚持下来的还没有见过。中国的航天员，真了不起!"

　　冬去春来，不知不觉中，一年的学习过去了，航天员即将转入新的学习阶段。在这之前，要进行一次严格的全面考核。这好比是一次"升学考试"，如果谁不能通过，将没有资格进入下一阶段的学习。

　　考核一项项地进行着，理论、体能、文化课……当所有的考试结束，航天员杨利伟取得了14人中唯一的"全优"成绩，名列第一，其他13名航天员也都以优异的成绩通过了考核，均获得了继续学习的资格。

　　看到这一成果，一位专家欣慰而感慨地说："经过这一年的学习，航天员掌握的知识比教员还要全面，对于航天器的原理了解和实际操作，他们已经是毫无疑问的专家了。"

第四章 离开地球

神舟一号壮美启航

1997 年，中国载人航天工程办公室向参加研制的单位发出了为中国飞船征集名字的通知。一时间，被冠以各种优美称谓的信件寄到了中国载人航天工程办公室。刘纪原、沈荣骏和王永志经过比较，选出了"天骄""炎黄""神州""飞天""神舟"等几个寄托着浪漫理想的名字。最后，他们都觉得叫"神舟"的名字比较好。舟就是船，神舟寓意神奇的天河之舟，又是"神州"的谐音，中国人习惯把祖国称为神州大地，象征着飞船研制得到全国人民的支持，"神舟"这个名字既简单明了又语义双关。

1999 年初，载人航天工程从初样阶段转入了正样与无人飞行试验阶段，开始了封闭式的冲刺。5 月 18 日，工程指挥部召开首次飞行任务工作会议，工程总指挥曹刚川说，新中国成立 50 周年大庆、澳门回归、飞船首飞，是今年中央提名的三件国家级大事。所以，神舟一号首次发射只能成功，不能失败！

7 月 26 日，一列专列载着神舟一号试验飞船运抵酒泉卫星发射中心。这是飞船第一次在发射场展开全面测试，也是和火箭的第一次"见面"。船、箭在发射场的工作主要分为两大阶段：技术区测试、总装和发射区加注、发射。这两个阶段的工作任务都要在测试发射工艺流程的统一协调下进行，前者没有问题了，才可以继续后面的工作。为确保试验成功，指挥部决定在正式测试发射之前，飞船和火箭进行一次联合演练。

就在这时，航天员系统的一台环控生保仪器在测试时突然出了问题，航天员系统专家建议取出仪器进行检查。但如果要把仪器拿出来解决问题，就必须将组装好的飞船拆开，拉开返回舱的底座，打开飞船的隔热大底。而飞船是一个整体，隔热大底严丝合缝地焊接在飞船舱体之上，焊接技术和工艺非常精细。本来就是电性船，如果大底再开坏，整个飞船就报废了。谁敢冒这个险？特别是飞船系统的专家不赞同这么做。他们的理由是，航天员系统的设备不是这一次任务的关键环节，即使有问题也不影响任务的成败。

两个系统的专家各持己见，相持不下，合练无法进行下去了。

发射场系统的副总指挥、酒泉卫星发射中心副主任张建启闻讯后，专程赶到两个系统的专家中间。他提了个建议："现在还是合练阶段，要不先不谈开大底的事，先做其他的测试，如果后面测试顺利，另当别论，如果出现关键设备问题，需要开大底时再说。"

张建启的建议，大家都赞同，合练重新开始了。

在接下来的测试中，飞船系统又碰到了一个新问题，一个定向陀螺遥测数据出现异常。陀螺是飞船上最关键的设备，按说飞船上还有其他的陀螺作为备份，只要有一个工作正常就不会出现问题。怎么办？专家们虽然很想更换这个陀螺，但开大底的风险实在太大了。既然有备份，专家们还是想放过这个故障。

矛盾集中在王永志身上。从内心讲，王永志个人也倾向于不开大底。但作为工程的总设计师，他得听各个系统的意见。到底怎么办？王永志犹豫不决。

正在这时，张建启带着一沓厚厚的文件笑呵呵地走了进来："王总，看我带什么好东西来啦？"

王永志诧异地接过文件，封面上的两行字让他的眉头舒展开来——《飞船开大底必备——开大底风险及对策》。这份由飞船总装试验分队队长张志礼总结的材料中，列举了飞船开大底会遇到的50种风险和应对措施。按照这些方法，王永志又仔细做了一遍分析，边看边频频点头，等他全部看完，再次抬起头时，已如拨云见日一般，心里明朗了许多："这大底可以开。开大底的风险基本上也就这么50条，只要把握住这50条，仔细操作，开大底的风险是可以避免的。"

从王永志房间出来时，张建启立即拨通北京的电话，向沈荣骏请示开大底的事情。

"这么大的事情，我怎么能在电话里定呢？"沈荣骏说，"你们先做工作，我明天就赶到发射场。"

第二天傍晚，沈荣骏赶到了发射场，吃过晚饭，就召集发射中心内部人员开会。一开场，他便问："你们到底有多大把握？如果我做了这个决定，飞船万一开坏了，我们就完了。"

"我们相信自己的能力。"张建启回答得很干脆。

沈荣骏听后没有说话，沉默了好久，才下了决心："那好，开！"

打开飞船大底的那天，中国航天科技集团公司的副总经理张庆伟亲自到试验队进行动员。戚发轫一直守候在飞船旁边，仔细盯着工作人员的每一个动作，一再叮嘱他们：小心，再小心。

按照逆操作方案，操作人员打开了飞船大底，小心翼翼地取出了那个数据异常的陀螺。经过逐一排查，结果发现，最早被怀疑有故障的那台环控生保仪器并没有失灵。真正的问题其实出在一根信号线上，是飞船在最后合拢大底的时候，一颗螺丝钉的尖锐处将导线划破，导致了断电，造成设备断路。换了新的信号线后，问题迎刃而解。

大底合上后，操作人员便展开了第二轮的测试。飞船和火箭、发射塔、逃逸塔的联合测试从此一路绿灯，顺利完成。

神舟一号的预定发射日期定在了 1999 年 11 月 18 日。正当发射场为神舟飞船第一次奔向太空开始紧张忙碌的时候，远在大洋深处的远望一号船突然遇到了强烈的风暴，无法前进。这已经是远望一号这次航程中第三次遭遇风暴袭击了。而根据气象预报，未来三天之内还有更加强烈的海风到来，这就意味着，远望一号可能无法按时抵达预定海域。

与此同时，北京也传来消息：根据天文预测，11 月 18 日，太空中的狮子座将有流星雨出现，不宜发射航天器。中国科学院空间环境预报中心迅速向工程领导机关发出了预警报告。

流星雨是航天器最大的天敌，一块硬币大小的陨石碴儿要是撞到飞船上，瞬间的威力比子弹还要大好多倍，飞船有可能因此报废。专家说：如果推迟 24 小时发射，陨石碰撞的危险性概率可以从 100% 下降到 6%；如果推迟 48 小时，就下降到千分之几。建议推迟两天发射。曹刚川闻讯后，当即表示："6% 的险我们也不冒，飞船推迟 48 小时发射。"

新的发射时间改在了 11 月 20 日，这一天肯定没有流星雨，气温也没有太大变化，还给远望一号留出了两天的缓冲时间。

11 月 20 日凌晨，远望一号船终于抵达了预定海域，发射场程序也进入了倒计时。

调度里传来指挥员的声音："一分钟准备！"

曾经喧闹的指挥中心顿时静了下来，曹刚川、王永志、沈荣骏、张建启、戚发轫、刘竹生、施金苗……眼睛一动不动地盯着大屏幕。

"10、9、8、7……3、2、1，点火！"

6 时 30 分，随着发射指挥员"点火"命令的下达，大地震颤，烈焰喷腾，长征二号 F 火箭托举着中国人自主研制的神舟一号无人飞船冲上云天。发射场上，人群沸腾欢呼的声音，盖住了火箭渐渐远去的轰鸣声……

"青岛站完成双向捕获，飞船准确入轨！"

这一消息传来，北京和酒泉的两个指挥大厅里顿时欢腾起来。大家相互握手、拥抱，许多老专家流下了激动的热泪。

11 月 20 日 18 时，当神舟一号第 14 次飞临南大西洋海域上空时，只剩下这次飞行的最后一圈了。北京航天飞行控制中心在规定的时间内向飞船发出了返回控制注入指令，但青岛、渭南两个地面测控站连续两次向飞船注入返回参数飞船都没有能够成功接收。这个指令包含了飞船在返回段所有的控制参数，如果不能在限定的时间内把指令重新注入，飞船将有可能失去控制，无法返回地面。

这时，距离飞船实施返回制动已不足 40 分钟，而北京航天飞行控制中心可以向飞船进行遥控的时间只有 47 秒。如果再不成功补注指令，飞船就将无法回到预定着陆点。情况万分紧急，北京飞控中心大厅内的空气凝固了，一双双焦虑的眼睛纷纷投向了中心主任席政。情急之下，容不得他多考虑，必须迅速做出抉择。席政从指挥台前站了起来，疾步走到发令台，立即指挥应战。

在席政的指挥下，短短的 30 分钟时间里，飞控中心的技术人员迅速完成了故障原因分析、测控条件分析、数据注入仿真试验。紧急关头，年轻的测控专家翟政安向指挥部提出一个补救方案：利用透明传输方式，由指挥控制中心通过远在南大西洋的远望三号测量船，向飞船补注返回指令。

来不及思考，更来不及征求专家组的意见，席政向任务总调度申敬松下达命令："就按这个办法，在预定的时间内把指令注入上去！"

命令下达完，20 秒已经过去了。大厅里一片寂静，大家都在焦急地等待着飞船重新进入测控区。

远望三号按任务要求的航线劈波斩浪，抵达了预定海域。船顶巨大的雷达跟踪测量天线徐徐转动，牢牢指向了神舟一号将要飞出地平线的方向。远望三号顺利地将返回指令送上了飞船，打开了飞船舱内的备份设备，转换了应急电源。在最后的 10 秒内，成功地实施了一次应急数据注入，使飞船按照注入的指令执行了返回调姿、制动点火、升力控制启动等一系列太空动作，开始从太空中返回。

"各号注意，飞船进入黑障区。"

内蒙古中部的飞船预定着陆场区，各种测量设备翘首以待，技术人员时刻准备捕获"巡天使者"。听到这一口令时，着陆场所有人的心缩紧了。此刻，飞船已进入距地面只有80千米的大气层，正以大约7.5千米/秒的速度与大气层剧烈摩擦。飞船下降至40多千米高度时，船体外部产生等离子壳，形成了电磁屏蔽，致使地面与飞船通信暂时中断。

"回收一号发现目标！"几秒后，前置雷达站的报告打破了片刻的沉默，这表明雷达捕捉到了神舟一号。穿越黑障区后，飞船在飞速下降，回收部队在行动，雷达在密切跟踪，3架直升机在落区上空盘旋……

当神舟一号距地面还有30千米时，返回舱按照预设程序，先后打开引导伞、减速伞、主伞，乘着红白相间的降落伞飘然而落……

飞船距地面越来越近，在约有1.5米的一刹那，船载着陆缓冲发动机同时喷出的烈焰，划破夜空，染红草原，稳稳地降落在大地上。发射场系统自主研发的"救生回收地理信息电子显示系统"，首次实现了搜救现场方位态势的三维实时显示，标志着具有中国特色、配套齐全、适应载人航天高安全高可靠性要求的载人航天着陆场系统已经建成。

此刻，是1999年11月21日凌晨3时41分。北京飞控中心的指挥大厅里响起经久不息的掌声，负责轨道控制的专家们含着泪对席政说："我们成功了。"远望号船上，掌声与欢呼声伴随着阵阵波涛，在大西洋的上空久久回荡。

第二天，中国几乎所有的媒体都刊登了一条并不显眼的消息：北京时间11月20日6时30分，中国第一艘神舟号宇宙飞船在我国酒泉卫星发射中心载人航天发射场发射成功，并于21日凌晨在内蒙古中部着陆……这个消息如同20世纪60年代中国大地升起的"蘑菇云"一样，成为令全世界震惊的又一壮举。

1999 年 11 月 20 日 6 时 30 分 07 秒，酒泉卫星发射中心用长征二号 F 运载火箭成功地将我国第一艘

神舟号实验飞船发射升空

中国轨道，与英雄同步

神舟一号安全返回后，7年来，所有的心血和汗水都因为这次任务的成功得到了回报，王永志与大家一样沉浸在无比的喜悦当中，但是他的思绪马上又回到了思考已久的一个问题上来——变轨。

变轨就是把飞船入轨时的椭圆轨道变为近似圆形的轨道。飞船在发射升空与火箭分离后，被送入一个椭圆轨道，它的入轨轨道近地点高度约200千米，远地点高度347千米。如果飞船在远地点变轨后，把近地点抬起来，就变成圆轨道了。圆轨道各个点特征参数变化很小，有利于测控，有助于科学实验，对应急救生也特别有帮助。地面人员可以用一组控制数据，操纵飞船制动返回。

根据原来的设想，首次载人飞行的时间为1~2天，而我们现在的设计轨道是在第14圈变轨，回归周期为2天。这就意味着，飞船入轨后的第一天飞行到第15圈和第二天飞船飞行到第31圈，都不能按正常返回轨道返回，只有在第三天飞船飞行到第46圈时，才能正常返回。如果首次载人飞行时间为1~2天，就只能采取应急返回方式。而应急返回属于一种故障对策，不可能在无人飞行阶段得到充分考核。

神舟一号飞船是通过应急轨道返回的，这在王永志心中留下了一丝遗憾。他想起了许多年前，我国曾发射过一颗返回式卫星，由于在返回时程序出错，卫星失去控制，过了好几年才回来。如果飞船出现这样的意外，总不能让它总在太空上转吧。

许多天来，王永志一直在想这个问题："如果提前变轨，使航天员从第一天开始就可以从多次考验过的圆轨道返回地面，航天员的安全就更有保障。"

可要提前变轨，那么在第几圈调整合适呢？王永志前思后想，考虑了方方面面的因素后，心中有了答案。他找来轨道设计专家和测控专家，提出了提前变轨的设想，"根据神舟一号的经验，飞船入轨后第一圈就完成了飞船姿态调整、太阳帆板展开并正常发电等任务，首飞数据说明，地面测控系统经过3圈飞行基本可以定轨。之后，就可以实施变轨。所以，我认为在第5圈实施变轨，是可行的。"

根据王永志的建议，轨道复核专家组将飞船变轨列为重大技术攻关项目。他们进行了详细研究，精确计算的结果表明，第5圈实施变轨是完全可行的。采用第5圈变轨，可将返回舱返回主着陆场的机会提前两天，再加上应急轨道设计，做到了飞船每天都有返回的机会。王永志还提出为航天员设计手控制动返回程序，如果发生紧急情况，航天员还可以启动应急程序返回地面。按照这样的变轨设计，将来在首次载人飞行时，既可以飞1天也可以飞3天，增加了飞行天数选择的余地，有利于航天员的安全。而且，无论是飞行1天还是3天，都可采用经过无人飞行试验充分考核过的正常返回轨道返回，增大成功的把握。

于是，王永志拍板决定，将飞船变轨时间从原来设计的第14圈提前到第5圈，并从神舟二号任务时开始实施。

2000年，神舟二号任务进入了具体实施阶段。神舟二号是正式发射的第一艘正样飞船，是工程转入正样发射阶段的重要跨越。

2000年11月8日，一架大型运输机降落到了酒泉卫星发射中心机场，戚发轫、袁家军等飞船系统的专家早早地等候在这里。有了神舟一号的经验教训，飞船系统对飞船的运输方式进行了调整，由曾经的铁路运输改为空运。过去由于火车车厢的限制，飞船在运输时被拆成8个部分，到发射场后再组装。改用空运方式，就可以将飞船完整送到发射场，减少一次总装、测试的过程，还可以避免重新组装过程中出现上一次那样的意外。飞船运抵发射场后，立即进行了一系列测试，同在北京时的技术状态完全一样。飞船第一次整船空运进场成功了。

得知飞船系统测试一帆风顺的消息，火箭系统感到了一种巨大的压力。用于发射神舟二号的长征二号F火箭在技术上做了较大的改进，自动故障检测处理系统和逃逸系统将第一次正式接受检验。

12月3日，火箭在做单元测试时，技术人员向总指挥黄春平报告说，火箭控制平台的陀螺出现问题，但经过反复检查，却找不到原因出自哪里。

正在黄春平一筹莫展的时候，刘竹生向他建议说："要不，请老徐来试试？"

刘竹生说的"老徐"，是中国火箭控制平台的权威专家徐云锦，被称为"平台皇后"，当年她已经进入古稀之年了。

黄春平听到徐云锦的名字，眼前一亮，却不无担忧："她那么大岁数了，而且，我听说她从来不坐飞机，到发射场又没有火车，她能来吗？"

"只要你同意，我三顾茅庐，亲自去请她。"刘竹生主动请战。

徐云锦没有辜负众望，几天几夜过去了，她终于把故障的原因找到了——平台内环轴端有一根导线碰到了内壁的电缆束管。导线取出之后，在场所有人内心的郁闷顿时释放了。

徐云锦让工作人员把这根导线放在天平上称了一下，只有17克重。黄春平拿起导线，若有所思地说了一句："17克却让70吨的平台转不起来，分量不轻啊。"

就在火箭系统排除故障的同时，飞船系统也遇到了一个意外的难题。

在12月11日进行的飞船、火箭和发射塔的联合检测中，飞船的电源刚一接通，就收到了"箭船分离"的错误信号。工作人员立即进行复查时，信号却消失了。

戚发轫对这个意外出现的问题极为重视。箭船分离是在飞船与二级火箭分离，进入预定轨道时才可以进行的。如果在不该出现的时候收到"箭船分离"的信号，就意味着飞船还没有入轨就与火箭分离了，后果自然是灾难性的。

戚发轫和袁家军再次进行复查，信号还是没有出现，第三次、第四次……复查接连做下去，信号再也没有出现。这下他俩都犯了愁。有人说，也许只是一个意外，要不算了。但戚发轫坚持认为，既然出现这个信号，就一定在什么地方出了问题。"继续查，直到查出问题为止。"戚发轫下了死命令。试验一遍遍地继续做下去，直到做到60多遍的时候，"箭船分离"的信号再一次出现了。袁家军立即抓住这个机会，迅速排查，终于找出了故障原因，原来是开关电缆保护层上的镀铝薄膜与一个节点相碰形成短路造成的。

飞船和火箭的故障都排除了，接下来的测试一切顺利，这才让在发射场的技术人员稍稍松了口气。他们发现，2000年即将在紧张和忙碌中过去。

2001年1月10日凌晨1时，伴随着大地的剧烈颤抖，矗立在发射塔架上的长征二号F火箭，带着中国航天人的艰辛和壮志，送神舟二号飞船实现了新世纪的第一飞。

神舟二号进入的是距地球表面高度近地点200千米、远地点340千米的椭圆轨道。按照预定计划，这时要进行变轨，将飞船调整到距地球表面340千米的圆轨道上。

北京航天飞行控制中心，又一次充满了紧张的战斗气氛。中心的大型电脑按照科技人员的指令，高效地对各种数据进行综合处理，迅速生成了飞船变轨的实施步骤。在飞船飞行至远地点高度时，中心调度指挥员下达了变轨的指令。这次任务中，由于采用了世界上最先进的透明传输测控技术，指令通过相关测控站点的测控设备直接传给飞船，前后只用了2秒。接到指令后，飞船上的发动机一次点火成功，在发动机的推力作用下，飞船的近地点高度由200千米抬高到了340千米，成功地进入了圆轨道。

1月16日傍晚，当神舟二号绕地球进行第107圈飞行时，飞船飞临南大西洋的预定海域上空。正在这里待命的远望三号船准确及时地捕获跟踪目标，向飞船发出返回指令。

此时，夜幕将内蒙古大草原罩得严严实实，严寒把天地间的一切都冻成了坚冰。整个飞船主着陆场一片寂静，各种跟踪测量设备翘首以待，时刻准备捕获目标。19时22分，神舟二号在遨游太空7个昼夜、飞行108圈后，返回了祖国母亲的怀抱。

神舟二号返回舱与轨道舱分离后，应用系统的马宇倩留在轨道舱中的3个探测器在1月14日那天按计划启动了。

在神舟二号发射前，马宇倩和数据系统主管徐玉明留在北京空间中心的测控中心的机房里，两班倒值班，但谁也睡不着。飞船发射成功，马宇倩难以抑制激动的心情，同时心里还有着一份担忧，因为，伽马暴探测器要在3天后才运转，要等环绕地球74圈时才开始通电工作。在等待的日子里，马宇倩坐卧不安，心里七上八下。

"密云上空发现目标！"

1月16日，神舟二号飞过北京上空时，探测器运转正常，马宇倩双手捂住眼睛坐在计算机前，兴奋得不敢看第一批下来的数据。忽然，她听到电脑显示屏上"嘣"地给出一个信号。徐玉明叫了起来："马老师，有信号了，我们的愿望实现了。"马宇倩睁开了眼睛，仔细地看着屏幕。这正是她和同事们在地面上演练了千百遍，熟悉得不能再熟悉的接收信号。这意味着，在太空中运行的伽马暴探测器捕捉到了一个伽马暴现象！

马宇倩不敢相信自己的眼睛，她把这一批探测数据回放了一遍，显示屏上脉冲一样的曲线表明，此时此刻宇宙发生了一次伽马射线壮观的大爆发，能量相当于一千亿颗原子弹。

当夜，马宇倩打开手提电脑，与美国的一位著名教授进行联络。教授证实确实有一次伽马暴发生："我们也测到了这个信号。"

听到这个权威的认证，马宇倩抑制不住内心的激动，这次迟到了20年的发现，是我国科学界第一次在宇宙中捕捉到伽马暴，从而实现了中国的首次高能天文观测，证明了我们的伽马暴探测器已达到了国际同类先进水平。神舟二号的轨道舱在轨运行半年，马宇倩的探测器一共捕捉到了30个伽马暴，每一次，她都与伽马暴数据研究中心进行核实和对比，均得到了认证。同时，探测器还观测到太阳耀斑射线的近百次爆发，取得了一批有重要科学价值的数据。国际同行纷纷盛赞马宇倩的成功，认为她和同事们的贡献，属于中国空间高能天文观测的一次开拓性的突破。

一个插头引发的轩然大波

神舟一号作为试验飞船发射过了，神舟二号作为正样飞船也发射过了，那么，接下来要发射的神舟三号飞船一切都要按照"载人"的标准来进行研制和发射，特别是飞船的技术状态与载人飞船基本一致。

2001年9月30日，神舟三号飞船和火箭控制平台全部经空运抵达发射场。

10月3日，飞船在发射场的测试已经进行到了第三天。工作人员进行某项回路测试时，忽然发现，传输飞船关键指令的穿舱插头有一个连接点出现不导通的故障。经过对全部插头进行测试后发现，有74个插头有问题。而更换插头是非常困难的，一是飞船要开大底，二是74个插头、2000多个点，全部要在飞船狭小的空间里操作，这比重新生产一艘飞船还要难。

怎么办？总指挥曹刚川说，先"归零"吧，看看是什么问题。于是，插头返回北京"归零"，飞船系统副总指挥袁家军带队赶往生产插座的厂家，结果发现是工艺设计上的缺陷。而且，这种故障一旦显现，将会带来致命的危险。此时，推迟发射，重新生产是最好的选择。但重新设计、重新投产，至少需要3个月时间。当时有些试验队已经进发射场了，撤场必然造成很大的经济损失和发射的延误。工程总体的压力很大，一时难以下决心。

各系统的"两总"云集北京参加紧急会议，400多人的试验队留在发射场等候消息。这次"两总"会开得很沉闷，谁都不知道该怎么表态，戚发轫虽然一言未发，但已是满眼泪花。

中央领导同志闻讯后做出批示，要求一定要保证质量，不要赶时间。中央领导的指示及时解除了大家的思想负担，指挥部最终决定对70多个相同的插头重新设计、重新生产。

飞船推迟发射、试验队撤离发射场，这在中国航天事业创建以来从来没有发生过。现场的技术人员都不愿意接受这个残酷的现实，有的人甚至失声痛哭。撤场动员会上，中国载人航天办公室主任谢名苞深有感触地说："我们现在是退一步，进两步。等三个月后我们再昂首阔步地进来，就能体会到我们这次为什么要决定撤场了……"

神舟三号要开大底，面临的是比两年前更加严峻的考验。戚发轫默默地站在已经组装好的飞船面前，伸手摸了摸自己亲手设计的这艘飞船，泪水夺眶而出，过了许久，他才转过身来，轻声地对工作人员说了一句："开吧。"

戚发轫的泪水里还隐藏着另外一份悲痛。

还是在神舟二号进场的那天，戚发轫的老伴被确诊为癌症晚期。老伴心里很想让戚发轫在她生命中最后的日子里多陪陪她，但嘴里却说："别分心，我没事，专心搞你的飞船吧。我还等着中国航天员坐咱们自己的飞船上天呢。"戚发轫比任何人都期望着中国的飞船能早一天载着自己的航天员飞向太空。但出现了这样的事情，他的心情怎能不悲痛。他的老伴没能等到她憧憬的那一天，在神舟三号进行"归零"的日子里，永远地离开了人世。

中国空间技术研究院召开了一次质量控制大会，副院长袁家军宣布了刚刚做出的一项决定："全院工作人员一年内工资下调10%，直接从事载人航天的人员下调15%。"

神舟三号的事情还没有处理完，袁家军又收到另一条更令他焦虑的消息：正在生产的用于首次载人航天飞行的神舟五号飞船返回舱壳体发现了焊接错误！

袁家军闻讯立即来到生产厂房。从检验人员口中了解到，其实这个错误他们在最初焊接的时候就已经发现了，但觉得不影响飞船功能，就没有上报。

问题虽小，隐患却大。可要解决这个问题，神舟五号飞船就得重新投产，无论进度还是经费方面，都是巨大的损失。可问题如果不处理，研究院上上下下这么多人，如果都抱着这样的态度，将来的工作可怎么得了？想到这里，袁家军把有关的技术人员都叫到了一起，问大家："你们说，我们的第一艘载人飞船允不允许带着问题上天呢？"

"不允许。决不允许飞船带着问题上天。"大家的回答是相同的，也意味着已经生产好的神舟五号飞船不能用来上天，要重新投产。可新的飞船重新投产了，那这个旧的返回舱怎么办？

"把它作为警示钟放在厂房里吧，时时刻刻提醒我们，中国'神舟'必须完美，万分之一的瑕疵也不行！"袁家军为这个旧的返回舱安排了最好的归宿。

针对飞船系统这次查出的问题，载人航天工程的其他系统也展开了一场翻箱倒柜式的"质量归零战"。本已整装待发的长征二号F运载火箭，卸下了车在北京待命。火箭系统利用这段等待的时间，把所有箭上、地面的插头都复查了一遍，也发现了一些不足，一一做了改正。

3个月后，一批经过重新设计、生产的神舟三号飞船专用插座生产出来了。袁家军亲自带队来到生产厂家，对新生产的插头逐个进行了可靠性试验，并在北京通过专家组鉴定验收后，才运抵发射场。

大大小小70多个插头、2000多个点，要一个一个地测量、一个一个地记录。试验队的人员不够，发射场也派出了一批工作人员，一起做插头的拆换工作。直到插头全部换完，飞船进行了气密性检查后，发射场上的人们才松了一口气。

2002年的春节就要到了，在北京等候多日的火车专列载着长征二号F火箭在满城的火树银花中终于向着大漠戈壁启程了。

2002年3月25日15时30分，发射进入30分钟倒计时。发射场皓月当空，群星闪耀，高达百米的飞船发射塔旁，巍然矗立着长征二号F火箭。

"10、9、8、7……3、2、1，点火！"

22时15分，火箭应声而发，按程序指令轰然升空，在夜幕的衬托下，烈焰喷吐，雷鸣大漠，高举着神舟三号向茫茫太空昂首飞去。

3月29日15时，神舟三号飞船已经在预定轨道运行了60圈。在大气阻力和地球引力的共同作用下，飞船的飞行轨迹逐渐下降，慢慢偏离设计轨道，这时，为确保飞船能够正常运行，需要对它实施一次轨道维持。

15时30分，北京航天飞行控制中心通过相关地面测控站启动了飞船轨道维持工作程序。这一程序将通过点燃飞船自身装载的小动量发动机提供能量，调整飞船的飞行轨迹。18时15分，当神舟三号飞船环绕地球开始第61圈飞行时，小动量发动机按程序成功启动。飞船尾部喷出橘黄色的火焰，加速飞行。约8秒钟后，飞船重新进入平稳的飞行状态。随后，守候在大西洋上的远望三号测量船，向北京航天飞行控制中心传来数据，轨道维持成功了。

飞船中安装了航天员系统提供的形体假人及人体代谢模拟装置、医监设备和舱内辐射环境监测设备等，并进行了相应试验。其中，飞船拟人载荷提供的生理信号和代谢指标正常，验证了与载人航天直接相关的座舱内环境控制和生命保障系统正常，证明这套系统完全能满足载人的医学要求。

2001 年 4 月 1 日 20 时，神舟三号在太空绕地球飞行 107 圈后，安全降落在内蒙古四子王旗。

之后，轨道舱继续留轨运行的 180 多天里，成像光谱仪传回了我国大地的影像图：有吴淞口 COD（化学需氧量）浓度分布图，浏河口污水扩散分布图，还有辽东-胶东半岛、海洋的叶绿素浓度、悬浮泥沙含量……权威的评价是：中分辨率成像光谱仪的某些指标优于国际上同类设备，它所取得的成功使我国可见光和近红外遥感技术跨入美国和欧共体等国际先进行列。

载人前的最后"彩排"

2002 年 11 月 14 日，中国共产党第十六次全国代表大会闭幕的那天，用于发射神舟四号的火箭刚刚完成了垂直转运。刚刚接任载人航天工程总指挥的李继耐从人民大会堂直接赶往酒泉发射场，主持神舟四号任务指挥部第一次会议。

11 月的戈壁滩，已是寒冬。简朴的会议室的玻璃窗上，已覆盖上了一层薄雾。然而，有关神舟四号发射的话题，让这次会议的气氛越来越热烈。

李继耐多年在原国防科工委和总装备部工作，很熟悉航天，也尊重专家，他和蔼地对早已是老朋友的"两总"们说："我们国力有限，没有过多的子样。神舟四号可能是首次载人飞行之前最后一次发射无人飞船了。"说到这儿，有位专家忽然插话说："您说的'可能'二字是什么意思呢？难道计划还没有最后定吗？"李继耐笑了一下，进一步解释道："说'可能'是因为后续计划都压在神舟四号上。成功了，就是最后一次。如果出现闪失，后期计划将会被全盘打乱。"

王永志拿出一份气象分析报告，接过李继耐的话，提醒大家："现在已经入冬了，根据气象报告，寒流会提前到来，预测温度会降到零下20℃以下。"

虽然前期的所有工作都很顺利，但王永志的话让大家顿时感到了巨大的压力。因为，低温发射，会导致火箭密封圈失效，引起燃料泄漏，诱发管路堵塞，造成电缆插头接触不良。尤其是火箭发动机的可靠性要求极高，倘若低温环境超过底线，后果不堪设想。1986年1月，美国的"挑战者"号航天飞机失事，就是因为一个O形橡胶密封圈低温下变形失效而导致的。所以，按照有关的规定，发射火箭时，最低气温不能超过零下20℃。

温度问题一下子成了发射场关注的焦点，罕见的低温就像一座无形的大山，压得人们喘不过气来。12月15日，西伯利亚强劲寒流像气象部门预测的那样，如期到了。看着一天冷似一天的天气预报，大家心急如焚，都在担心低温会致使火箭不能如期发射。张建启请发射场的气象人员把场区40多年来的气象资料都找出来，统计出了每年的最低温度及出现的时间，还有历次产品发射时的窗口温度，最低能低到什么程度。结果令张建启非常吃惊，不但酒泉发射中心没有在这么低的温度下实施发射，国内其他发射场也没有在这么低的温度下发射纪录。12月20日下午，星星点点的雪花不紧不慢地飘洒在发射场上空，能见度开始急剧下降。不久，地面就被大雪覆盖了，最低气温已降至接近零下30℃，远远超过了零下20℃的底线。

　　大雪是在 22 日夜里停的。根据天气预报，24 日下午最低气温为零下 9℃，符合转运条件。24 日吃过午饭，工程副总指挥胡世祥等领导直接来到发射场。17 时，火箭安全转运到了发射区。这时，距离预计的发射时间只剩下了 5 天。

　　发射场指挥部下达命令，想尽一切办法，不惜一切代价，对火箭进行加温保温。发射场成立了临时"火箭飞船抗寒抢险小组"，迅速展开一系列保温工作。官兵们奋战在 70 多米高的塔架上，刺骨的寒风像刀子一样割在脸上，手碰到冰冷的铁架，就会被粘下一层皮。工作人员先是弄来两台小型热风机，放在发射平台上，向火箭发动机舱内送热风，但火箭舱体为金属材料所制，受热快，散热也快，加之外面温度很低，热风送进去很快就凉了。接着，启动了 20 多台大功率空调，昼夜不停地给火箭强行送暖，再接着，又给火箭、飞船套上"防寒服"，贴上泡沫塑料，再用几千瓦的电灯泡照烤，但是火箭、飞船裸露在戈壁滩寒冷的冬夜里，热量很快就散去了。这时，指挥长一声令下，发射中心的战士火速扛来 200 多床棉被，一床一床地包裹在火箭和飞船的关键部位上，就像照顾刚刚出生的婴儿一样，连续三个昼夜守护在火箭身旁。

　　原计划的发射时间是 12 月 29 日，但天气预报说那天气温是零下 24℃，不具备发射条件。而 30 日的气温可以回升到零下 20℃的允许范围之内。黄春平、刘竹生建议推迟一天发射，胡世祥将这个意见上报了中央专委，获得同意。

　　12 月 30 日深夜，距离发射时间仅有半个小时的时候，发射场忽然刮来一阵东南风，气温迅速回升到零下 18℃，达到了发射要求。0 时 40 分，随着戈壁滩上传来一声惊天动地的巨响，火箭腾空而起，神舟四号飞船发射获得成功。10 分钟后，青岛测控站传来"船箭正常分离"的消息，飞船入轨，黄春平和张建启再次紧紧相拥。

"祝全国人民新年快乐!" 2003年1月1日0时9分，太空传来了清晰、甜美的新年祝福声。这是神舟四号飞船通过天地语音通信系统向全国人民发出的第一声问候。

神舟四号在太空飞行的日子里，空间应用系统全系统参加试验，多模态微波遥感器第一次随飞船进入了太空，姜景山在地面焦急地等待着数据的传回。当10多万次的有效数据传回地面后，姜景山根据多模态微波遥感器探测结果处理出来的数据图表，欣慰地看到了大洋环流的过程，海面波浪、海风、海温的数据；看到了大区域土壤水分、积雪、植被的分布状况……他满眼热泪地告诉在实验室等待结果的专家们："我们成功了，数据准确，图像很美!"

同姜景山一样激动的还有郑惠琼。神舟四号在轨期间，细胞们在太空中举行了一次期待已久的盛大"集体婚礼"。植物细胞空间实验融合率为18.8%，成活率为53.6%。成功主持这一"婚礼盛典"的人，就是郑惠琼。她的烟草细胞"黄花一号"和"革新一号"在飞船上进行了成功的电融合，并产生了新的烟草植株。后来，这个烟草新品种长到了40厘米高，无论从花色、叶形还是从品质上，都大大优于它们各自的本体，为其他植物的细胞电融合树立了壮观的前景。它们向世界宣告：中国实现了人类第四次在太空中进行细胞电融合的壮举!

太空中来了中国人

在戚发轫的设计中，神舟五号原本是准备送两名航天员上天的，但在距离神舟五号发射仅剩下10个月的时候，方案突然改变了。谁也无法否认，在航天这样的高风险领域中，即便是美苏这样的航天实践比中国多得多、技术也成熟得多的国家，都有出现意外的情况。为了稳妥可靠、万无一失，工程总指挥部最后决定，神舟五号改为"1人1天""白天发射、白天回收"的方案。

党的"十七大"之后，以胡锦涛同志为总书记的党中央对载人航天工程给予了一如继往的关怀和支持。2002年10月17日，中央专委召开会议，同意在2003年，按照"1名航天员、飞行1天"的方案实施首次载人航天飞行。

2003年春节刚过，中国航天员大队的气氛开始变得紧张起来。5年多的学习训练结束，航天员们即将面临"毕业考试"。根据我国载人航天的计划，载人飞行任务的密度不大，是用不了14名航天员的，当初之所以选拔了14个人，其实是考虑到了"淘汰率"的问题。美国和俄罗斯在航天员训练过程中的淘汰率一般为50%。借鉴国外的经验，指挥部决定，在最后的评定考核中，不合格者将被淘汰。因此，这可以说是航天员大队成立以来最重要的一次考评，要对每个人从思想、学习、训练、医学评价等诸多方面进行全面综合的考评，再根据成绩进行首飞梯队的选拔。

为此，评选委员会分为政治思想、专业技术和心理、医学评价三个小组，通过复核试卷、回放录像、综合各界意见，用了半个多月时间，对每位航天员都做了全面准确的评价。2003年7月3日，中国载人航天工程指挥部航天员评选委员会经过严格公正的评定，最终揭晓了考评结果：经过5年6个月、3000多个学时的拼搏，14名航天员全部具备了执行飞行任务的能力，予以结业，并获得三级航天员资格。

这一结果，标志着我国创建了具有中国特色的航天员训练体系，成为世界上第三个能够独立培养航天员的国家。更令世界航天界感到无比震惊的是，中国的航天员大队创造了训练淘汰率为"零"的奇迹。

从2003年7月开始，评选委员会根据首次载人航天任务的需要和考试成绩排名，进行了第一轮遴选，从14名航天员中选出5人。航天员杨利伟的成绩排名第一，其他 4 名航天员的成绩也非常优秀，他们之间很多科目的分数仅仅相差零点几分。紧接着，初选出的 5 名航天员接受了将近两个月的强化训练。强化训练完全按照首次载人航天飞行任务的特点和要求设置，更具有针对性，也更加严格。杨利伟的专业技术综合考评成绩始终名列第一。在第二轮也就是"五进三"的选拔中，经过评选委员会专家组无记名投票，杨利伟和排名第二、第三的翟志刚、聂海胜两位战友入选了"首飞梯队"。

10 月 12 日，一夜的秋雨让北京航天城笼罩在淡淡的晨雾中。首飞梯队成员将要离开北京航天城，奔赴酒泉卫星发射中心。清晨 7 时 45 分，杨利伟和翟志刚、聂海胜依次走出航天员公寓，来到了送行现场。深秋时分的北京航天城，一改平日的空旷和安谧，杨利伟、翟志刚、聂海胜的家人，还有航天城的老老少少早早赶来，敲打着锣鼓、挥舞着彩旗为他们送行。

那天，航天员大队的全体成员都来为战友送行。5 年前，也是在这个地方，大家为了同一个梦想走到了一起，2000 多个日日夜夜里，他们同生活、同训练，尝遍了登天路上的酸甜苦辣。夙兴夜寐，翘首以待，盼的就是这一天啊。当 14 双手紧紧握在一起时，大家谁都没有流泪，也没有叮咛，14 双眼睛相视而笑，这笑容胜过了千言万语。

大约 3 个小时后，飞机抵达了距离酒泉卫星发射中心几十千米的鼎新机场。与北京的绵绵阴雨不同，这里正值金秋时节，秋霜将大片的胡杨林染成一片金黄，为弱水河两岸增添了一道亮丽的风景。

为了配合首次载人航天任务的顺利实施，酒泉卫星发射中心专门为航天员进驻发射场设计建造了一座"圆梦园"，航天员公寓"问天阁"就坐落其中。"问天阁"是一幢黑白相间的两层徽式小楼，"问天"两字源自中国古代诗人屈原的名作《天问》。几千年前，古人就向苍天发出了无穷的感叹和向往，如今，诗人的千古理想、民族的千年梦想将在当代的中国航天人身上变成现实。

2003 年 10 月 14 日，对中国的航天人来说，是个繁忙而神圣的日子。这一天，中国载人航天工程指挥部召开会议，根据气象专家的建议，决定于 10 月 15 日 9 时正式发射我国第一艘载人航天飞船。这次具有历史性意义的会议还有一项议题——确定首飞航天员。会议在总指挥李继耐的主持下，经过每一位成员的表态，最后确定杨利伟为首飞航天员，翟志刚、聂海胜为候补航天员。

10 月 15 日凌晨 2 时整，熟睡中的杨利伟隐隐听到一阵轻轻的敲门声："利伟，开始准备了。"随行的医生来叫他起床。他马上起来穿好衣服，医生开始常规检查。杨利伟依然十分平静，高压 116，心率 76，体温 36.1℃，完全正常。至此，首飞航天员已经非杨利伟莫属了。

杨利伟和翟志刚、聂海胜离开房间前，在客厅的门上签了名。这是个从国外"引进"的"程序"。俄罗斯的航天员执行任务前，都要在住过的公寓门上签上名字和日期。如今，中国的航天员也用这种方式铭记下难忘的历史时刻。

2 时 30 分，杨利伟和翟志刚、聂海胜一起来到餐厅，吃了顿饯行早餐。翟志刚和聂海胜特意让杨利伟坐在中间。翟志刚找来一瓶红酒，给自己和聂海胜各倒了半杯。因为执行任务不能喝酒，他就给杨利伟倒了半杯矿泉水，滴了一点点红酒："给你也加一点，有点儿颜色，以水代酒，喜庆喜庆。"杨利伟接过酒杯，真诚地说了声"谢谢"，然后站起身来和两位战友碰杯，喝下了这杯饱含着祝福和期待的"壮行酒"。

这天清晨，辽阔的戈壁滩上空晨星闪烁。5 时 20 分，在"问天阁"会见厅，举行了简朴而庄重的"航天员出征仪式"。首飞梯队的 3 位航天员提前几分钟来到隔着玻璃墙的小厅。因为杨利伟穿着白色的航天服，站着不方便，就坐在了前排。翟志刚和聂海胜身穿蓝色出征服站在后排。

5 时 28 分，首飞梯队的 3 名成员通过"问天阁"的航天员专用通道，来到"圆梦园"广场。深秋的大漠，寒气袭人，太阳仍沉睡在戈壁的地平线下。广场上挤满了来自四面八方、身穿民族服装的人。既有白发苍苍的老人，也有为"神舟""神箭"付出心血的参试人员，还有手拿鲜花的少先队员、锣鼓队员，他们冒着严寒守候在那里，为杨利伟送行。人群中传来了沸腾的欢呼声："杨利伟！杨利伟！祝你成功！祝你凯旋！"这个场面让杨利伟有些吃惊。因为，出于安全考虑，原先的计划中并没有安排群众欢送。这个活动是李继耐临时加上的，他说："勇士出征代表着国家，代表着祖国的56个民族，应该让大家来送送英雄。"

杨利伟边走边向大家挥手致意，他也许没有想到，身着航天服的自己以及眼前的一切，已构成了亿万人眼中最美的图画。人群中，他看到戚发轫、刘竹生等研制飞船和火箭的科学家正在注视着他。杨利伟从他们的眼神中读懂了他们要说的话："放心吧，我们的飞船是最好的，你一定能平安归来！"杨利伟充满感激地向他们微笑示意，然后走到预定的位置站定，向李继耐立正、报告："总指挥同志，我奉命执行首次载人航天飞行任务，准备完毕，待命出征，请指示！中国人民解放军航天员大队航天员杨利伟！"

"出发！"李继耐庄重地下达出征令。

"是！"杨利伟向李继耐再次行军礼。

随着这个标准的军礼，周围一片灯光闪烁——中国首飞航天员的英姿永远定格在记者们的镜头里，记录在摄像机流动的画面里。

"杨利伟，杨利伟，我们盼着你胜利归来！""祖国期待着你的凯旋！"在此起彼伏的呼喊声中，杨利伟带着56个民族同胞的共同祝愿，向着迢迢天路出发了。

晨雾中，由警车、摩托车、特护专车组成的车队浩浩荡荡驶出"圆梦园"，驶过千年胡杨林，驶过潺潺弱水河，向着中国载人航天发射场驶去。

历史性的时刻在一分一秒地接近。当传来"1分钟准备"的口令声时，

2013 年 10 月 15 日凌晨，神舟五号航天员杨利伟向载人航天工程总指挥报告出征

杨利伟躺在了特制的座椅上，平静地注视着前方，静静地等待着那辉煌一刻的到来。

"10、9、8、7、6……"发射场前方传来零号指挥员郭保新清晰的十秒倒计时声音。杨利伟也在心里默默地数着，当数到"4"的时候，杨利伟心里百感交集，此时此刻，千千万万的专家在惦记着他，全国人民在牵挂着他……想到这些，他情不自禁地举起右手，用军礼来感谢党和祖国对他的信任，感谢人民赋予他这样重大的光荣使命。当大厅里回响起热烈的掌声时，他感到整个中华民族都站在自己的身后。

"点火！起飞！"

2003 年 10 月 15 日 9 时整，随着倒计时的终结，火箭的尾部发出巨大的轰鸣声，8 台发动机同时喷出炫目的烈焰。这一刻，中国让世界眼前一亮。几百吨的高性能燃料在杨利伟的身后熊熊燃烧，逃逸塔分离，助推器分离，一、二级火箭分离……

9 时 9 分 47 秒，甩掉最后一级火箭的飞船进入了预定轨道。10 分钟后，根据北京、西安两个测控中心和大洋深处的远望二号测量船的测算结果，传来了飞船准确入轨的精确参数：近地点是 200 千米，远地点是 347 千米。这时飞船的速度已经接近第一宇宙速度，达到 7.83 千米/秒左右。9 时 31 分，杨利伟第一次向医学监督医生报告："感觉良好！"

10 时 31 分，飞船进入新疆喀什测控站检测区域。在接到指令后，杨利伟摘下手套、解开系在膝盖下方的束缚带，把目光投向舷窗之外。失去大气层的干扰，宇宙第一次在杨利伟的面前露出了真实的面容：黑色的深空，明亮的天体，披着淡淡云层的蔚蓝色的地球，地球上洁白的雪山，淡绿色的大海，清晰可辨的长长的海岸线。白天、黑夜交替之间，地球仿佛被镶上了一道漂亮的金边，景色十分迷人。从前在电视屏幕上看到的外国人拍摄的太空美景，如今真切地被自己尽收眼底，杨利伟无法形容那是怎样的一种壮美。

飞船从测控区通过时，杨利伟听到地面的欢呼声，知道人们一定看到了他拍摄到的画面。杨利伟更加感到人类的伟大和科技的进步，心里充满了对祖国的依恋，也升腾起一种从未有过的强烈自豪感。"是祖国和人民用智慧的双手将我送上了太空，我为祖国的科技发展和综合国力的增强感到无比自豪和骄傲。"想到这里，杨利伟摘下手套，在《飞行日志》上郑重地写道："为了人类的和平与进步，中国人来到太空了！"

10 月 16 日 4 时 19 分，神舟五号飞船环绕地球飞行了整整 14 圈。5 时 35 分，北京航天飞行控制中心向神舟五号注入返回数据。这时，杨利伟已经在太空中生活了 21 个小时，真有些舍不得离开这个美丽的空间，他再一次向窗外望去，太空还是那么安详、宁静，满天的星星似乎都在注视着他，正在向他告别。

飞船的返回虽说只有短短的几十分钟，却比上升段、在轨段更具危险性。就某种意义而言，能否安全返回才是检验任务成败的关键。据统计，人类自从开展载人航天活动以来，已经有 22 名航天员献出了宝贵的生命，其中 11 人就是在返回着陆过程中牺牲的。

10 月 16 日，是主着陆场迎接杨利伟回家的日子。5 时 58 分，在北京航天飞行控制中心的组织指挥下，返回舱与轨道舱、推进舱相继分离。6 时 04 分，返回舱进入大气层，太空"接力棒"正式交给着陆场系统的工作人员。

这是一个令人揪心的时刻，此时，飞船返回舱距地面不到 100 千米时，正以 7.8 千米/秒的速度高速飞行。返回舱与大气剧烈摩擦产生的激波，使返回舱表面与周围气体分子呈黏滞状态，形成一个高达几千摄氏度的高温区。高温区内的气体和返回舱表面材料的分子被电离成等离子体，形成一个等离子区，像套鞘似的包裹着返回舱。因为等离子体可以吸收和反射电波，造成返回舱与外界的无线电通信衰减甚至中断，飞船进入了这个"黑

2013 年 10 月 16 日清晨，神舟五号飞船在内蒙古四子王旗成功返回，航天员杨利伟健康出舱

障区"，瞬间与地面失去了联系。这时，杨利伟要承受比发射升空时更为难受的载荷冲击力。他无意中向舷窗外望了一眼，只见通红的火焰在"呼呼"燃烧，有很多又亮又白的东西"唰唰"地从旁边滑过。在距离地面40千米时，飞船终于飞出了"黑障区"，与地面的距离越来越近。杨利伟就要执行这次飞行中最后的一个程序——开伞。

"回收一号发现目标！"6时06分，清晰的报告声打破了草原黎明的寂静。神舟五号返回舱刚进入测控弧段，雷达操作手就一举捕获目标！

6时08分，根据回收一号提供的引导数据，200千米外的测量站雷达稳稳地跟踪上了目标。"空地搜索开始！"6时11分，着陆场系统总指挥夏长法下达命令。空中5架直升机在晨曦中急速飞行，地面10多台搜救车在草原上疾驰，此起彼伏的调度口令在夜空中穿梭。一张立体搜索网在天地间迅速展开。

"743号直升机目视目标！""草原一号目视目标！"6时18分，空中、地面同时传来了报告声。返回舱拖着红白相间的巨大降落伞，正在直升机的正前方徐徐下降……

接地的瞬间，返回舱的4台缓冲发动机同时喷出火焰，因为强烈的冲击过载，返回舱在落地后又弹了起来。杨利伟准确地判断出，切断伞绳的时候到了。如果切晚了，偌大的降落伞被风吹鼓，会把返回舱带跑，其速度之快甚至连汽车都赶不上，被束缚在座位上的杨利伟也会因舱体翻滚而受伤。杨利伟当时是头向下，胸背有明显的压力，但他还是对抗住了那种比平日训练还要大许多的过载冲击，准确、迅速地在第一时间把伞绳切断。返回舱滚了两圈后，停了下来。电台里传来了杨利伟沉稳的声音："我是神舟五号，我已安全着陆。"

这一刻，是2003年10月16日6时23分，杨利伟从太空回到了地球，回到了伟大祖国的怀抱，安全降落在预定的主着陆场——内蒙古四子王旗的阿木古郎牧场上，距理论着陆点仅4.8千米。4.8千米的距离，对于飞船

航天英雄杨利伟

着陆来说是非常精确的，这是一个相当于打了十环靶标的好成绩。

6时51分，搜救部队赶到。杨利伟小心地跨出舱门，这时，他被眼前的场景惊呆了：现场挤满了记者、警卫、公安人员和献花、献哈达的人，每个人都透着一种喜悦。蒙古族群众按照传统的礼节，给远方归来的贵客献上了洁白的哈达。许多双手把他抬了起来，人们的眼里都闪动着激动的泪花，深秋的草原已是一片欢乐的海洋……

一个民族的智慧，一个国家的创造力，往往需要一些标志性成果来证明。千年的梦想、5 年的训练、21 小时的飞行，证明了一个事实：中国人飞向太空不再是梦，这项浩大的跨世纪工程，在日新月异的新新时代，圆满竣工。

当杨利伟精神饱满地走出舱门、踏上祖国土地的那一刻，北京航天指挥控制中心里的所有参研参试人员都情不自禁地站起来鼓掌欢呼，兴奋、激动和喜悦之情，全都写在了每个人的脸上。中共中央、国务院、中央军委在贺电中说："首次载人航天飞行圆满成功，是我国航天发展史上一座新的里程碑，标志着我国已成为世界上独立自主地完整掌握载人航天技术的国家之一！"

第五章　漫步太空

两人多天的浪漫之旅

从 1992 年载人航天工程启动到神舟五号飞行任务完成的十几年间，工程总指挥换了四任，七大系统的总指挥、总设计师也更换了大半，但王永志仍作为载人航天工程的技术主帅在辛勤耕耘，与年轻的航天人一道向着新的目标冲刺。在王永志的主持下，神舟六号飞船按照"2 人 5 天"并具有 7 天自主飞行能力的要求，进行了多项技术改进和人性化设计。

多人多天太空飞行技术是载人航天工程必须突破的一项基本技术，无论是航天员出舱活动、空间交会对接，还是建造空间实验室和空间站，都要有多名航天员飞行多天才能完成。

王永志说："神舟六号的任务，我只关注三件事。第一，火箭；第二，环控生保技术；第三，航天员。"这三件事，正是影响任务成败的关键因素，可以说，代表着工程指挥部和全体技术人员的共识。

2004 年 1 月，一个冬阳普照的日子，刚刚度过 42 岁生日的火箭专家刘宇被任命为火箭系统的总指挥。这一天，他接过的第一项任务就是在接下来的一年间，研制完成用于发射神舟六号飞船的长征二号 F 火箭。如何继承前人的辉煌，怎样开拓创新，是刘宇上任后面临的最大困难。

在一次座谈会上，杨利伟告诉刘宇和刘竹生，在神舟五号起飞过程中，火箭抛掉逃逸塔之后近10秒的时间里，出现了比预想要严重的箭体震动。强烈的震感让杨利伟非常难受。而在此之前，箭体的振动频率被认为是对航天员没有影响的。杨利伟说，火箭上升到三四十千米的高度时，火箭和飞船开始急剧抖动，产生了共振①。人体对10赫兹以下的低频振动非常敏感，它会让人的内脏产生共振。而这时的飞船上，不单单是低频振动的问题，而是这个新的振动叠加在大约6G，也就是人体6倍体重的一个负荷上。共振是以曲线形式变化的，杨利伟从没有进行过这样的训练，痛苦的感觉越来越强烈，五脏六腑似乎都要碎了，心里觉得自己已经无法承受了。共振持续了26秒后，才开始慢慢减轻。

这是我国长征系列运载火箭第一次载人上天，共振情况也是首次发现。要准确分析并判断出原因，是一个十分复杂而艰难的过程。为此，研制新的火箭之前，首先要解决旧的问题。刘宇和刘竹生决定，收集从发射神舟一号到神舟五号时火箭的所有数据，成立联合分析小组，一步步分析查找、一项项加以验证。

数据分析工作不仅复杂，而且枯燥，面对压力重重的研制人员，刘竹生给大家讲了一个钟和磬的故事。寺庙里的钟和磬发生了共振，总是同时响起来，搞得和尚们都以为庙里在闹鬼，惶惶不可终日。后来，一个聪明人来到庙里，把磬锉掉了一小块，从此钟和磬相安无事，再没有同时响起。其实，火箭的振动和这个故事异曲同工。但就是这个看起来并不复杂的问题，刘宇和刘竹生却带着研制人员苦干了一年多。400多天时间里，发动机输送管路振动试验、船罩振动试验、全箭纵向振动试验……研制人员做了大量的试验来确定机理，在火箭一级发动机工作的0~140秒时间

---

① 共振，简单地说，就是当一个外力的振动频率与一个物体的固有频率相等时，会使这个物体的振动放大的现象。第一次世界大战时，有一队士兵迈着整齐划一的步伐通过一座大桥，由于行军脚步的频率与大桥自身的振动频率恰好相同，竟致使大桥坍塌，人落谷底，全军覆没。

里，逐秒逐秒、逐段逐段地查找振动频率，查找引起共振的"元凶"。

2005 年 3 月，在火箭进入总装准备阶段时，这个困扰火箭研制队伍一年多的问题终于得到了定位，引起共振发生的系统被锁定了。根据分析试验，火箭发生共振现象主要原因是助推器、芯一级动力系统管路液体脉动频率和箭体结构系统的纵向一阶频率相近，动力系统管路液体脉动频率和箭体结构系统的纵向一阶耦合自激振动造成的。为了进一步确认这个结论，进行了真实状态的全箭振动试验和助推器振动试验，摸清了箭体结构纵向一阶频率和助推器、芯一级动力系统管路液体脉动频率范围，为准确设计和选取抑制装置的参数奠定了基础。

原因找到了，接下来，就是重新研制火箭发动机输送管路上的一个对振动频率有很大影响的装置——蓄压器。一般情况下，研制蓄压器，从出图纸到拿出成品，需要 8 个月时间，为了赶进度，刘宇亲自督战，他 5 次往返于试验场和协作厂家之间，仅用了两个半月时间就完成了任务。2005 年 6 月，新研制的蓄压器经过测试，输送管路内液体的频率与火箭结构的振动频率完全错开，共振现象消除了。

故障解决了，正当大家要松口气时，刘竹生却下达了一项新的任务，为逃逸发动机配备安全点火机制。对于这一措施，大家有些不理解，毕竟火箭在设计中，已经采用了足够的保险措施，基本上可以保证航天员的安全。刘竹生却说："这样的保险措施，虽然我们已经采取了很多，但载人航天，必须在高安全性、高可靠性上下功夫，我们应该有一种思想，始终认为自己做得还不够，安全性和可靠性没有终点。"听了刘竹生的话，大家愉快地接受了任务。在大家的共同努力下，火箭系统制定出了一套非常完善的故障对策，例如：在火箭的发射台上出现问题，除了航天员紧急撤离，还制定了 4 种逃逸模式；火箭上升段飞行中，制定了 11 种故障情况下的逃逸模式，一旦出现安全问题，航天员可以迅速脱离危险区。

图像测量系统，是发射神舟六号火箭的亮点。在以往的火箭发射中，科研人员只能通过遥测数据判读火箭在飞行过程中的表现，而不能直观地观测火箭的飞行状态和各种分离动作。而增加这个系统后，可以让人们第一时间近距离地看到火箭飞行的相关姿态。用于观测火箭运行状态的两个摄像头，一个装配在整流罩内，一个安装到箭体上，可以向地面实时显示最直观的火箭飞行情况。虽然刘竹生早就为火箭加装图像测量系统的打算，但限于过去我国图像压缩技术水平还不高，这个想法一直没有付诸实施。为了早日给火箭装上这只"神眼"，刘竹生组织有关设计人员从初样研制到产品生产，仅仅用了一年多的时间，就逐一攻克了高动态下的传输延时和马赛克等高难度的技术问题，设计生产出令人惊叹的图像测量系统。更令人欣慰的是，这个系统安装后，不仅可以用来向地面显示火箭飞行情况，还将为火箭的环境适应性提供依据，并可以根据飞行环境监测，为改进火箭的环境适应性提供依据。如两名航天员在太空生活工作多天，衣食住行、一日三餐、冷凝水的收集、进出轨道舱安全等。刚刚从袁家军手中接过飞船系统总指挥棒的尚志和总设计师张柏楠以及他们带领的研制队伍一下子面临了很多问题。作为有着辉煌记录的英雄群体的新"掌门人"，面对的压力可想而知，"一切为载人，全力保成功"成为他们叫得最响的一句话。

与神舟五号相比，神舟六号飞船技术状态有多个方面发生了变化：应急救生模式增加了两种提前返回模式；故障模式增加了6个；整船装船设备增加40台；装船软件增加6个；语句增加3万条。

飞船舱内的有效容积只有5.5立方米，两名航天员生活工作在里面，两三个小时湿度就会达到饱和，人在里面极不舒服。舱内空气不流通，航天员呼出的二氧化碳就会自然堆积，滞留在航天员口鼻附近，导致呼吸困难甚至会造成窒息。影响航天员安全的事必须充分验证，张柏楠率领队伍在地面造了一个与太空相同的环境，用两人模拟航天员太空七天七夜的生活，进行了多次流场试验，验证了自主设计的湿度控制技术和通风换热技

挺进太空：中国载人航天纪事

术的合理性。为进一步增强冷凝水收集能力，他们扩大了冷凝水箱的容积，增加了被动的吸湿材料，给航天员提供了一个良好、舒适的湿度环境。为了保证船上设备在一定湿度条件下正常工作，他们还采取了许多办法，做了大量试验，验证船上设备能在湿度90%的环境下正常工作。

按照航天界惯例，对于可供两个航天员驻留的压力舱的飞船，在航天员执行出舱任务时，为保证航天员安全执行舱外活动，飞船都需要设置一个气闸舱，作为过渡舱支持出舱活动。气闸的功能类似于长江三峡大坝的船闸，不同的是船闸用来调节水位高度，气闸舱用来调节气压。气闸舱上有两个门，一个门通向舱外的宇宙空间，另一个门通向返回舱。神舟六号任务中，两名航天员衣食住行都要进入轨道舱。两舱之间有一道圆形的舱门，用于为返回舱提供密封环境，以确保返回舱舱内压力。航天员从返回舱进入轨道舱，首先要打开的就是这道舱门。打开舱门的风险相对不大，关键问题是航天员在关闭舱门后能不能够保证密封，保证在再入过程中不会出现问题。一旦这道舱门密封不良发生空气泄漏，航天员的生命便会失去保障。1971年6月30日，苏联"联盟11号"飞船返回地面时，在168千米的高度就因返回舱舱门出现问题，导致发生3名航天员全部牺牲的悲剧。因此，这道连接两个空间的舱门，可以说是一道航天员的"生命之门"，不仅要开关准确自如，而且要绝对密封。

为了保证飞行万无一失，张柏楠带领有关技术人员做了上万次的相关试验，从改进密封性能、在轨检漏、舱门清洁等多方面摸索出了一套规律，增加了8道"安全锁"。

第一道"安全锁"，是确保设计加工准确无误。神舟六号的舱门设计和加工工艺十分复杂。仅舱门设计图纸就有100多张。张柏楠带领科研人员反复揣摩，边攻关，边试验，边总结，终于找到了最佳数据，保证了每一个零件和每一个尺寸都准确无误。

第二道"安全锁"，是在舱门安装密封锁。尽管神舟六号的舱门看起来像分隔两个房间的房门，但是与普通房门大相径庭。普通房门只要推开或者拉上就好了，而这个门的特殊之处在于，不仅航天员用力要合适，而且操作要准确。为了保证舱门的密封性，设计人员设计了6把联动杆锁，只有这6把锁全部到位，舱门才能准确锁上。同样，要想打开舱门，也必须准确完成一系列动作才可以解锁。同时，设计者还专门设计了一个防误动作的防误开关，只有首先打开防误开关，才能进行下一个动作。

第三道"安全锁"，是用双保险保证密封性。为了保证舱门的密封性和可靠性，科研人员为舱门加了两道密封圈，安装在舱门的金属圈周围。

第四道"安全锁"，是利用"秘密武器"除掉绒毛。舱门金属圈的密封圈上哪怕沾有细微的头发丝或绒毛，都可能导致舱门关闭不严发生泄漏，给航天员的生命安全带来隐患。在太空飞行中，舱内飘浮物沾到舱门密封圈上又是不可避免的。科研人员研究了多种方法，进行了数百次试验，终于找到了一种像湿巾似的特殊材料。用这种无腐蚀、无气味、不掉毛的材料擦拭密封圈，不留水迹，不产生静电，又能一尘不染。

第五道"安全锁"，是舱门快速检漏仪。按常规方法，舱门检漏的方法是保压检漏，即把舱门密封起来，过一两天后再检查舱门压力，看看降低了多少。为了快速检测舱门上的双道密封圈是否有泄漏，性能是否可靠，科研人员专门设计了舱门快速检漏仪，可以迅速判断漏气状况。

第六道"安全锁"，是科学设计脚踏板。在失重的太空里，航天员飘浮在舱内，开关舱门时有劲没法使，为了保证航天员操作方便、准确，科研人员特意设置了许多着力点，手脚怎样用力，用多大的力，都有详细的规定。

第七道"安全锁"，是多手段试验可靠性。为了提高舱门的密封性和操作的灵活性，科研人员采用降低摩擦等特殊手段以严格控制加工舱门的精度，在这种情况下，加工制作的舱门能觉察出细如毛发和绒毛的异物。同时，科研人员还设计了不同的故障模式，他们在专门研制的真空大罐子里做太空开关舱门试验，航天员的不同开关手法，不同开关力度，甚至没有受过专门训练的普通人的开关操作等，都被考虑进来，经过长达数月的试验和改进，舱门性能达到了高度可靠的标准。

第八道"安全锁"，就是让航天员反复操作，做到熟能生巧。航天员在科研人员的现场指导下，多次进行进舱开关舱门训练，模拟在失重条件下的开关舱门动作，直到熟练掌握了要领。

从环境控制和生命保障关键技术来讲，神舟六号面临着许多从未经历的考验。首先是轨道舱的大气环境面临考验。两人的多天飞行，意味着产品规模和运行周期发生了较大变化，耗氧、产热、产湿、呼出二氧化碳都比"1人1天"多得多，这对系统的安全性和可靠性提出了更高的要求。同时，神舟六号任务中，生命保障系统是首次使用，大到饮水储蓄箱、大小便收集箱，小到食品加热器、注水器等，每一件产品都与航天员的太空生活及健康息息相关。还有，环控生保系统共有160多件产品要全部投入使用，对系统的整体性、匹配性，与外系统的协调性、接口关系等都将是新的考验。尤其是调压供氧、通风净化等关键部件的质量如何，直接关系到任务成败，有的部件一旦出现严重故障，还将直接危及航天员的生命安全。

中国首次载人航天飞行任务过后，中国航天员大队这支沉默5年的队伍，也由幕后走向了前台。对他们来说，神舟五号任务的成功，只是拉开了中国人和平利用太空的帷幕，中华民族的太空征程刚刚开始，更多的辉煌在等着他们去创造……

2003年11月，北京航天医学工程研究所召开了一次全体航天员参加的会议。工程副总指挥胡世祥在会上宣布：神舟六号任务即将展开。听到这个消息，每个航天员都感到了一阵激动。新的任务列入日程，就预示着又一次圆梦的机会即将到来。但大家也清楚，机会只能属于少数人。要想真正飞向太空，他们还要通过一次更为严格、苛刻的选拔。

经过了7年的学习训练，许多航天员已经不再年轻，但他们仍把训练当成实战，用毅力和汗水将枯燥的重复性训练坚持下来。虽然神舟六号的航天员只有2名，但在备战的2年多时间里，每一个航天员都奋勇争先，力求以最好的成绩接受祖国挑选。最终，14名航天员都表现出惊人的毅力，在2005年进行的考核中，全部以优秀的成绩通过了测试，具备了执行新任务的能力。

2005年6月，基于多年训练中对航天员的了解以及任务的需要，按照两人能力相当、水平接近的"一致性原则"，在性格和情况处理上能够互补、更为全面地应对各种飞行问题的"互补性原则"，适当考虑航天员个人搭配意愿的"尊重个人意愿原则"，从成绩排名和个人意愿两方面考虑，对初选出来的6名航天员两两配对，形成了3个飞行乘组，组成了执行神舟六号飞行任务的航天员梯队：第一组是费俊龙和聂海胜组合，第二组是刘伯明和景海鹏组合，第三组是翟志刚和吴杰组合。

8月24日，总装备部航天员评选委员会在北京航天城举行神舟六号航天员面试定选会。考核开始，由王永志等专家陆续提问，航天员现场进行回答。此后，全体委员就航天员乘组的综合素质进行了无记名投票，连同前期3个乘组的训练成绩及心理素质评价的记分，按不同的权重，统一输入航天员选拔辅助支持系统进行计算。由费俊龙和聂海胜组成的乘组排名第一，被确定为执行神舟六号任务的航天员乘组。

费俊龙，40岁，江苏昆山人；聂海胜，41岁，湖北枣阳人。两人当时都是上校军衔。费俊龙比较活泼，他是空军航校教员出身，是14名航天员中唯一的特级飞行员，在处理事情时协调能力很强；聂海胜在神舟五号执行任务时就是梯队成员，他性格稳重，做事踏实，有很好的配合精神。

2005年10月，中华人民共和国迎来了56岁的生日。酒泉卫星发射中心更是红旗飘扬，花团锦簇，处处洋溢着节日的喜庆气氛。秋阳下，高高的发射架用它巨大的钢铁双臂，紧紧地把飞船和火箭组合体抱在怀中。从1999年到2005年，已经5次成功放飞"神舟"飞船的发射塔，静静地期

神舟六号飞船指令长费俊龙（左）、驾驶员聂海胜（右）登上飞船前，
接受工作人员对航天服进行最后检查

待着又一声"惊天巨响"。

　　10月12日，神舟六号发射进入了发射程序。凌晨3时，战友们为费俊龙和聂海胜举行了一个小小的"送行仪式"。他们围坐在一起，像杨利伟当年出征时一样，给费俊龙和聂海胜的杯中倒了半杯饮料，各滴了两滴红酒。费俊龙和聂海胜会心地喝下了这杯"壮行酒"。

凌晨5时05分，航天员出征仪式即将开始的时刻，一片降雨云系忽然到达发射场区上空。由于强低温，降雨变成了降雪，雪花洋洋洒洒地飘落了下来。就在人们纷纷猜测神舟六号能否按时发射时，费俊龙和聂海胜走出了"问天阁"，用坚实的脚步告诉世人，他们把纷纷扬扬的雪花当作壮行的花瓣，将踏雪出征。

5时30分，费俊龙和聂海胜在漫天雪花中迎雪而立，并肩站在工程总指挥陈炳德面前，请示出征："总指挥同志，我们奉命执行神舟六号载人航天飞行任务，准备完毕，请指示！"

"出发！"陈炳德下达命令。

"是！"

银色的航天服，标准的军礼，出征仪式简洁而有力。让人回味良久的是费俊龙洪亮的声音和聂海胜憨厚的笑容，还有他们相同的表情，透着刚毅，透着信心，透着力量。

5时40分，就在费俊龙和聂海胜登车前往发射场的一刹那，雪花戛然而止，戈壁滩迎来了徐徐清风。

8时59分50秒，坐在飞船中的费俊龙、聂海胜，庄严地用军礼向祖国人民致敬、告别。

9时整，"点火"命令下达，巨大的轰鸣声中，托举着神舟六号飞船的长征二号F型运载火箭喷着金黄色的尾焰，稳稳地离开了发射台。几秒钟后，火箭破云而入，消失在云层里。第一次安装在火箭上的摄像头，把火箭一路飞行的画面实时传送到北京航天飞行控制中心的屏幕上。583秒后，船箭分离，飞船在我国黄海上空200千米高处进入预定轨道。

神舟六号在轨飞行期间，航天员将首次从返回舱进入轨道舱生活。可以说，进入轨道舱，是对飞船整个生命保障系统的全面考核。12日17时03分，飞船进入第6圈飞行时，北京下达了"打开返回舱平衡阀"的指令。费俊龙离开返回舱座椅，聂海胜用手轻轻护着舱门，费俊龙把助力绳轻轻一拉，熟练地将舱门打开，费俊龙随即缓缓穿过舱门，进入了轨道舱。

在太空，由于失去地球重力影响，人会感到浑身不适，需要一段时间适应。14 日 16 时左右，飞船入轨飞行了两天后，费俊龙和聂海胜完全适应了太空生活，身体感到非常轻松。每次进入测控区域，他们都会向地面报告"一切正常"。但是，正常在哪儿呢？

费俊龙忽然想起，他曾在国外的一些航天资料中看到过航天员在太空做空翻的镜头。他想，如果我也做个空翻，不仅可以让全国人民都看到我们轻松愉快的样子，还能用行动证明，我们中国的航天员不比外国的差，外国航天员能做到的，我们一样能做到。只见费俊龙蜷曲身体，小心翼翼地向前翻去。在太空做前滚翻，本来是很容易的，可他的动作却又轻又慢，这主要是因为舱内空间比较狭小，要格外小心，以免碰着飞船内的其他物品。做这个动作前，费俊龙也仔细考虑过，万一不小心引起身体不适，出现太空运动病怎么办？但第一个空翻做完后，他感到自己的身体特别是前庭功能没什么问题，就接着又一连做了 4 个前空翻。这 4 个前空翻，用了 3 分钟时间，以飞船每秒 7.8 千米的飞行速度计算，费俊龙一个"跟头"就飞了 300 多千米。

这个画面通过电视直播，让千家万户都分享到了中国航天员美妙而浪漫的太空生活。费俊龙用自信而极富创造性的工作，又一次将祖国的荣耀写上了太空。

10 月 17 日凌晨，位于内蒙古四子王旗阿木古郎牧场的主着陆场星光灿烂。神舟六号飞船在飞行了 325 万千米之后，开始沿着既定的返回轨道，飞向内蒙古草原，飞回祖国的怀抱。4 时 08 分，位于新疆喀什的测控站发现目标，飞船进入祖国上空，缓缓向预定的着陆点降落，在 10 千米的高空着陆伞顺利打开，距离地面 1 米时，反推发动机精确点火。4 时 33 分，返回舱垂直平稳地着陆在平坦的草原上，距理论着陆点仅差 1 千米。

航天服，从"海鹰"到"飞天"

随着神舟六号载人飞行任务以完美的零缺陷圆满收官，我国已经掌握了飞船较长时间在轨载人飞行的技术，全面实现了载人航天工程第一步战略目标。工程第二步战略目标的大幕，将由以出舱为重点任务的神舟七号飞船拉开。

出舱是载人航天工程需要突破的三大技术之一。掌握了出舱技术，就可以为下一步建造空间站、在轨维护航天器、开展外太空试验，以及未来载人登月等奠定重要的技术基础。出舱活动重在发挥人的作用。

2004年中央专委召开会议，审议《关于实施我国载人航天工程第二步任务第一阶段研制建设工作的意见》。2005年，中央政治局常委会议听取载人航天工程进展情况汇报，批准实施工程第二步第一阶段任务：发射神舟七号载人飞船，突破和掌握航天员出舱技术；此后，开展空间交会对接试验，掌握相关技术。

航天员由舱内活动到进行舱外活动，是载人航天技术的重大跨越。因此，神舟七号飞行任务作为载人航天发展战略第二步任务的首次飞行，在"三步走"发展战略中具有举足轻重的作用，是我国载人航天事业承上启下的关键之战。

神舟七号载人航天飞行任务的主要目的是突破和掌握航天员出舱活动技术。舱外航天服的研制、气闸舱的改造、出舱航天员的乘组选拔和训练，简单的三句话，概括了神舟七号任务要突破的三项关键技术。

舱外航天服，顾名思义，就是专门为航天员出舱活动而设计的航天服，最主要的作用是避免出舱过程中的一些危险因素。在服装内，要给出舱活动的航天员提供大气压力、氧气供给、温湿度控制等；在飞船外，不能出现泄漏，要能够耐受高低温的骤变，还要对宇宙辐射和空间碎片的撞击具有防护功能。可以说，舱外航天服是一个浓缩了的舱外生命保障系统，相当于一个小型太空舱。

按照最初的计划，由从俄罗斯引进"海鹰"舱外航天服来协助我国完成首次太空出舱活动，于 2007 年发射神舟七号飞船，实施航天员出舱活动。

如果不是一次研讨会的话，或许我国航天史上的第一次太空行走就真的是穿着俄罗斯制造的舱外航天服进行了。那是在中国空间技术研究院举办的一次有关神舟七号出舱任务的研讨会上，当得知我国的航天员将穿着别的国家的服装进行出舱活动时，很多专家和科技工作者表达了另一种呼声。王希季等很多专家都说，舱外航天服技术是出舱活动的关键技术。神舟七号用引进的服装，能验证什么？如果这个技术无法突破，仅仅依靠国外航天服的话，就等于是说在出舱活动这个领域，我们没有任何进步。将来中国自己的舱外航天服研制出来后，还要发射飞船再次进行试验。更多的人还说，这样一个极具历史性和标志性的时刻，如果不能穿着我们自己研制的航天服来实现太空漫步，将是一个永远也无法弥补的遗憾，全国人民情感上也无法接受。而且，这与我国载人航天工程立足于自我研制、自我发展的整体思路和战略背离，不利于我国载人航天工程的长远发展。

专家们的意见都对，但如果采用我国自行研制的舱外航天服实施出舱，将面临任务进度紧张与技术攻克困难的尖锐矛盾，怎么办？决策的难题摆在了工程总设计师的案头。

神舟六号任务成功完成后，74 岁的王永志考虑到自己已过古稀之年，专门致信解放军总装备部领导，请求从总设计师的位置上退下来。中央批准了王永志的"辞呈"，决定由周建平接任总设计师。1957 年出生的周建平，1984 年获大连理工大学工程力学专业硕士学位，1989 年 10 月获国防科技大学固体力学专业博士学位。

接过"总设计师"的帅旗时，正值舱外航天服是引进还是研制的争论阶段，周建平的思路很明确，载人航天工程要想长期可持续发展，舱外航天服是必须突破的一项技术。周建平经过与大家的再三斟酌与论证，最终决定，航天员穿中国自己研制的舱外航天服进行太空漫步。但为稳妥起见，采用"一中一俄"的模式，也就是说，出舱活动任务由一名航天员穿着中国的舱外航天服执行，另一名航天员则穿着俄罗斯的舱外航天服进行协助和支持。

中央领导同志得知要自主研制舱外航天服的打算后，嘱托工程负责同志，不要抢进度，要将质量放在首位，发射时间可以推迟。工程总体最终决定，将神舟七号发射时间从 2007 年调整到 2008 年。

一场史无前例的打造航天员"生命盾牌"的科研攻坚战打响了。舱外航天服研制周期通常是 8 到 10 年，这时，距离神舟七号发射的预定时间只剩下了不到 4 年时间。航天员系统的总指挥、总设计师陈善广明白这不是一次可以轻易打赢的战役，一个很重要的原因就是时间。如何保证时间充足成了所有人望而却步和一筹莫展的症结。针对这个问题，陈善广提出了"时间倍增器"的概念，科研人员将晚上当作白天用，一天当成两天干，打破常规，初样和正样两个研制阶段交叉进行。

2006 年 8 月，舱外航天服的方案论证完成，舱外航天服开始初样研制和生产。航天员系统调来在产品研制及试验方面有着丰富经验的航天员系统副总指挥宏峰与李潭秋一起主抓研制工作。

研制初期，他们遇到的最大难题是，尽管进行了前期预研，但舱外航天服的 90 多个部件没有一个是成熟产品，大到整体结构和外形，小到元器件、原材料的性能指标，都需要从头设计，所需的设施、设备都是边研制边建设。

年轻的研制队伍迎难而上，选择了一条瞄准世界前沿技术、既有继承又有创新的攻关之路。在这场为祖国添彩的自强之战，为民族争光的尊严之战中，研制团队通过借鉴国外航天服研发的成功经验，先后组织完成了10大类试验设计。

47个月，100多项大型系统试验，100多家单位团结协作，靠着科技和创新，再加上严格的质量控制，在万众一心的努力下，中国第一代舱外航天服终于在他们手中诞生了。

2007年10月，舱外航天服的初样终于出炉亮相了，给历尽艰辛的研制队伍带来了极大的安慰。初样成功，就意味着正样的研制即将开始。

在正样的生产加工过程中，要一边试验一边摸索，产品设计、工艺设计、生产制造并行组织，统筹管理。按照一般的研制规律来说，必须先有设计方案，才有加工制造；先有样品试验，后有正式生产。但舱外航天服的生产如果按照这个规律，起码还需要一两年的时间。为了赶进度，研制人员不得不打破这个规律，样品尚未造好，正品就开始订货，样品刚开始试验，正品已经生产。

样品生产出来后，陈善广立即组织人员进行了电性能、热性能测试，振动、冲击、热真空等极端环境试验，进行了可靠性、安全性的严格评审确认。

时间虽然在这种不合常理的做法中得到了保证，但制造舱外航天服所需要的许多材料很难落实。在加工呼吸系统阀类零件和密封件时，就有许多材料是工厂从未使用和接触过的新材料、稀有材料。分布在全国几十家生产企业，有时为了采购几百克的原材料，就得穿越大半个中国。还有一些特殊材料根本无从查找生产企业，研制人员只好利用多年建立起来的全国供应商网络，一家一家地问，一家一家地查。

2005年3月，航天时代公司西安微电子技术研究所接到航天服数管设备、生理信号放大器、报警信号放大器等设备研制生产任务。

2005年5月，郑州航天电子技术有限公司以行业领先地位的10项技术成就、200多个系列、2000多个品种电连接器的技术积淀，拿到航天服电缆网等产品订单。

2006 年 2 月，运载火箭总装厂接到航天服躯干壳体研制生产任务。

2007 年年底到 2008 年年初，伴随着农历新年的到来，中国第一套舱外航天服及配套产品陆续交付。当神舟七号任务飞行乘组的选拔初步确定的时候，舱外航天服的正样产品已经陈列在航天员中心的实验室里。

从外形上看，舱外航天服像一个巨人，背上有一个半人高的箱体，里面是氧气瓶、空调等环境控制装置，虽然看上去有些臃肿，不过肩、肘、手腕等处都有关节装置，航天员穿着它可以达到活动的目的。这个"庞然

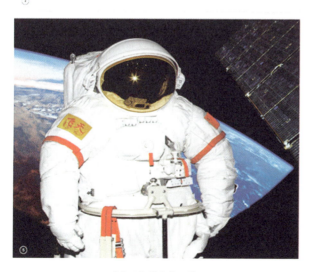

"飞天"舱外航天服

大物"是按航天员的个头设计的，最高可伸至 2 米，重达 120 千克，造价超过 3000 万元人民币。经过专家的严格评审，这套舱外航天服的性能和技术指标与美、俄舱外航天服的技术水平非常接近，在头盔的设计、外层材料的设计、水升华器的设计以及各种技术的整合方面，还有突破和独到之处。

神舟七号任务要突破的第二项关键技术是气闸舱的改造。

航天员出舱前，气闸舱能够快速泄出空气，使舱内压力接近真空状态下的零气压；航天员返回后，气闸舱又能快速恢复压力至 1 标准大气压。气闸舱内还必须配置其他支持航天员空间出舱活动的设备设施。

在最初方案论证的时候，张柏楠的想法是重新造一个气闸舱，但为了保证神舟七号任务的需要，最后决定对神舟六号的轨道舱进行改造，把轨道舱改成气闸舱，实现气闸舱和生活舱一体化的设计。

舱体的密封是成熟技术的继承，问题不是很大，很容易就解决了。但是，作为此次出舱活动前的准备活动，泄压的成功与否，将直接决定航天员是否能够按计划出舱。因此，泄复压系统的设计是整个气闸舱改造的重心。泄压并不是简单地把空气排放到空间，而是需要通过大量的分析计算和地面试验，来找到泄压过程中的最佳速度和压力控制点。这是一个复杂的过程，不能有一丝一毫的疏忽和怠慢。在真空、高低温、失重的太空环境下，将舱门打开，并不像在地面开关门那么轻而易举。而且舱门若不能保证密封，轨道舱内就无法复压，意味着 2 名航天员将无法脱掉舱外航天服，不能回到返回舱。为了测试太空环境下能否正常关门，科研人员专门研制了一个真空罐。舱门就放在罐的中间，一边抽成真空，另一边有大气，在真空罐里设置了开关舱门的机构，用一个专门制造的机械手臂来模拟航天员开关舱门。设计人员为了获得舱门在更为恶劣的太空环境中的数据，还把真空罐的温度拉偏到零下 45℃ 和零上 45℃，通过计算机操作，获得试验验证数据，仅这项试验就用了半年时间。

航天员开关舱门的时候，转动 75 厘米长的开关手柄，力量通过机件传到中心主轴线上，再通过机件放大传到门框的压紧锁块上，从而实现舱门的开关。门框上装有三个压紧开关。如果气闸舱泄压不充分，舱内压力差过大就会导致舱门打不开。为此，科研人员在压紧锁块上专门设计了突出物，当航天员转动手柄 60° 的时候，突出物把舱门顶起一条肉眼看不到的缝隙，等到空气泄尽，再继续旋转手柄舱门就可以开了。如果还不能打开，在舱门附近还备有一个 L 形的辅助工具。这个看上去像拐杖一样的工具，在异常情况下可以当作撬杠撬开舱门。

经过这样的改造，神舟七号的气闸舱实际上已经是一个全新的航天器。从外形上看，轨道舱去掉了一对太阳帆板，顶部安装了多个圆球形的气瓶，还捆绑了一颗伴飞小卫星。从内部结构上看，配备了复压气瓶、两套舱外航天服、泄复压控制设备和出舱保障控制台等舱载支持设备，同时还提供了睡袋、个人生活用品、食品加热和个人卫生装置等生活设施。同时，在出舱活动飞行程序设计上，研制人员考虑运行轨道、地面测控、能源平衡、姿态控制、空间环境适应性等多种约束条件，通过合理、优化配置飞船的资源，设计出具备在轨飞行支持出舱活动的程序平台。

神舟七号任务要突破和攻克的第三项关键技术是航天员的选拔和训练。神舟七号任务最耀眼的亮点就是走出太空舱，虽然舱内、舱外只有一步之遥，但对于独立自主开展载人航天的中国人来说，却是开天辟地头一回。

按照计划，神舟七号的飞行任务中，有一名航天员将出舱进行太空行走。根据工程研制进度，航天员的训练时间仅有半年。因此，相关训练的难点更多、强度更大，危险性也更高。围绕航天员出舱任务进行的训练成为航天员系统的一项崭新课题，而首要的任务是研制出全新的地面训练设备。模拟失重水槽加上舱外航天服试验舱、出舱活动程序模拟器，这三项训练设施代表着世界先进水平，可以囊括航天员出舱训练所需的各项功

失重水槽训练

能。

　　利用水槽进行模拟试验，可以评价载人航天器的气闸舱门、扶手、固定器等与航天员舱外活动直接有关的部件的设计在失重环境下是否能够正常工作、性能是否可靠、运动特性是否符合要求。美国就曾通过中性浮力水槽的验证试验，发现了"天空实验室"的太阳帆板的设计问题，进行了相应的技术改进。此外，美国航天飞机的外部支架结构，也是先在地面进行中性浮力试验，后才被送入轨道执行任务的。

中性浮力水槽在研发和建造前，一直是我国航天环境模拟设备的空白项目。在国内，无论研制和使用都没有任何可供直接借鉴的现成经验。在做水槽总体实施方案的时候，陈善广就确立了这样一条原则：立足国内现有的水平，提倡自主创新，只能在国际现有水平上做得更好更完美。航天员系统的研制人员对俄罗斯、美国、日本和欧洲空间局的水槽进行了深入的分析、比较和研究，充分吸取了其他国家水槽设备的建设和使用经验。

我国的中性浮力水槽采用了圆柱体结构，直径 23 米，深 10 米，大小与俄罗斯加加林航天员训练中心的水槽规模相当，但比日本筑波航天员中心的水槽要大，我国的水槽光里面的水就有 4000 多吨，是亚洲最大的。水槽槽体的材料是厚度为 8~12 毫米的不锈钢板，采用现场焊接方式制造。距离槽底 4.6 米的地方，均匀布置了 12 个直径为 460 毫米的圆形照明窗。由于深水的压力，它们由双层石英玻璃制成。在槽体外侧的各个照明窗处配置了 1000 瓦的照明灯，用于为水槽内部补光。距离槽底 7.6 米的地方还均匀地布置了 12 个直径 600 毫米的有机玻璃观察窗。另外，槽体外侧距地面 3 米的位置处，设有一圈走台，用于检修照明窗和照明灯。槽体内部则设有潜水员出入的水平台、爬梯和摄像机安装孔。

2007 年年底，这项庞大的研制工程终于宣告结束。从制造到验收，只用了短短 3 年时间，而国外同类项目所需要的周期一般是 7~8 年。

航天员在执行出舱活动任务前，需要在气闸舱做一系列的准备活动，返回后也需要一系列的恢复操作。对于地面训练来说，需要给航天员创造一个和太空中相似的气闸舱环境，让航天员训练时感觉与在太空真正执行任务没有差别。

真实飞船的气闸舱是需要泄压和复压的，训练模拟的气闸舱是开放式结构，根本无法进行真正的泄复压。在出舱活动任务中，航天员除身体可以感受泄复压外，另一个比较明显的信息获取是依靠舱门的压力表。真实的压力表是在真空环境下通过传感器机械驱动指针，而在训练中则通过虚拟压力表的模式，即采用计算机图像显示技术，在显示屏上实时绘制出压力表的图像，根据仿真的压力值来驱动压力表指针，达到真假难分。

舱外航天服试验舱，也叫低压舱，是航天员进行出舱活动训练的三大试验设备之一。在低压舱里的训练，更多的是让航天员体会低压环境下身体和心理的感受。低压舱提供的环境基本上是模拟外太空的真空环境。低压舱训练有两个目的：一个是在低压状态下测试和验证舱外航天服在太空能够正常工作，另外一个是攻克航天员的心理关。在低压环境下，人会暴露低压缺氧，引起细胞液沸腾，对生命的危险性非常大。虽然航天服提供了低压防护功能，但是航天服一旦出现问题，低压环境下可能发生的危险都会出现，这对于航天员的心理压力来说是很难克服的。在训练中，低压环境下一旦航天服出现故障，航天员还要能够迅速地排除故障，这也是低压舱训练的目的。2007 年，是舱外航天服试验舱各系统的主要生产加工阶段，舱体和紧急复压管路、粗抽系统、循环水系统、服装氧源与冷源等各大系统陆续出厂验收，舱外航天服试验舱热真空部分顺利通过验收测试。

神舟七号任务难度前所未有，对航天员的前庭功能、耳气压功能、抗减压病功能等提出了更高要求。而且执行出舱任务的航天员除了具备良好的身体素质、心理素质及专业知识和技能，还要有较强的应急处理能力，能与成员之间很好地协同配合。为此，中国航天员中心在充分汲取神舟五号、神舟六号航天员选拔经验的基础上，针对神舟七号任务的特点，从现有的 14 名航天员队伍中，选出综合素质最优的飞行乘组来执行出舱活动任务。

2007 年年末，航天员系统制定的《神舟七号飞行乘组选拔总体方案》出台，神舟七号航天员的选拔标准是专家们共同制定的，分三个阶段来实施：第一是初选阶段，从航天员队伍里面，选出 6 名进行任务训练；第二是定选阶段，对这 6 名航天员进行综合评价、排序，确定飞行乘组和乘组队的岗位，确定候补航天员；第三是确认阶段，在发射前两天，根据航天员的身体、训练、心理等综合表现，最后确定执行任务的飞行乘组。

2008 年 2 月 19 日，初选工作结束，翟志刚、刘伯明、景海鹏等 6 名航天员入选，但并不排序，统一进入下一轮选拔，并开始着手针对出舱活动的特别训练。5 月 29 日，中国航天员科研训练中心审查通过了定选结果。在初选的 6 名航天员的定选综合评定成绩中，翟志刚以 98.9504 分排第一位，刘伯明和景海鹏分别以 97.7388 和 97.0153 分别名列第二、第三。5 月 31 日，航天员评选委员会对 6 名航天员进行了面试和考核，最终确定翟志刚、刘伯明、景海鹏为执行神舟七号任务的飞行乘组。其中，翟志刚为出舱岗位航天员，刘伯明为轨道舱岗位航天员，景海鹏为返回舱岗位航天员。

五星红旗太空飘扬

2008 年 7 月 10 日，汶川大地震后不到两个月，新华社对外发布消息：神舟七号载人飞船今天从北京空运到酒泉卫星发射中心，标志着神舟七号任务已经全面实施。这一消息，无疑给沉浸在悲痛中的全国人民增添了战胜困难的信心和勇气。

9 月 25 日 17 时 30 分，翟志刚、刘伯明、景海鹏身着舱内航天服，踏着音乐走出航天员专用通道。翟志刚洪亮的报告声响彻"问天阁"广场："总指挥同志，我们奉命执行神舟七号载人航天飞行任务，准备完毕，请指示！"

随着常万全总指挥的一声"出发"命令，3 位航天员走上航天员专车，在车队的护送下，驶向发射塔架。

21 时 10 分，长征二号 F 型运载火箭准时点火，神舟七号飞船发射升空。指控大厅墙面上两块实时直播发射场景的巨大电子显示屏，瞬间被红黄色的烟雾填满。

9 月 27 日，是神舟七号飞船来到太空的第三天，按照任务计划，翟志刚将要在这天的 16 时 41 分打开气闸舱舱门，迈出中国人的太空第一步。3 名航天员按照计划进行了分工，景海鹏留在返回舱值守，翟志刚在刘伯明的帮助下，进行轨道舱状态检查与舱外航天服组装、测试和在轨训练。

在太空组装舱外航天服，是一项艰难而又细致的工作。原计划用 16 个小时，而实际上用了近 20 个小时，这是因为太空的操作和地面有很大区别，在地面上很容易做到的事情，在太空中就变得很复杂。因为操作步骤多，难度大，精度要求高，长时间的连续工作使翟志刚十分疲惫，但他不能停下来休息。而此时，对失重的生理适应还在继续，这是对航天员的体力和生理最严峻的挑战。

15 时 30 分，舱外航天服气密性检查正常，气压阀检查正常。15 时 48 分，轨道舱开始进行第一次泄压。16 时 22 分，航天员穿好舱外航天服。16 时 33 分，北京航天飞行控制中心发出指令："神舟七号，打开轨道舱门，按程序启动出舱。"

关键的出舱时刻就要到了，亿万中华儿女静静地守候在电视机前，关注着这次中华民族的飞天壮举。这时，一项更大的考验降临到航天员身上。

翟志刚开始按计划准备打开飞船轨道舱的舱门。这个动作，曾做过无数次的地面模拟试验，从来没有出过问题，所以大家对于开舱门并没有太多担心。翟志刚先将气闸舱舱门解锁，然后将舱门手柄转动 60°。这时气闸舱已泄压到 1 千帕，完全符合打开舱门条件。然而，当翟志刚胸有成竹地用力拉了三下，门却丝毫没有反应。这是因为，气闸舱泄压后，舱内的食品、未密封的设备和有机材料，在低压状态时，仍不断地向外排出气体，使得泄压过程变得十分缓慢。扳动舱门手柄使得舱门只露出一道缝隙，即使气闸舱内泄压到 0.5 千帕，作用在舱门上的力也有 200 牛顿，导致有几次舱门拉开后又被舱内气压顶了回去，再加上人在失重状态下，很难找到施力点。

飞船在测控区的时间是有限的，如果不能尽快打开舱门，地面就无法观测到出舱的过程。此时，飞船即将飞出测控区，翟志刚必须尽快打开舱门，在下一个测控区完成出舱活动。

地面工作人员和观看电视直播的观众的呼吸似乎凝固，时间在一分一秒流逝。任务遇到障碍，翟志刚不免着急，操作也有些吃力，这时，刘伯明压住他的右手大声说："稳住，深吸一口气，压下来顶住！"翟志刚迅速冷静下来，用辅助工具撬了两次，刚刚打开一点缝隙，残留的气体又把舱门紧紧吸上了。但就是这一点缝隙，让翟志刚看到了胜利的希望，也坚定了他的信心。他咬紧牙关，坚持，坚持，再坚持，把全身的力气都集中在手上，在刘伯明的帮助下，终于打开了通向浩瀚太空的舱门。此时，距离北京航天飞控中心下达出舱命令，已经过去了 7 分多钟。正当翟志刚准备出舱时，"意外"再次出现。飞船突然传来报警提示，并不断重复："轨道舱火灾！轨道舱火灾！"尽管后来确认这是一场虚惊的误报，但在当时，还是令许多人捏了一把汗，如果飞船一旦出现火情，后果会十分严重，甚至航天员将有去无回。此时生死已经不在航天员考虑的范畴，只有完成任务才是最重要的。翟志刚毫不犹豫地纵身出舱。太空中传来了他的声音："我已出舱，感觉良好。神舟七号向全国人民、全世界人民问好！"

翟志刚在这次出舱活动中，有两项主要任务：一是沿航天器表面进行行走，二是取回挂在飞船舱外壁上的固体润滑材料。在太空中展示国旗，是发射前 20 天才定下来的事情，最初的计划中并没有这个动作，在地面也没有进行过相应的训练。那么，航天员出舱之后，什么时候展示国旗最合适？指挥部决定把权力交给航天员，由航天员自主决定。

按照翟志刚的计划，是准备先取回暴露在舱外的固体润滑材料，再挥舞国旗的。但"灾情"不断传来，刘伯明心想，如果轨道舱出现火灾，润滑材料取回来也没什么用了，我们回不去，材料肯定也回不去。于是，他果断调整任务步骤，先将一面五星红旗递给翟志刚，对翟志刚说："即使我们回不去，也要让五星红旗在太空留下永远的瞬间！"翟志刚会心地接过了这面五星红旗。

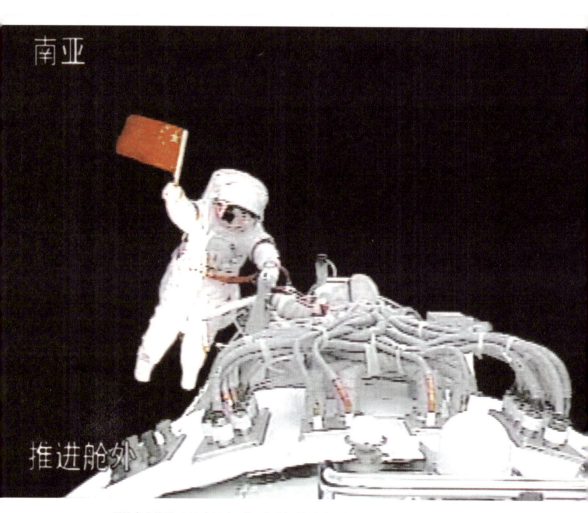

2008 年 9 月 27 日 16 时 44 分，航天员翟志刚挥动着国旗向全国人民、全世界人民问好

在黑色天幕和蓝色地球的映衬下，翟志刚挥动这面凝聚着中国航天人心血的五星红旗向全国人民、全世界人民问好。鲜艳的五星红旗和雪白的"飞天"舱外航天服与茫茫宇宙构成了一幅无与伦比的美丽图画。

此时，太空中的翟志刚意识到真空环境中不可能有火警发生，便放下心来，开始继续舱外的工作。他要完成此次出舱肩负的另一项重要任务——取回暴露在舱外40多个小时的固体润滑材料试验样品。

这一试验的关键和难点在于，对试验样品要能锁得住、解得开、拿得回。翟志刚需要在失重环境下，戴着厚重的手套，单手完成解锁和回收工作，翟志刚能解得开吗？面对这些无法回避的困难，设计人员经过艰苦努力，反复试验，创造性地设计出一款具有自主知识产权的解锁装置，既可以保证装置在发射过程中纹丝不动，又能在需要解锁时简便操作即可完成。翟志刚按照"拨、拉、压、提"四字口诀，一气呵成，回收操作十分顺利。至此，中国首次有人参与的舱外科学实验，在全世界的瞩目中圆满完成。

所有的试验任务完成之后，翟志刚才开始了真正的"太空漫步"。他一手拉着扶手，整个身子都飘离轨道舱，潇洒，自由，直到接到地面"可以返回轨道舱"的命令后，才结束了他的舱外之旅。17时，翟志刚成功返回轨道舱，舱门关闭。

这次太空行走共进行了19分35秒，翟志刚在舱外飞过了9165千米。这19分钟，是翟志刚个人的一小步，却是中国人和平利用太空的一大步，茫茫太空中第一次留下了中国人的足迹。

9月27日19时24分，神舟七号飞船上安装搭载的伴飞小卫星被成功释放。在北京航天飞控中心的仿真画面上，小卫星缓缓离开飞船，在太空中留下了一条绿色的抛物线。

伴飞小卫星是指伴随在另一航天器附近做周期性相对运动的微型卫星，具有一定的轨道机动能力，以空间站、航天飞机、载人飞船和大卫星

神舟七号任务航天员乘组刘伯明、翟志刚、景海鹏（从左至右）

等大型航天器作为伴随对象，并与其按照一定的空间相对关系共同在轨飞行。小卫星研制周期短，成本低。近年来，包括伴飞小卫星在内的微型卫星技术发展十分迅速，其用途也越来越广泛，甚至可以完成大卫星无法实现的任务。此外，由于小卫星重量轻，可以大大节省火箭推力，一枚火箭可以发射多个功能不同的小卫星，它将成为未来卫星技术发展的主流方向。

神舟七号飞船释放的伴飞小卫星是由我国自主研制的微型卫星，重约40千克，被安装在飞船轨道舱前端，通过弹簧装置给伴飞卫星初始速度，使它逐渐远离飞船，为飞船顺利返回让出一条安全通道。返回舱返回后，伴飞卫星将通过地面人员对其进行轨道调整和控制，再逐渐回到轨道舱周围进行伴飞。

伴飞小卫星被释放6秒后，拍下了第一张飞船的彩色照片，这是中国人第一次看到神舟飞船在浩瀚太空中的美丽身姿，在蓝色的地球映衬下，飞船像雄鹰一般在浩瀚的太空中翱翔，从此，中国人在太空中多了一双既能看天又能看地的"眼睛"。

9月28日16时47分，当神舟七号飞船在太空运行到第45圈，飞临南大西洋海域上空时，在那里待命的远望三号航天远洋测量船向其发出返回指令。16时49分，飞船返回舱与轨道舱分离。随后，飞船制动发动机点火。17时19分许，位于内蒙古主着陆场主测控阵地300千米外的雷达站第一时间"捕获"到飞船。17时30分许，一朵红白相间的降落伞在灰蓝色的天空中渐渐清晰起来，7分钟后，返回舱的反推发动机喷射出一道明亮的光焰，神舟七号飞船成功着陆。经过医监医保检查和重力再适应之后，翟志刚的右脚迈出返回舱，留下了他从太空归来后在地球上的第一个脚印。

这一步的跨越，代表了民族飞天梦从远古到将来，代表了中国航天技术从已有到更新，也代表了中华民族在外太空探索中的坚持与执着。在刚刚经受重大冰雪、地震灾害考验之后，这一次的载人航天飞行在另一个赛场上，向世界再次展示了中国的综合国力，为中国又赢得了一枚最宝贵的金牌。

第六章　太空之吻

华夏天宫，太空中的科学平台

太空探索是人类共同的事业，开发太空资源，必须建立能长期运行的生活和工作基地。20世纪70年代，世界各国开始把目光投向了可以绕地球轨道长期运行、具有一定科技实验能力或生产能力的可供人居住的空间站。

最早设想建立空间站的，是被称为"现代火箭航天技术鼻祖"的苏联航天科学家齐奥尔科夫斯基。把齐奥尔科夫斯基的设想变为现实的也是苏联人。1971年4月19日，也就是加加林首次进入太空10年之后，一枚巨大的质子号运载火箭将第一个空间站"礼炮一号"发射升空。1973年5月14日，一枚两级的"土星五号"运载火箭在美国肯尼迪航天中心点火发射，火箭第三级的位置上装的正是天空实验室。1986年2月20日，苏联发射新一代航天站和平号的核心舱，开始了"和平号"空间站的建设。迄今为止，苏联和美国共把9座空间站送上了太空。其中，苏联8座，即"礼炮一号"至"礼炮七号"与"和平号"；美国1座，即"天空实验室"。

20世纪90年代，美国、俄罗斯、日本、加拿大、巴西5个国家及欧洲航天局的太空机构联合推进了一项宏大的合作计划——国际空间站。国际空间站的设计寿命为 30 年，组装工作于 1998 年正式开始。世界上共有 16 个国家和地区组织参与国际空间站的建设，唯独对正在蓬勃发展航天事业的中国实施技术封锁、势力遏制，拒绝给中国留出一席之地。

虽然早在 1985 年任新民就为中国的空间站描绘了一张壮丽的蓝图，但由于国家经济和科技实力的原因，直到 15 年后，新世纪到来的时候，这张蓝图才开始变为现实。

2005 年，载人空间站工程与探月工程一起，被列为我国《国家中长期科学和技术发展规划纲要（2006~2020 年）》中的重大科技专项之一。

载人航天工程开始实施的时候，第一、第二步发展战略目标都有具体的方案和时间进度，只有第三步只提出了建造空间站的最终目标，而没有相应的技术方案和研制进度计划。

2007 年 1 月，按照国务院和中央专委的要求，总装备部牵头组织成立载人空间站工程实施方案编制专家组，开展相关工作，专家组组长为王永志。

王永志没有想到，进入新世纪以来，国际航天领域的形势正在悄然发生着巨变。

2001 年 3 月 23 日，盛极一时的"和平号"空间站在南太平洋上空坠毁，结束了俄罗斯在空间站领域的霸主地位，取而代之的国际空间站成为唯一在轨长期运行的载人航天器。这个建成于 1998 年，重 458 吨、长 108 米的庞然大物，经过多个国家的合作建设，一度成为引领世界先进航天技术的标志。2006 年，美国国家航空航天局在正式发布"重返月球计划"中说，将在 2014 年左右放弃国际空间站而于 2020 年前后"重返月球"。

国际航天界的风云变化，对我国正在进行的空间站论证工作影响很大。2007 年，中国载人航天工程总指挥部专门召开论证会，就我国要不要搞空间站、搞一个什么样的空间站的问题，征求航天专家们的意见。有些专家直截了当地提出："现在搞空间站，是否已经时过境迁了？美国都放弃了，我们建空间站还有必要吗？"还有的专家从经济支撑方面提出看法："国际空间站由16个国家和地区组织联合建设，有财力和技术基础，花费了1000多亿美元，我国在经济上能支撑得了吗？"这次会上，有将近一半的专家认为应该放弃空间站计划，剩下的一半多专家虽然认为应该建空间站，但也只同意干到20吨级的核心舱，不建议再大了。

专家们的意见大大出乎王永志的意料，也引起了他和工程领导的高度重视。王永志意识到，建造空间站的事不能心急，就像当年启动载人航天工程一样，必须先进行深化论证，有理有据地阐明建造空间站的必要性，特别是可能性，才能为大家所接受。

2007年11月16日，中国运载火箭技术研究院在北京举行了一次纪念建院50周年的高峰论坛。王永志到会作了题为《中国载人航天工程可持续发展的研讨》的主题报告，他在报告中说：通过深入研究世界航天的技术发展历程可以发现，在载人航天领域能够凝聚16个国家和地区组织共识的只有建造空间站。如果国际空间站2010年左右能够建成，并且再使用10年，那么从1971年苏联发射礼炮一号试验性空间站起，到2020年左右的50年间，唯一没有间断的载人航天活动就是空间站的建设和应用。由此可见，空间站的重大实用价值是世界公认的。在国际合作方面，我们是愿意合作，但西方国家特别是美国不让我们参加，我们只有自己干。只上一个核心舱，实验能力仅有1.5吨，效益太差。但如果把空间站规模定位在3个基本舱段构成的小型组合体，则可以提供17吨的有效载荷实验能力。再加上研制大的货运飞船减少运输次数，通过控制规模和技术创新，空间站我们也是建设和运营得起的……

王永志的这个报告等于是对前一段专家们质疑的回答，也得到了任新民、庄逢甘、屠善澄、陆元九和梁思礼等老一代科学家的认同。这样，航天界的专家逐步达成了共识：建造空间站符合载人航天的发展规律，适合我国航天技术的发展需要。独立自主搞载人航天事业，建立自己的空间实验室，乃至长期有人照料的空间站，是中国必须走出的一步。

于是，中央决定，中国的载人航天工程继续走自己的路，稳步推进"三步走"战略。一套早就在构思的方案，在王永志的脑海里日渐变得清晰起来。

在发射空间站的规模上，美、苏两国采取了不同的战略方针，后来，出现了两种截然不同的结果。苏联采取了积极稳妥、循序渐进的方式，最大限度地利用了成熟技术，因而在空间站领域稳步推进，先后独立发射了8个空间站。而美国采取的是跳跃式的发展，由于过多注重先进性而缺乏连续性和继承性，所以，至今只发射了一个空间站。这9个空间站中，除

中国载人航天工程的首任总设计师王永志（右）与现任总设计师周建平（左）

了苏联的和平号空间站，其余 8 个都是小型空间站。可见，建立小型空间站是一个国家发展空间站的首选。综合了国外发展空间站的经验，王永志和大部分专家都认为，我国也应采取循序渐进的方式，首先发射一个 8 吨级的空间实验室，然后再建造 20 吨级的较大规模的空间站。

在王永志的主持下，专家们就空间实验室第二阶段及空间站阶段的实施方案开展了细致深入的论证。一年半时间过去，最终的论证方案出台了。这份方案明确了空间站的建设程序，将按空间实验室和空间站两个阶段组织实施，先发射空间实验室，再陆续把核心舱、实验舱 I 和实验舱 II 送入太空。载人飞船和空间实验室用长征二号 F 火箭发射，货运飞船用长征七号火箭发射，空间站各舱段用长征五号火箭发射。

神舟、天宫的"鹊桥会"

2009 年，一个神秘礼物出现在中央电视台春节联欢晚会的舞台上，它就是我国自主研制的目标飞行器——天宫一号的模型。由此，我国载人航天工程的第八个系统——空间实验室系统正式亮相。

我国的载人空间站工程按空间实验室和空间站两个阶段实施。其中，空间实验室阶段时间为 2011~2016 年，阶段目标是，研制并发射 8 吨级空间实验室，突破和掌握航天员中期驻留、再生式生命保障以及货运飞船补加等空间站关键技术，开展一定规模的空间应用，为空间站建造积累经验。空间站阶段为 2016~2022 年，阶段目标是，研制并发射基本模块为 20 吨级舱段组合的空间站，突破和掌握近地空间站组合体的建造和运营技术、近地空间长期载人飞行技术，开展较大规模的空间应用，为经济社会发展和国防建设提供先进的空间技术平台。

在这次会议上，中央批准了这个方案，正式确定了我国载人航天工程的后续任务，也就是工程第二步第二阶段研制发射空间实验室任务，以及第三步建造空间站任务，其任务目标是：在不久的将来，建成和运营近地载人空间站，使我国成为独立掌握近地空间长期载人飞行技术，具备长期开展近地空间有人参与科学技术试验能力，能够综合开发利用太空资源的国家。

2010年9月25日，中国的载人空间站建设正式立项。航天部门组建了空间站论证团队，进行了大量论证研究，尽管总体设计上借鉴了"和平号"空间站的特点，但仍尽可能地体现中国特色和中国航天的自主创新。

就在中国上马载人空间站项目的这一年，时任美国总统的奥巴马突然宣布了一个令世界震惊的决定，他们将取消"重返月球"的计划，准备将国际空间站的使用期延长到2020年左右。听到这个消息，王永志内心忽然感到一阵宽慰，事实证明，我们的论证工作富有前瞻性，独立思考、自主创新、不跟着别的国家亦步亦趋的想法是完全正确的。

苏联的"礼炮号"计划历时15年，共发射了7个18吨级的空间站。按照王永志的规划方案，我国先发射两个8吨级的空间实验室，并以此为基础研制13吨级货运飞船，货运能力为5.5吨，是俄罗斯"进步号"的两倍多，相比之下，货运次数可大大减少。从2018年开始，再用3年左右的时间建成空间站。空间站本体由3个20吨级的舱段构成，仅相当于用正在研制的长征五号火箭发射3颗大吨位的卫星，总重量约是苏联"和平号"空间站的一半，是国际空间站的七分之一，而基本实验能力则可以达到17吨。建成后的中国空间站总体构型是三个舱段：一个核心舱、两个实验舱，整体呈T字构型。设计寿命10年，额定成员3人，乘组轮换时最多可达6人，乘组一般在轨执行任务周期为半年……

尽管这个方案是优化的，但王永志深知，空间站的建设是一项前无古人的开创性工作。方案只规定了大的框架和技术路线，后续的技术攻关还面临着更艰巨的任务。

按照新的计划，工程将使用长征二号 F、长征七号和长征五号三种运载火箭发射载人飞船、空间实验室、货运飞船和空间站四种航天器。而长征五号和长征七号火箭都是第一次使用，需要经受严峻的考验。空间站和货运飞船面临的难度更大，空间交会对接、空间站核心舱、长寿命设计、组合体控制等技术都代表着世界航天领域的最高科技成就，需要逐一突破。

2010 年 11 月 15 日，中国载人航天空间站暨交会对接任务部署动员大会在北京召开。周建平指出，在通往空间站的征途上，突破交会对接技术是第一道关卡。

在太空的两个航天器同一时刻以同样的速度到达同一个地点的轨道控制过程称作"轨道交会"；在太空将两个航天器对接起来形成一个组合航天器的过程称作"空间对接"。"轨道交会"和"空间对接"合起来就称为"空间交会对接"。空间交会对接需要两个航天器，一个作为被动对接目标，称为"目标飞行器"；另一个作为主动追踪者，称为"追踪飞行器"。我国的首个目标飞行器被命名为"天宫一号"。

在此之前，世界上掌握这项技术的只有美国和俄罗斯。为了验证交会对接技术，美、俄在进行载人航天器交会对接之前，分别进行了 3 次飞船与飞船之间的对接，也就是说，发射了 6 艘飞船。周建平没有走美、俄的道路，而是采用了一种更为经济、高效的技术方案：发射一个目标飞行器，分别与 3 艘飞船进行对接。这种方式减少了两次发射，大大降低了成本，而且可以提前验证建设空间站的若干重要技术。

天宫一号作为我国自主研制的第一个目标飞行器，要实现长期在轨飞行，完成多次交会对接，不仅是中国载人航天史上新的里程碑，更是我国建造空间站的基础。"天宫"的研制任务落在了中国空间技术研究院和上海航天局的肩上，曾经研制"神舟"飞船的团队再次承担起这一历史重任。任务下达时，杨宏被任命为空间实验室系统的总设计师。

没有成熟的经验可借鉴，没有充分的数据可参考，无法充分验证宇宙中的现实环境，要实现两年寿命、完成多次交会对接试验，难度可想而知。

在飞行器设计初期，研制人员在杨宏的带领下，以"神舟"飞船技术状态为基线，根据天宫一号任务的特点与要求，不断改进设计，关注细节，创新、优化、完善了系统功能，不断提高天宫一号的性能，先后攻克了空空通信、高压供电、多回路通风换热等一系列技术难题，拿下了一大批具有自主知识产权的核心技术。

天宫一号是在飞船轨道舱基础上研制的，主体为短粗的圆柱形，采用由实验舱和资源舱组成的两舱构型。资源舱的任务是为天宫一号的飞行提供能源保障，为轨道机动提供动力，并控制飞行姿态。实验舱主要负责航天员工作、训练及生活。实验舱也是飞行器运行的核心舱，分为前锥段、圆柱段和后锥段，里面有很多电子设备。对接完成后，航天员进入全密封的前锥段和圆柱段进行工作、训练，活动、睡眠等也大多在这里进行。实验舱的后锥段是非密封的，主要安装再生生保设备。实验舱前端还安装了一个对接机构以及交会对接测量和通信设备，用于支持与飞船实现交会对接。

与天宫一号首次对接的是神舟八号飞船。神舟八号不载人，与其他七艘神舟号相比，最重要的改变是增加了交会对接功能，配置了对接机构和各种交会对接测量设备，取消了气闸舱功能。

神舟八号采用的对接机构叫作"内翻式异体同构周边"对接机构，是当前世界上口径最大、技术最先进的一种对接机构，可以把两个很重的东西连接到一起，实现组合体统一控制，中间有舱门，是航天员进出的通道。这种机构与其他三种方式相比，有两点优势。首先，对接机构是异体同构，即交会对接的两个不同航天器上安装着同样的对接机构，这就使得

"追逐飞行器"既可以做主动方又可以做被动方，对于空间救援来说是极为重要的。其次，对接机构所有定向和动力、测控部件都安装在中央舱口的四周，从而保证中央成为航天员来往的通道。这种对接机构特别复杂，零部件有几万个，光轴承就有500多个，齿轮也有400多个，轴承和齿轮之间的相互配合都是很难的，对精度要求也很高，可靠性和工艺都非常复杂，是我国最复杂的空间机构。

针对交会对接的任务，飞船系统还专门开发了一套在交会对接过程中使用的高精度测量系统，由交会对接雷达、CCD（电荷耦合器件）光学成像敏感器、电视摄像机等构成，各个距离段上的测量都由测量设备来进行支持，可以测量与目标飞行器的相对位置和相对状态。当二者在地面测控人员的操控下接近到几千米时，精确测控就要依靠这些复杂的综合测量系统了。它们可以让测控误差不超过2厘米。

天宫一号研制出来后，无论是体积还是体重，都比神舟飞船大，对火箭来说，需要的推力也要大许多。此时，距离1993年开始研制发射神舟飞船，已经过去了十几年。这十几年，中国经济飞速发展，电子产品发生了更新换代，火箭上所应用的相关电子产品发生了突飞猛进的变化。一切都说明，对火箭的改进迫在眉睫。

火箭系统总设计师荆木春在长征二号F火箭的基础上，经过170多项改进，研制出了一枚新的火箭——长征二号FT1。

为了增加火箭的推力，荆木春在保持长征二号F火箭芯级和助推器形状不变的情况下，改变了助推器内部结构，使得FT1火箭比长征二号F能多装载20多吨推进剂，满足了天宫一号的发射需求。不仅如此，FT1火箭还有许多新技术都是首次使用，其中，火箭控制系统不再用过去笨重的惯性平台，而是采用迭代制导的技术，改用了双捷联惯组，使火箭入轨的精度达到了国内最高水平。

对测控系统来说，"4船9站3中心"的测控布局，在首次载人航天飞行中逐渐为世人所知。随着交会对接任务的来临，它对测控通信覆盖率的要求更高，而目前的测控系统已经不能满足需求了。测控通信系统的总设计师钱卫平开始重新规划系统布局图。他首先对已经使用了十几年的 S 波段统一测控通信系统进行了更新换代，对各中心进行了升级改造，架构了基于 IP（互联网协议）网络的一体化试验信息系统。十几年间，远望四号、远望一号和远望二号测量船相继退役，新建的远望五号和远望六号测量船虽已经具有远洋测控能力，但数量显然没有以前那样多，加上还在服役的远望三号，只有三艘船能够参加任务。钱卫平将这三个海上移动测控站布设在关键的海域；将交会对接的时间，控制在国内各测控站可测控时间较长的测控弧段进行；在澳大利亚的当加拉，法国的奥赛盖尔、凯尔盖朗，巴西的阿尔坎特拉新建 4 座测控站。这样，"3 船 16 站 3 中心"的庞大测控规模，加上两颗数据中继卫星的高速率数据传输的优势，按照这个方案，我国的航天测控通信覆盖率已超过了 70%。

2011 年 6 月 29 日，天宫一号运抵酒泉卫星发射中心。20 多天后，7 月 21 日，美国的航天飞机"亚特兰蒂斯号"在完成最后一次飞行之后，返回佛罗里达州肯尼迪航天中心，主宰了美国航天 30 年的航天飞机时代从此宣告终结。

7 月 23 日，就在美国航天飞机完成绝唱之旅的第三天，从北京开往酒泉卫星发射中心的火箭专列抵达发射场。

天宫一号原定的发射时间是 8 月 30 日。可就在距预定发射日期只剩 12 天时，任务总指挥部突然下达了"暂停发射"的命令。此前一直保持着 100% 成功率的长征二号丙火箭在 8 月 18 日发射实践十一号 04 星时发生了故障，卫星未能进入预定轨道，在茫茫印度洋海域结束了短暂的太空旅程。

这是长征二号丙运载火箭自投入发射以来，首度出现发射故障。这次发射失利震惊了航天界，也给正在紧张进行的天宫一号发射任务带来了前所未有的压力。30多年了，酒泉卫星发射中心从没有发生过这样的事情。中心领导连夜召开紧急会议，查完全部任务记录后，证明这是一个与操作没有关系的事故。既然操作没有问题，那么就意味着火箭发动机出了故障。

长征二号丙火箭与即将发射天宫一号的长征二号F火箭同属"长征"系列，发动机也由西安的同一生产厂家生产。导致长征二号丙火箭失利的原因会不会也隐藏在长征二号F火箭上呢？载人航天工程总指挥部决定，在发射失利原因彻底查清之前，暂停天宫一号发射任务。

接下来的几天，整个发射场都笼罩在一种紧张的气氛之中。技术人员和专家们夜以继日地进行数据分析、仿真试验，终于查明了故障原因。实践十一号04星发射失利是长征二号丙运载火箭二级游机三分机与伺服机构之间的支架断裂所致。西安发动机生产厂家在拿出了对发射长征二号FT1火箭发动机和伺服机构部位的加固方案后，任务总指挥部再次对外公布：天宫一号将于9月27日至30日择机发射。

9月29日21时16分，经过漫长等待的天宫一号终于踏上征程。

就在天宫一号奔赴太空的时候，神舟八号飞船已经进场测试。神舟八号属于改进型飞船，全船600多台设备一半以上发生了技术状态的变化，实现了更新换代，性能更佳，可靠性更高。

神舟八号的发射时间是"零窗口"。神舟八号要追上在太空中高速运行的天宫一号并实现对接，它的发射时间必须根据天宫一号的运行轨迹而定。大约在发射前4小时，才能准确地根据天宫一号的运行轨迹确定神舟八号的相关发射数据。而这个数据一旦定下来，飞船必须准时发射上去。就像是太空打靶一样，神舟八号瞄准天宫一号，在天宫一号运行到距离飞船入轨点最近的时候发射升空，保证在最短时间内、最节省燃料的情况下，到达和天宫一号飞行的同一个角度和轨道面上，打到"靶心"，才能实现对接。

根据天宫一号的运行轨迹，神舟八号发射最有利的窗口时间是 11 月 1 日凌晨 6 时。

11 月 1 日 5 时 58 分 07 秒，随着零号指挥员的"点火"口令，长征二号 F 火箭腾空而起，神舟八号踏上了与天宫一号的赴约之路。10 分钟后，按照预先设置的倾角进入了预定轨道。

11 月 3 日凌晨，经过两天的太空追逐和 5 次变轨，神舟八号到达了天宫一号的运行轨道。此前，天宫一号已经从 350 千米的近圆轨道降低到 343 千米的轨道面上，并翻转 180 度，将安装着对接机构的一头朝向神舟八号的方向，迎接神舟八号的到来。

当神舟八号飞行到距离天宫一号后下方 52 千米处时，地面导引段结束，进入自主导引阶段。太空中的 52 千米微乎其微，但为了准确判断两个飞行器的运行状况，测控系统安排了 4 次观察和试探，专门设计了 5 千米、400 米、140 米和 30 米 4 个停泊点。

11 月 3 日凌晨 1 时 36 分，经历了 4 次停泊后，两个航天器到达了东风站上空，茫茫太空中上演了这样的浪漫一幕：从万里之外赶来的神舟八号以 0.2 米/秒的速度"轻吻"天宫一号，接近、捕获、缓冲、校正、拉紧、密封、刚性连接、信息能源并网一气呵成，两个紧紧相连的航天器开始了为期 14 天的组合飞行。

从交会到对接上，交会对接的使命只完成了一半；对得上，还要控得住、分得开。实现对接后，天宫一号与神舟八号组合体的控制、管理与分离同样充满风险。特别是分离能否成功，直接关系到航天员能否顺利从空间实验室或空间站撤离。

11 月 14 日晚，天宫一号与神舟八号成功实施了分离。随后，为验证测量设备对强光的抗干扰能力，两个航天器在光照区进行了第二次对接。

11 月 17 日，神舟八号飞船圆满完成了首次交会对接任务，离开天宫一号，返回地球。天宫一号则继续升高到 370 千米的运行轨道上，转入长期在轨运行，等待与神舟九号和神舟十号飞船的太空约会。

驾驶"神舟"奔"天宫"

从神舟一号到神舟七号，中国人实现了把人送入太空的梦想，但当时的飞船还不能算作天地往返的运输工具。神舟八号实现了飞船与在轨运行航天器的交会对接，真正成为运输工具。而神舟九号将通过自动、手动两种交会对接方式，把人送入空间实验室，这是对飞船作为天地往返运输工具的功能的进一步验证。可以说，手控交会对接是对航天员操作技能的极大考验。掌握了此项技术，才意味着完全掌握了交会对接技术。

2012 年，天宫一号与神舟九号载人交会对接任务正式启动。按照工程总体的要求，神舟九号飞船将载 3 名航天员在轨飞行 13 天。其中，首要任务是实施有人参与和自动相结合的交会对接。其间，还要向长期在轨飞行器运输人员和物资，为建立天地往返运输系统奠定基础。

飞船系统的总指挥尚志、总设计师张柏楠组织神舟九号飞船的研制团队根据这一特点，在对神舟八号飞行试验结果进行综合评估的基础上，找出影响神舟九号载人安全和没有经过飞行验证的新技术等方面的风险和薄弱环节，采取对现有的设计进行复核、开展专项试验验证和对飞船上的产品质量全过程控制等措施，确保飞船的质量。

神舟八号与天宫一号采用的是后向交会对接的方式，飞船在从后边追赶天宫一号的过程中实施交会对接。神舟九号将实施的前向对接、各段撤退和 140 米近距离长时间停泊等交会预案和备份措施的飞行验证，都是此次飞行将实施的新模式。研制团队在神舟八号仿真试验的基础上，根据神舟九号任务进行了新的一轮交会对接联合仿真试验，结果表明，所采用的控制策略和控制参数合理，控制精度满足要求，控制结果与神舟八号结果基本一致。

发射神舟九号飞船的是长征二号 F 火箭的第十次飞行，也是改进型的长征二号 F 火箭的第三次飞行。如何保证这枚几乎为全新状态的火箭能高可靠、高安全地完成首次载人交会对接任务，对火箭系统的研制人员来说，是一个严峻的考验。

发射神舟九号的火箭与发射天宫一号和神舟八号的两枚火箭属于组批生产，天宫一号与神舟八号首次交会对接完成后，改进型长征二号 F 运载火箭的技术状态得到了验证。与前两次任务相比，这枚火箭质量控制的重点不再是对新技术和较大技术更改项目进行风险分析与控制，而是集中在产品和工作质量本身。在研制过程中，刘宇和荆木春带领团队进行了充分的地面试验，通过调整和优化测试项目与状态，进一步提高了试验充分性、测试覆盖性，特别是增加了不少可靠性验证试验。在出厂测试阶段，火箭电气系统通电时间从原来的 30 小时提高到近 60 小时。此外，为了保证产品质量，他们在原有的质量标准上提出了"80%加严控制"的要求，也就是说，产品数值要处于设计值区间两头各减 10% 之后的范围，这样允许超差的范围更小，产品的精度更高、性能更好。原来 80% 的指标是对火箭关键单机的关键指标而言的，在这次任务中，已经推广到了整个火箭系统。

由于神舟九号和神舟十号两次任务时间接近，为了节约资源，航天员系统针对神舟九号的选拔是同时为两次任务选拔了航天员和备份航天员，在确定神舟九号航天员的同时，神舟十号航天员的初选工作也基本完成。

针对神舟九号任务的特点，交会对接技术训练是训练的重点，要求航天员能够准确地通过两个手柄驾驶飞船和目标飞行器对接到一起。当时，手控交会对接系统的设计还处在雏形阶段，航天员系统在没有现成经验和方法的情况下，首先找到相关工程人员进行了解、学习和探讨，对交会对接操作的策略及训练方法做了上千次的实验，摸索出来一套确保成功的策略和方法。

2012年4月9日，神舟九号飞船空运至发射场。6月9日，飞船、火箭和逃逸塔完成了所有技术区测试工作，转往发射区。

6月15日上午，载人航天工程总指挥部召开会议，宣布了执行神舟九号任务的航天员乘组名单：景海鹏、刘旺、刘洋。景海鹏担任指令长，刘旺主要负责手控交会对接，刘洋主要负责航天医学实验和飞行乘组生活管理。

神舟九号任务乘组选择新老搭配、男女配合的模式，这种模式可以充分发挥航天员在太空飞天的感受、飞天的体会、飞天的经验，同时能够增强乘组之间的相容性、互补性，从而最大限度地提高在太空工作的效率。要完成"百米穿针"的精准操作，从某种意义上讲，乘组之间相容性、互补性的配合比单个航天员的能力更为重要。根据这一特点，景海鹏、刘旺、刘洋经过了反复的、大量的、艰苦的、细致的训练。景海鹏这样形容他们之间配合的默契程度："我们一个眼神、一个表情、一个动作，彼此间都可以心领神会。"

景海鹏在执行神舟六号任务时就是备份梯队航天员。神舟七号太空出舱任务中，他与翟志刚、刘伯明一起完成了中国首次太空出舱活动，他坚毅果敢、沉着稳健的表现，给大家留下了深刻印象。这一次，他成为中国第一位两次出征太空的航天员。

在出征前的记者见面会上，景海鹏处处表现出一种略带成熟的幽默和轻松。他这样表述自己三次入围航天员梯队的感受："入选神六航天员梯队时，当时的心情可以用四个字来形容——非常激动。但那时的激动是一种期待、一种期盼、一种渴望，渴望自己早日飞上太空。第二次是2008年，我入选神七飞行乘组，当时的心情可以用五个字来描述——相当的激动，因为自己的梦想已经成真。第三次，也就是今天，我走进这熟悉的出征大厅，即将重返太空，此时此刻，我的心情依然非常激动。但在激动的同时，我更感受到一种责任、一种挑战、一种信任。"

刘旺是首批14名航天员中最年轻的一位，他的脸上始终挂着从容与自信。从1998年进入中国航天员大队到迎来自己的"第一飞"，他整整等待了14年。1969年出生的他，来自著名的古城山西平遥。为了"一枪中的"，刘旺在地面进行了1500多次手控交会对接模拟训练。被问及此次手控交会对接有几成把握时，他的回答是"百分之百"。

外界对神舟九号任务给予了极大关注，不仅因为中国人要在任务中实施首次手控交会对接，而且还因为中国第一位女航天员将飞向太空。

2009年5月至12月，经中央军委批准，我国实施了第二批航天员的选拔工作，从空军部队符合条件的现役飞行员中，挑选出5名男航天员和2名女航天员。这是实施载人航天工程以来，首次选拔女性航天员。

刘洋，作为我国第一位飞天的女航天员，是第二批航天员中首位参加飞行的。1978年出生的刘洋，是河南省林州市人，毕业于空军长春飞行学院，是我国的第七批飞行员，也是空军在河南省招收的首批女飞行员之一，她曾飞过战斗机、运输机等机型。进入航天员大队时，刘洋已经是她所在的飞行大队的副大队长，有过1680小时的飞行经历。

2010年年初，刘洋从空军15名备选女飞行员中脱颖而出，成为中国首批仅有的两名女航天员之一。第一次上天，就要在太空飞行13天，这对她来说肯定是个考验。女航天员参加载人航天飞行任务，填补了我国女性载人航天飞行的空白。

杨利伟第一次上天，经历了5年的艰苦训练；费俊龙、聂海胜出征太空，经历了7年训练；翟志刚、刘伯明、景海鹏太空出舱时，经历了9年训练；而这一次，再上太空的景海鹏和初次上天的刘旺都是第一批航天员，他们已经度过了14年的训练生活，景海鹏更是有丰富的太空生活经验。与他们相比，刘洋的航天员生涯还不足3年，甚至没有接受过真正的失重飞机训

挺进太空：中国载人航天纪事

神舟九号任务航天员乘组刘洋（左）与景海鹏（中）、刘旺（右）

练。但在她的脸上，看不出任何紧张和担忧，只有对飞天的无限憧憬。当所有人的目光聚焦到"中国首飞女航天员"身上时，刘洋很从容，也很淡定地说："感谢大家对我的关注，感谢祖国和人民的信任，让我能够有机会代表中国亿万女性出征太空，对此，我感到无上的光荣。使命、责任，还有对航天事业的热爱，就是我能够面对一切、战胜一切的源泉。"

从一名飞行员到一名合格的航天员，刘洋在短短两年多的时间内，经历了太多严酷的训练、太多严格的考核。从小就向往飞翔的她，对飞天的梦想和渴望超越了一切："以前当飞行员的时候，我是在天空飞行。现在当上了航天员，即将在太空飞行。这是一次更高、更远的飞行。这次太空飞行安排了大量的任务，在完成工作之余，我想多用心去体会一下太空独特的环境，多欣赏一下太空奇妙的景色，多看看我们的地球，看看我们美丽的家园。我想把工作和生活的体会详细地记录下来，与大家分享，与科研人员分享，与未来执行任务的航天员分享，希望对后续的任务有所帮助。"

6月16日15时47分，景海鹏、刘旺和刘洋走出"问天阁"。景海鹏向载人航天工程总指挥常万全报告："总指挥同志，我们奉命执行天宫一号与神舟九号载人交会对接任务，准备完毕，请指示。中国人民解放军航天大队航天员景海鹏。"

刘旺接着报告："航天员刘旺。"

"问天阁"广场第一次响起中国女航天员的声音："航天员刘洋。"

随着常万全一声"出发"的命令，广场上一片欢腾……

18时37分，长征二号F火箭腾空而起。剧烈的轰鸣声使大地颤动，双向导流槽内，橘红色烈焰和烟雾喷薄而出，如同一双巨大的翅膀，衬托出火箭强劲的动力……

初次上天，刘洋的状态一直是航天员中心的医监医保人员牵挂的核心，毕竟她只有两年多的训练经历，连失重飞机都没有体验过。发射前，刘洋的心跳一直很稳定，每分钟只有六十几次。她的状态让医监医保人员都觉得是个奇迹，同时也是一种自豪。当发射场传来零号指挥员数秒的声音时，刘洋心跳突然上升到每分钟80多次，点火的那一刻，又骤然上升到100多次。航天员系统的医监医保人员当然也注意到了这一现象，那一刻，他们真的有点紧张。好在刘洋还有两位战友在身旁，随着火箭逐渐上升，她的心跳慢慢趋于稳定，大家的表情才稍稍和缓了一些。10分钟后，船箭分离，飞船进入了预定轨道。瞬间体验到失重的刘洋有些好奇，看看两位男同伴，她开心地笑了，此时，她的心跳已经恢复到了正常。

6月17日凌晨起，北京航天飞控中心对神舟九号实施了多次变轨控制，完成抬高近地点、修正轨道面偏差、抬高远地点、轨道圆化和组合修正，控制神舟九号飞船到达距离天宫一号后下方约52千米处，为交会对接做好了准备。与此同时，地面的医监医保人员与航天员进行了首次天地通

挺进太空：中国载人航天纪事

话，得知刘洋感觉良好，大家心里紧绷的那根弦稍稍松弛了一些。在太空飞行一夜的刘洋，环球好几圈，经历了一次又一次日出日落。飞翔是一种说不出的奇妙，来自太空和地球的各种美景令她眼花缭乱，她笑得很开心。此时，她和两位同伴正在期待着交会对接时刻的到来，期待着早日打开"天宫"的大门，进入属于他们的"太空家园"。

6月18日14时14分，随着对接机构的锁紧，天宫一号与神舟九号成功实现自动交会对接。在地面科技人员的精确控制下，神舟九号经过远距离导引段变轨，于11时47分转入自主控制状态。经寻的段自主脉冲控制，12时41分抵达距天宫一号正后方约5千米停泊点。然后，飞船以自主导引控制方式逐渐向天宫一号靠近。14时01分，神舟九号飞抵距天宫一号30米的停泊点，地面对对接准备状态进行最终确认。随后，神舟九号以每秒约0.2米的相对速度向天宫一号缓缓靠拢。14时07分，神舟九号与天宫一号对接环轻轻接触，经过捕获、缓冲与校正、拉回、锁紧等技术动作，神舟九号飞船与天宫一号目标飞行器建立刚性连接，形成组合体。17时06分，景海鹏打开了返回舱舱门平衡阀和返回舱门以及天宫一号的舱门，三位航天员进入天宫一号。

在太空的日子里，3位航天员在完成繁重的科研实验之余，没忘记给地面上的工作人员和电视机前的观众表演一些"太空大戏"——骑单车飞跃千山万水，吃东西表演太空魅力。第一次值夜班的刘洋，细心地"打理"着美丽的太空家园；恰逢爱人生日的刘旺，特意带上了心爱的乐器，在太空吹响《生日快乐》歌；正值儿子中考的景海鹏，天地约定同交一份满意答卷……

转眼间，组合体已在太空度过6天时光。6月24日，是他们要进行手控交会对接的日子。3位航天员起了个大早。从凌晨5时开始，他们先是关闭上天宫一号和轨道舱的舱门，换上舱内航天服，回到返回舱。

11时05分，北京航天飞行控制中心下达了天宫一号、神舟九号分离的指令。不一会儿，对接机构解锁成功，瞬间的震动，让飞船的两枚巨大的太阳能"翅膀"上下摆动，如同展翅飞翔的雄鹰扇动着翅膀，以每秒几十厘米的速度缓缓远离天宫一号，撤离到140米的停泊点。接下来的过程，将由航天员在太空通过手柄"开着"飞船去和天宫一号对接。

指挥大厅内，再一次响起"数米"的声音：10米、9米、8米、7米、6米、5米……神舟九号飞船在刘旺的操控下，渐渐向天宫一号靠拢。没有多少人感觉到紧张和担心，因为大屏幕上显示的刘旺所控制的神舟九号飞船对接机构中心，几乎与天宫一号对接机构中心十字重叠。12时55分，浩瀚太空中，刘旺打出了一个完美的"十环"。

这次任务期间，航天员在天宫一号里生活了近10天，围绕航天员健康监测与维护技术、失重生理与细胞学效应机制、医学工效要求与评价技术三个方向，共完成了航天员系统安排的15项空间医学实验，创造了我国空

执行神舟九号任务的航天员乘组回到北京航天城，受到热烈欢迎。

挺进太空：中国载人航天纪事

间实验的多个"首次"：首次进行系统的生理学研究实验，首次探索空间环境对生物节律的影响，首次实现在轨的质量测量，首次开展药代动力学研究，首次实现航天员在轨生化指标实时检测……

在太空飞行了 13 天后，神舟九号即将踏上回家的路，飞船从天宫一号撤离时，同样以航天员手控方式进行。6 月 29 日 10 时 03 分，神舟九号返回舱成功降落在内蒙古主着陆场。至此，我国继掌握天地往返、出舱活动技术之后，载人航天三大基础性技术的最后一项——空间交会对接技术获得突破。

太空中的"好声音"

2013 年，在以习近平同志为核心的新一届党中央带领下，全国人民昂首阔步朝着中华民族伟大复兴的中国梦前进的时候，中国的载人航天飞行也进入了第十一个年头，神舟十号将在这一年发射。细心的人们发现，中国飞天的航天员将达到十位。中国的航天人欣慰地看到，中国的载人航天已从探索、突破、掌握载人航天技术开始向空间科学实验和应用试验转变，进入了他们期待已久的应用发展的崭新阶段。

神舟十号是面向载人航天长期飞行的一次应用性飞行。"应用性飞行"是相对以验证技术为主要目的的试验性飞行而言的。神舟十号的主要任务是为天宫一号在轨运营提供人员和物资往返运输服务，天地往返运输系统本身的技术验证和交会对接技术验证不再是主要目的。还有，飞船和火箭的关键技术攻关和飞行验证也已基本结束，特别是经过神舟八号和神舟九号两次飞行任务的考核，飞船和火箭的功能已经完善、完备，性能已经稳定，技术状态也基本固化。

2013 年，迟来的春天刚刚唤醒沉睡的戈壁滩，破土而出的小草还未来得及将发射场周围的大片草坪填染，一排排迎风招展的红旗，如同坚守在大漠的一队队将士，已将发射场装扮得红旗飞扬。3 月 31 日 11 时许，两架大型运输机先后在鼎新机场降落，将神舟十号飞船空运至发射场。神舟十号飞船依然采用和神舟九号飞船同样的模式：由推进舱、返回舱和轨道舱组成，高约 9 米，重约 8 吨，将运送 3 名航天员再上太空，与天宫一号交会对接。但与神舟九号不同的是，神舟十号要在轨飞行 15 天，比神舟九号多飞两天，开展更多的科学实验。

4 月 28 日上午，长征二号 F 火箭在北京生产厂房被装上火车，开始了缓慢的长途跋涉，于 5 月 2 日抵达发射场。

6 月 10 日，神舟十号与天宫一号总指挥部宣布了两个重要的决定：神舟十号于 11 日 17 时 38 分发射；航天员乘组由聂海胜、张晓光、王亚平担任，聂海胜任指令长。

15 时 30 分，"问天阁"接见大厅，挤满了前来报道神舟十号任务航天员乘组见面会的记者。聂海胜、张晓光、王亚平身着蓝色训练服，微笑着来到隔离大厅的玻璃罩内。

聂海胜是幸运的。1964 年 7 月出生的他，十年前就已随着"首飞梯队"的亮相家喻户晓。神舟六号任务中，他和费俊龙一起迎着大雪，踏上了通往太空的天梯。十年过去了，他那憨厚的笑容一点儿也没有变，稳重、朴实、谦虚，透着他作为军人的刚毅和果断、作为航天员的沉着和勇敢。聂海胜话语不多，在做自我介绍时，简洁地说："感谢大家多年以来对我的关心和支持。在这次任务中，我担任指令长，同时负责手控交会对接操作。"

张晓光 1966 年出生于辽宁锦州，1998 年入选我国第一批航天员。在空军时，他担任过空军某师某团某飞行大队中队长，飞行时间超过 1000 小时，是空军的一级飞行员。这么优秀的潜质，在航天员训练的种种挑战面前，他也曾一路"过关斩将"。但是，从神舟五号到神舟六号再到神舟七号，他都遗憾地与"飞天"擦肩而过。2009年，神舟七号任务结束后不久，我国第二批航天员选拔落幕，包括刘洋、王亚平在内的7名新成员加入到航天员队伍。已经坚持了十年训练的老一批航天员，到底还能有多少飞天的机会？但张晓光从不轻言放弃。终于，在2013年，他以优异的成绩入选神舟十号飞行乘组。他的主要任务，是担任太空授课的摄像师，配合指令长聂海胜完成飞船手控交会对接及飞船撤离等任务。

1980年出生的山东姑娘王亚平也是幸运的。作为航天员大队的幸运儿，第二批入选的5位男航天员还没有机会露面，而同期入选的女航天员刘洋已经登上了太空，王亚平也无可替代地进入神舟九号备份梯队。尽管王亚平没有成为第一位飞上太空的女航天员，但她第一次飞天就担任了中国的第一位太空授课教师，直接与6000万中小学生进行天地交流，其意义绝对不亚于神舟九号。王亚平也是目前中国航天员大队中最年轻的一位成员，此次任务中，她还将担任常规的飞行器状态监视、空间实验、设备操控和乘组生活照料。

圆梦园广场上，酷热的阳光抵挡不住人们欢送的热情。聂海胜、张晓光、王亚平向载人航天工程总指挥张又侠报告出征。

军乐队齐奏《歌唱祖国》，欢送的群众也高声歌唱，广场彩旗飘舞，鲜花如浪，欢快、激动、庄严、隆重。

6月11日17时38分，长征二号F火箭准确实现"零窗口"点火，神舟十号飞船载着聂海胜、张晓光、王亚平3位航天员和中华民族对航天梦、强国梦的不懈追求，向着早已在太空的天宫一号飞去。

6月12日，神舟十号发射的第二天，便是中华民族的传统节日——端午节。此时的3位航天员还处在追赶天宫一号的途中。13时，3位航天员身着藏蓝色工作服，端坐在神舟十号返回舱内，由聂海胜代表乘组发出祝福："今天是中华民族的传统佳节——端午节，我们向全国人民、全球华人致以节日的祝福，祝大家端午节快乐!"说完，3位航天员共同举起一块写着"端午节快乐"的字板，通过摄像头向地面送出问候。当天的午餐，也是地面人员为他们精心准备的粽子。

6月13日是神舟十号与天宫一号交会对接的日子。12时40分，神舟十号追赶到距离天宫一号400米的地方，在天链中继卫星和地面测控站联合测控下，在宇宙浩瀚的空间里，神舟十号如同一只扇动着翅膀的小鸟，向着"天宫巨人"的怀抱飞来。

13时18分，天宫一号目标飞行器与神舟十号飞船在它们起飞的地点——酒泉卫星发射中心上空相遇，对接机构接触在一起，成功实现自动交会对接。组合体稳定运行后，3位航天员再次换上舒适的工作服。16时17分，聂海胜拿着开启天宫一号的"钥匙"，成功开启了天宫一号的大门进入天宫一号，迅速接通了设置在天宫一号上的通信线路，向地面报告了自己的状态。当张晓光和王亚平也来到天宫一号后，三个人第一时间拍了一张太空中的"全家福"。

在十几天的太空生活中，3位航天员不仅要验证组合体对航天员生活、工作和健康的保障能力，做一些建造空间站的实验，而且还要完成一项特殊的任务。

6月20日，在北京人大附中的一间报告厅里和距离地球340千米外的天宫一号中，300多名中小学生和神舟十号的航天员们组成了一个特殊的天地课堂。

10时整，当北京航天飞行控制中心报告已与天宫一号建立了双向通信链路时，所有人都把目光投向了课堂的大屏幕。王亚平向地面的学生们展示了失重环境下的物体摆动、水球表面张力、陀螺旋转等物理现象，还表演了喝水等动作，她堪比老师的专业解说、比职业教师更为风趣的表演，不仅给学生和观众们带来了知识，更带来了全身心的享受和好奇心的满足。"面对浩瀚宇宙，其实我们都是学生。"王亚平独特的自信和亲和力让

2013 年 6 月 20 日，神舟十号航天员王亚平在进行太空授课

冰冷的太空充满了温情，为中国开展载人航天事业的目的做了最好的注脚——飞天梦永不失重，科学梦张力无限。

10 时 55 分，这次天地连接、生动有趣的太空课堂圆满结束。坐在北京空间信息中继传输技术研究中心指挥大厅的中心主任黄惠明、总工程师孙宝升和满座的技术人员，这才稍稍地松了口气。

"太空讲堂"每持续一秒，天宫一号就在太空移动 7800 米；王亚平的一颦一笑、一举一动，都可能横跨了好几百千米。要保证 45 分钟空中课堂不间断天地传输、每一帧画面都清晰稳定，对中国航天测控网是一次全新的挑战。

2008 年和 2011 年，我国相继发射了天链一号数据中继卫星的 01、02 星，天链一号的 03 星也在 2012 年发射成功。3 颗中继卫星在这次任务中的一起亮相，标志着我国第一代数据中继卫星系统全球组网运行。从此，我国有了比较完整的"陆基、海基、天基"一体的测控通信系统，航天测控实现了低轨道 80% 的覆盖率，为载人航天工程向深空挺进提供了有力的保障。

举重若轻的太空授课，不仅展现了我国的科技实力，展示了中国人的智慧和幽默，更播下了探索未来的种子。这次太空授课之前，现年 62 岁的世界首位"太空教师"——NASA（美国国家航空航天局）前航天员芭芭拉·摩根向远在太空执行任务的王亚平致信，对王亚平担任中国首位太空授课教师给予了热切期盼和鼓励。6 月 20 日，王亚平完成太空授课后，在天宫一号上，通过电子邮件向芭芭拉·摩根发去回信，表达感谢和愿望。她在信中说："太空寄托着人类美好的向往，知识是走向太空的阶梯。我们愿与您一道为开启全世界青少年朋友热爱科学、探索宇宙的梦想共同努力。"

自从神舟九号任务中，刘旺成为我国第一个"开飞船"的航天员之后，聂海胜要再次验证手控交会对接这项技术。6 月 23 日 8 时 26 分，聂海胜手动控制神舟十号与天宫一号分离，并将飞船撤至与天宫一号相隔一定距离的地方。在北京航天飞行控制中心对两个航天器飞行状态进行全面检查确认后，聂海胜操作手柄，控制神舟十号飞船向天宫一号目标飞行器缓缓接近，张晓光、王亚平密切监视飞船仪表参数和对接靶标。10 时整，神舟十号与天宫一号对接环接触。10 时 07 分，两个飞行器成功连接成组合体。13 时 09 分，3 名航天员再次进入天宫一号，地面指挥大厅接收到他们来自太空的报告："我们已经顺利完成手控交会对接，再次进入天宫。"

6 月 25 日，3 位航天员已在天宫一号生活了 12 个日日夜夜，这天是他们在太空的最后一天。凌晨时分，3 位航天员同地面科研人员天地协同开展工作，撤收放置在天宫一号舱内的试验装置和重要物品，开始倒计时与天宫告别。5 时 07 分，航天员关闭天宫一号实验舱舱门，回到神舟十号返回舱内。7 时 05 分，组合体顺利分离。

两个飞行器分离之后，神舟十号飞船还有这次太空飞行的最后一项任务——绕飞。由于未来空间站的核心舱、实验舱以及飞船都将分别发射，因此必须通过"绕飞"技术，在不同方向上使载人飞船、货运飞船与核心舱进行对接。

天宫一号以 7.9 千米/秒的第一宇宙速度在飞行，虽然神舟十号飞船与它的相对运动速度较小，但绝对速度很大，而且两者是在同一个轨道上。所以，飞船要想实现"绕飞"，就必须进行变轨。

在北京航天飞行控制中心的控制下，神舟十号撤离到了距天宫一号一

2013 年 6 月 10 日，神舟十号航天员王亚平、聂海胜、张晓光（从左至右）在酒泉卫星发射中心与媒体见面。

定距离的地方，按照预定程序进行变轨控制，从天宫一号上方绕飞至其后方，然后转为正飞姿态，天宫一号则转为倒飞姿态。这时，地面技术人员控制神舟十号逐渐接近天宫一号，顺利完成近距离交会对接。自动绕飞试验实施期间，聂海胜、张晓光和王亚平在飞船返回舱值守，神情镇定地密切监视飞船仪表上的各种数据，及时准确地向地面报告试验进展情况。

6月26日清晨，神舟十号飞船圆满完成了各项预定任务，在美丽的巨型降落伞的护送下，于内蒙古主着陆场成功返回。

10名航天员，10艘神舟飞船，见证了中国载人航天工程腾飞的历程，也书写着中国飞天梦圆的华丽篇章，更宣告着我国载人航天工程第二步第一阶段任务完美收官。

送别神舟十号，天宫一号也完成了自己的历史使命。然而，一年九个月太空飞行的丰富实践，数十项空间科学实验的反复历练，携带有效载荷的良好状态，让空间应用系统的研制人员产生了一个新的想法。

空间应用系统总指挥高铭、总设计师赵光恒等专家，在对天宫一号进行全方位的审检评估后，决定让它在太空中继续发挥余热。

高光谱成像仪继续在遥远的太空深情地守望着祖国大地，并不时传回高质量图像数据，相关数据应用到矿产和油气资源调查、海洋应用、林业应用、土地利用检测、城市环境监测等领域，产生了一大批有价值的应用研究成果。同时，高光谱成像仪还参加了澳大利亚火灾、浙江余姚水灾以及云南鲁甸地震等应急监测，为相关部门应急救灾和灾后评估提供了数据支撑。特别是在驰援澳大利亚森林火灾扑救工作中，进行了为期一周的灾情监测，凭借其"火眼金睛"准确判断火灾区域范围一次，确认重大隐患点两个，其优异的表现，获得了澳方的称赞。此外，空间应用系统在天宫一号上部署的空间环境和空间物理探测"哨兵"，时时监测着航天器舱外各个方向电子、质子等粒子的强度和能谱，监测着轨道大气密度、成分、微质量及其时空分布变化，始终尽心尽力地守护着天宫一号的安全。

三年之后，2016 年 3 月 16 日凌晨 5 时左右，天宫一号完成了最后的使命，静静地踏上了归途。而随着这三次空间交会对接的相继成功，独立自主的中国航天人已叩响了"空间站时代"的大门。

第七章 天上宫阙

海南岛建起了飞天港

2001 年 11 月 22 日清晨，北京北三环中路，一座简朴的办公楼内。中国载人航天工程的总设计师王永志站在办公室里，久久地凝视着一张巨大的中国地图，他在寻找一个叫作"文昌"的地方。

就在这一天，国务院新闻办公室发布了《中国的航天》白皮书。这本《中国的航天》白皮书中，描绘了一幅中国新一代大型运载火箭的发展蓝图：要全面提高中国运载火箭的整体水平和能力，开发新一代无毒、无污染、高性能和低成本的运载火箭，建成新一代运载火箭型谱系列。其中，120 吨液氧煤油发动机和 50 吨液氢液氧发动机，作为新一代大型运载火箭的基础动力名列其中。

王永志既激动又不安。尽管中国已拥有了可以载人的"金牌"火箭，但对于新一代火箭，毫无研制和生产经验。而且，新的火箭从哪里飞向太空，都需要王永志这位总设计师运筹帷幄。要挑起如此重的担子，怎么才能不辱使命？王永志一直在思考。

火箭发动机是迄今为止实现宇宙飞行的唯一动力装置，世界各航天大国无一例外，都是从研制液体火箭发动机起步的。但随着载人航天技术的

195

2016 年 10 月 28 日，长征五号转运至文昌航天发射场

深入推进，大型运载火箭和天地往返系统的研究，成为航天技术的优先领域。为了提高进入空间的能力，世界各航天大国都在寻求一种高性能、廉价、无毒、无污染和便于维护使用的运载工具及其发动机。

按照这一目标，酒泉、太原、西昌3个航天发射场，其地理位置在大直径火箭运输、火箭飞行残骸落区安全等方面均不满足新一代运载火箭的要求，迫切需要选址再建一座发射场。

王永志的目光，在"文昌"这个地名前停下了。

海南一直是航天专家们青睐的地方。这里是离赤道最近、纬度最低的地方，借助接近赤道的离心力，可以使火箭燃料消耗降低，卫星寿命延长，还可以通过海运解决巨型火箭运输难题和提升残骸坠落的安全性。

20世纪70年代，我国在筹划布局航天发射场时，新中国的第一代航天人就曾经把海南岛列为最佳选址之一，但鉴于当时冷战的国际环境，沿海地区很容易受到外国军队的攻击占领，我国最终放弃了这一打算，而将三大发射中心选在了地处"三线"的酒泉、西昌和太原。

海南建省后，将航天事业作为筹划的重点。1988年，中国第一座用于科学研究的探空火箭发射场在海南建成，在这里成功发射了多颗"织女"系列火箭。1994年，海南省政府将建立航天基地的设想写进了《海南省"九五"科技发展规划》中，并请来数十位航天专家，对在海南建设航天港进行了概念性论证、初步可行性论证和可行性研究论证。

2002年3月，总装备部成立了由17个单位60余名专家组成的新一代运载火箭发射场建设论证组。论证组对海南省可选地址文昌、陵水和东方等地，进行了空中和地面的立体勘测。3年时间过去了，经过周密的分析、比较、论证，综合地理纬度、发射安全、场区环境、建设规划等各方面技术因素，专家们一致推荐将文昌市的龙楼镇作为新发射场场址。

航天发射场选在文昌，有着得天独厚的地理优势。理由有三：一是纬度低、发射效费比高，同等条件下能够明显提升地球同步轨道卫星运载能力，延长卫星使用寿命；二是射向宽、安全性好，火箭射向 1000 千米范围内均为海域，火箭残骸落区均在海上，可以满足安全性的要求；三是海运便捷、可行性强，可以解决由于新一代运载火箭直径大、现有铁路和空运均无法运输的难题。

过去，火箭从完成生产到运送到发射场，全部依靠铁路。但由于中国铁路隧道直径限制，超过 3.5 米直径的火箭无法运抵内陆发射场进行发射，对我国超大型航天器研制和发射形成了严重制约。发射场选在海南，火箭就可以通过水路运输。届时，火箭装载运输船从天津港出发，经渤海、黄海、东海、台湾海峡、南海、琼州海峡等海域，直达海南文昌清澜港。清澜港是国家一级开放口岸、海南第二大渔港。火箭到达清澜港后，再通过公路运至发射场。

2007 年 8 月，中央专委正式做出决定，并经国务院和中央军委批准，在海南文昌建设我国新一代航天发射场。中央的要求是：将新发射场建成开放的、利于国际合作的、生态环保的、带动科普旅游与区域经济发展的、世界一流的现代化新型发射场。

文昌航天发射场建成使用后，酒泉卫星发射中心将承担返回式卫星、载人航天工程等发射任务，太原卫星发射中心主要承担太阳同步轨道卫星发射任务，西昌卫星发射中心主要承担应急发射任务，四大发射中心将形成互补关系。

2009 年 9 月 14 日，文昌航天发射场正式奠基。

上万名工程技术人员、建筑工人和解放军官兵离别家乡和亲人，长途跋涉几千里，在椰林深处摆开了战天斗地、亮剑争锋的广阔战场。承担文昌航天发射场设计和建设任务的北京特种工程设计研究院、北京某特种工程技术安装总队和 9 家国家特级企业，以及海南当地负责配套建设市政道路、港口码头、供水供电等基础设施的单位，带着"决战决胜"的必胜信心，浩浩荡荡地举着红旗挺进距离海边仅 800 米的地方……

高温、高湿、高盐雾、强降雨、强台风、强雷暴……参建人员承受了常人难以想象的身心挑战。在海岛施工的过程中，许多意想不到的困难一个接着一个，强烈的紫外线使不少人皮肤被灼伤，大块大块地脱皮；施工人员的帐篷一次次被台风掀翻……工程几乎到了进展不下去的地步。

　　困难是一块石头，对于弱者，它是绊脚石；对于强者，它却是铺路石。在困难面前，各施工单位没有退缩，而是以高度的责任感和强烈的使命感投入工程建设中，他们不惧酷暑，攻坚克难，连续奋战，将综合控制与防护技术运用到施工中，攻克了地基止水、建筑抗风、防腐防雷等一系列工程施工技术难题，实现了复杂自然条件下重大工程建设的突破。

　　在建设过程中，文昌航天发射场将当今世界航天领域最先进的设计理念和最新技术，包括信息化、智能化、环保诉求等创新元素都融入发射场设计、建设的全过程，最终建成的是一个综合发射能力强，安全性、可靠性和信息化程度高，生态环保、世界一流的现代化新型航天发射场。

　　5年时间过去了，原本一览无余的原野上，一座座可与雄鹰比高的建筑物、构筑物拔地而起，次第登场。建成后的文昌航天发射场占地16000余亩，由测试发射、测量控制、通信、气象、技术勤务保障五大部分组成，拥有长征五号和长征七号两枚运载火箭发射工位、垂直总装测试厂房和水平转载测试厂房、航天器总装测试厂房、航天器加注扣罩厂房、指挥控制中心等，是一座发射能力强、运载效率高、射向范围宽、安全可靠、生态环保的现代化新型航天发射场，可承担地球同步轨道卫星、大质量极轨卫星、大吨位空间站和深空探测卫星等航天器的发射任务。

　　2014年6月30日，海南已是盛夏。清晨，迎着耀眼的阳光，头戴安全帽、身绑安全带的技师们，在高度80多米的发射塔架顶端，将吊装的塔构件一一组装到位，拧紧了最后一颗螺丝帽。发射场最重要的建筑，用于发射长征五号、长征七号两枚重型号火箭的发射工位建设完毕，现场一片欢呼声。

盛大的移交仪式上，北京某特种工程技术安装总队的领导将一把沉甸甸的金钥匙移交给文昌建设指挥部，文昌建设指挥部又将钥匙移交给文昌发测站，长征五号、长征七号两枚火箭发射工位正式交付使用。4 个月之后，总装备部交工验收委员会来到文昌，以合格率和优良率全部优秀的成绩通过了验收。

　　2015 年 2 月 8 日，长征七号火箭合练正式开始，分单元测试、船罩组

2016 年 11 月 3 日，我国最大推力新一代运载火箭长征五号，在中国文昌航天发射场点火升空，约 30 分钟后，载荷组合体与火箭成功分离，进入预定轨道，长征五号运载火箭首次发射任务取得圆满成功

装、火箭吊装、船罩组合体转运、船箭对接、总检查测试、加注泄回、模拟发射、应急演练……这次协调接口、确定状态、锻炼队伍、形成能力的大会战足足进行了100多天。长征七号经受住了发射场自然环境条件的考核，进行了与有效载荷的接口匹配，与全模块垂直总装、与新型活动发射平台的匹配，顺利通过了低温推进剂从加注、停放到泄出的全过程考验。由于长征七号采用的是全三维设计，所以，相比其他型号火箭，在发射场发生的问题大幅减少，特别是机械对接方面没有出现质量问题，长征七号顺利地通过了考核。

2015年9月至2016年1月，文昌发射场又完成了长征五号火箭的合练任务，同样过程顺利、成绩优异。经过这两次合练任务的考验，文昌发射场的功能日臻完善，已完全具备了实战发射的能力。

2016年11月3日，我国最大推力的新一代运载火箭长征五号，在文昌发射场点火升空，约30分钟后，载荷组合体与火箭成功分离，进入预定轨道。至此，我国重型运载火箭关键技术获得突破，中国航天事业迈入了崭新的大火箭时代。

长征七号， 天地运输的新动力

建设空间站，有许多技术难关需要突破，首先要解决的是运载工具的问题。20世纪的火箭基本上是从远程导弹的武器库里走出来的，虽然各国结合自己的情况进行了不少改造，但不能从根本上脱离武器技术的约束。20世纪90年代初，国际航天界提出新一代运载火箭应该贯彻低成本、高可靠、无污染的三条原则，受到各国航天界的赞同。这三条原则也进入了王永志和中国航天科学家的视野当中。

20 世纪 80 年代末，随着人类探索宇宙的不断深入，世界主要航天强国纷纷推出了新一代大型运载火箭，比如美国的"德尔塔 4 号"和"宇宙神 5 号"、欧洲的"阿里安 5 号"，这些火箭多采用 5 米左右大直径，少级数，运载能力全面超越我国的现役火箭。因为受到铁路运输的限制，我国现役运载火箭最大直径仅为 3.35 米，"长征"系列运载火箭地球同步转移轨道运载能力最大仅能达到 5 吨级，与 12 吨级的国际主流水平运载能力相比差距很大，制约了我国空间技术的发展。

1985 年夏末，中国宇航学会代表大会在北京召开。国务院第一招待所会议室里，航天专家们会聚一堂，共谋航天发展大计。任新民、梁守槃等航天元老发言结束后，时任航天部 067 基地主任张贵田，忽然站起身来，提出了一个他思考已久的设想："长征"系列运载火箭是我们的优势，但与世界先进国家相比，也只相当于人家 70 年代的水平。单就火箭动力系统看，我们的发动机推力小，循环方式落后，性能低，采用有毒有污染的推进剂，这与发达国家相比有很大差距。中国航天要想在未来世界占有一席之地，就要尽快研制新一代火箭发动机，而且要高起点、高标准，向国际一流水平看齐。

航天部 067 基地创建于 1965 年，是我国液体火箭发动机研制中心和专业抓总单位，承担着为我国运载火箭和武器提供液体火箭发动机的重任，被誉为"中国航天动力之乡"。

1931 年出生的张贵田院士是我国液体火箭发动机技术的主要开拓者和技术带头人之一。张贵田的发言不是空穴来风，就在这次会议召开的前一年，他就带领科研人员和有关单位一起对液氧烃类发动机进行了先期的探索研究。

张贵田的建议受到了时任航空航天部副部长刘纪原的重视。不久后，国家 863 计划监督委员会便明确提出航天动力系统推进剂的选用问题。随后，067 基地与"863"计划专家组签订了研究液氧烃推进剂发动机作为未来大型运载火箭和天地往返系统动力装置的概念研究和可行性论证的合同。从此，067基地探索未来大型运载火箭发动机的研究工作步入了正轨，同时也拉开了我国液体火箭发动机技术向世界前沿水平挺进的序幕。

用液氧烃作为推进剂只是一个宏观的概念，要知道烃类家族中产品种类很多，常用的有丙烷、甲烷、煤油等，到底选择哪一种最为合适？从1986年9月开始，三年里，研究人员除了进行理论分析和研究外，进行了10次液氧烃燃料的点火燃烧试验。经过比较，液氧煤油越来越清晰地进入人们的视野当中。

正当张贵田雄心勃勃地准备将液氧煤油发动机作为未来发展的方向时，却遭到了国内外专家们的异议。当时，液氧煤油发动机是世界航天动力领域的珠穆朗玛峰，只有苏联掌握了设计制造技术，就连美国试了几次都没有成功，不得不放弃了这一计划。而我国科技基础研究还很薄弱，要研制出这样的发动机很难，不论是在设计方面，还是在材料、工艺方面，都很难突破这些关键技术。国外的专家甚至说，即使中国能把高压补燃液氧煤油发动机设计出来，也无法制造出来。

高压补燃液氧煤油发动机不仅采用的推进剂、循环方式与常规发动机不同，而且在最高压力、涡轮功率、推进剂流量等设计参数上，也比现有发动机高出数倍，在推力吨位、性能及可靠性方面比常规发动机有大幅度的提高，因此必须在结构设计、材料、工艺、试验等多个方面采用一系列的先进技术，这就大大增加了发动机的研制难度。苏联在这种发动机研制期间，共进行了392次热试车，用了137台发动机，耗费工作时间达到97000秒。

面对种种质疑，张贵田知难而进，下决心要搞出这种顶尖的发动机——高压补燃液氧煤油发动机。通过一次次论证和专家组评审，张贵田的一份"向高峰冲刺"的计划出炉了。

1998年，随着关键技术的相继突破，液氧煤油发动机的最后研制目标——发生器-涡轮泵联动试验水到渠成。与此同时，屠守锷、梁守槃、梁思礼和张贵田4位院士联名向工程总指挥部递交了一份《关于大型液氧煤油发动机立项研制的建议》。建议中说："在新一代运载火箭系列的研制中，发动机要先行。液体火箭发动机是运载火箭的心脏和技术基础。我国的航天技术发展历史表明，正是由于60年代开始研制的远程火箭发动机，才有可能发展出'长征'系列运载火箭。对此，应当立即组织开展百吨级的大型液氧煤油发动机的研制……"

这份建议受到了总指挥部的高度重视，并立即组织了调研论证。

1998年3月25日，液氧煤油发动机研制被摆到了中国航天工业总公司的会议桌上。总经理刘纪原亲自主持会议，研究液氧煤油发动机的研制问题。

2000年4月，国防科工委将液氧煤油发动机立项报告呈送国务院。一个月后，国务院正式批准液氧煤油发动机工程立项。12月4日，067基地召开了液氧煤油发动机研制工作会议。"雷凡培为第一责任人，谭永华为直接责任人，张贵田为技术总指挥……"随着这份名单的公布，液氧煤油发动机研制的帷幕正式拉开。

对液体火箭发动机来说，启动和关机是最复杂、最难设计的动态过程，尤其是启动过程，在零点几秒的时间内，发动机的转动件要从不转动加速到每秒几万转的高转速，燃烧组件要从几十摄氏度的环境温度达到3000多摄氏度的高温，启动过程的每个指令都必须精确到百分之几秒甚至千分之几秒，任何一个环节设计有偏差，都可能导致发动机出现故障，甚至发生爆炸。

在液氧煤油发动机整机研制初期，启动问题就是摆在研制人员面前的第一道难关，也是最大的难关。在最初的几次整机试车中，都以失败告终。外界的猜疑声渐渐传到了研制人员的耳朵里。靠我们自己的力量，到底行不行呢？研制人员的压力越来越大。为了找到问题的根源，他们千方百计收集资料，绞尽脑汁寻找故障的症结，利用模拟技术研究启动失败和爆炸的过程……经过近半年紧张激烈的艰苦攻关，终于摸清了试车失败的根源和机理。紧接着，他们在此基础上，通过对各种方案和程序的组合进行仿真优化，最终选定了最理想的启动方案和启动程序。

又一次整机试车开始了。发动机启动平稳，工作正常，按预定程序关机，启动过程与仿真结合准确吻合。液氧煤油发动机终于跨过了启动的难关，研制工作迈出了关键性的一步。这台我国拥有完全自主知识产权，凝聚着无数航天人心血和智慧的发动机，不负众望地创造了令人骄傲的几十个"第一"，其中包括国内第一个在大型液体火箭发动机上采用大范围推力调节技术，国内首次将启动过程仿真技术运用于火箭发动机设计……

2004年4月，国际空间法研讨会召开，来自世界20个国家的近百位知名空间法专家与空间技术专家会聚一堂。中国运载火箭技术研究院在会上阐述了中国航天运输系统未来发展的方向：一是改进现有的一次性运载火箭；二是研制新一代运载火箭；三是开发新概念航天运输系统，满足未来航天发展战略的需要。考虑到中国现实国情和航天技术水平，在今后相当长的时间内，中国的对内对外主要航天器发射工具还是"长征"系列火箭。为了满足中国空间应用、载人航天、月球探测等任务对运载火箭的要求，同时保持中国在未来10年内运载火箭在国际上的竞争能力，必须对现有的运载火箭系列进行适应性改进。改进的内容，包括火箭的结构、电气系统和发射支持系统，降低火箭的设计生产成本和发射成本，提高可靠性和缩短发射周期。

我国无毒、无污染发动机点火试车成功后，王永志就适时地向火箭系统提出换用液氧煤油发动机研制长征二号F/H火箭的建议。液氧煤油发动机具有在装箭前可点火试车检测的特性，而且推力大，用它作为动力装置，不仅可消除火箭发动机不可检测的固有安全隐患，还可以将火箭的运载能力由8吨提高到14吨。如果形成批量生产，成本将进一步降低，可靠性也会得到提升。因此，王永志主张将长征二号F/H火箭的研制列入空间站工程实施方案。

这枚火箭被命名为长征七号。

长征七号，这个名字给总设计师范瑞祥带来了巨大的压力。范瑞祥曾参加过长征二号 F 火箭的研制，还是长征二号丙系列火箭第四任总设计师，长期在火箭研制队伍中摸爬滚打，可是这次，横亘在范瑞祥面前的不仅仅是高强度的工作，还有一项项亟待攻克的技术难题。

2008 年 11 月，组建型号研制队伍，组织方案论证；2009 年 1 月，成立型号办公室；2010 年 5 月，通过火箭研制方案阶段评审；2011 年 1 月，长征七号火箭研制正式立项。运载能力 13.5 吨、采用液氧煤油燃料、全三维数字化……范瑞祥他们定下了火箭的运载能力、推进剂类型、设计制造手段等核心内容。历经方案、初样、试样研制，2011 年 7 月，长征七号转入初样研制阶段。在这个阶段，所有的关键技术都要取得突破，所有器件都要经过地面试验考核。

长征七号还有很多"特殊要求"，尤其是为了适应海南"高温、高湿、高盐雾"和"强台风、强降雨、强雷暴"的特殊气候环境，防水设计渗透到每个细节、"防风减载装置"可抗 8 级大风、新"三垂一远"缩短发射占位……采取的新技术越多，要攻克的技术难题就越多，工作难度就更大。范瑞祥对技术的要求苛刻到极致："进度服从质量，火箭首先要保证 0.98 的高可靠性，达到国内外一流水平。"

2015 年，长征七号火箭完成初样研制，范瑞祥用了几个"新"来概括他亲手托起的这枚火箭。新动力，长征七号采用高压补燃液氧煤油发动机，6 台并联工作，起飞推力达到现役火箭的 1.5 倍，实现了我国火箭的跨越式发展。此外，液氧和煤油燃烧后产生的二氧化碳和水，不会对环境造成任何污染。新布局，长征七号的助推器长约 27 米，接近我国现役火箭助推器的 2 倍。长征七号对火箭的设计进行了全面更新，创造性地采用上、中、下三支点捆绑技术，改善了力学特性。新环境，长征七号飞行最大热流密度达到现役火箭的 1.5 倍，这给火箭的防热设计带来严峻考验。新结构，长征七号采用 VR（虚拟现实）技术和全三维设计制造技术，应用高效率的等边三角形网格结构，提升了我国运载火箭的研制生产水平。新体制，为实现载人航天工程的高可靠性，长征七号采用具有备份保障的成熟控制体制，同时利用测量船、测控站和中继卫星进行多重测控。新测发，采用新"三垂一远"测发模式，即垂直总装、垂直测试、垂直转场、远距离控制。新型活动发射平台，可实现火箭和设备整体转运，到达发射工位后简单测试即可点火发射，大大缩短发射占位时间，增强了运载火箭的发射适应性。

2016 年 5 月 8 日，历经航天人 8 年磨砺的长征七号火箭从天津港出发，首次以海运的方式运往海南文昌发射场；5 月 23 日，长征七号火箭完成垂直总装；6 月 22 日，长征七号火箭垂直转运至发射塔架……

6 月 25 日，夜幕降临，发射塔架明亮的灯光照耀下的长征七号火箭熠熠生辉。发射窗口瞄准 20 时，时间一点一点临近了，调度里传来指挥员倒计时的口令，紧张的气氛令躁动的观看发射人群安静下来。20 时整，伴随着震耳欲聋的发动机轰鸣声，长征七号腾空而起，向着无尽的夜空奔去。

人群顷刻之间沸腾了，热烈的掌声和疯狂的呐喊声经久不息。当人们呼喊着"祖国万岁""航天加油"的时候，多少见证了发射场从无到有的建设者，却望着腾飞的火箭激动得流下热泪，一句话也说不出来。

6 分钟后，火箭飞向太平洋上空，即将进入远望五号的测控视线，甲板上，直径 12 米的巨大天线平稳转动，稳稳地指向火箭飞出地平线的方向。603 秒后，载荷组合体与火箭成功分离，进入近地点 200 千米、远地点 394 千米的椭圆轨道。20 时 22 分，北京航天飞行控制中心的大屏幕上画面一转，打出一行鲜红大字："长征七号运载火箭首次飞行任务取得圆满成功！"

6 月 26 日，蓝天白云之间，一个黑点由远及近，红白相间的稳定伞张开。在太空中巡游 13 圈以后，搭乘长征七号运载火箭升空的多用途飞船缩比返回舱在距地面约 170 千米高度，与上面级进行分离，进入返回轨道。这次任务，缩比返回舱首次采用弹道方式返回，这意味着在和上面级分离后，飞行控制中心不再对缩比返回舱进行控制，缩比返回舱依靠分离时的速度和姿态返回着陆。晴空之下，高 2.3 米、重约 2.6 吨的缩比返回舱的身姿越发清晰，倒锥形的身躯如同一颗射出枪膛的子弹，刺向茫茫戈壁。

这是我国第一次在载人航天工程中启用东风着陆场。15 时 41 分，缩比返回舱降落在东风着陆场西南戈壁区。这片戈壁大漠，迎来了首位天外来客。

入驻"太空新家园"

作为载人航天工程"三步走"战略第二步第二阶段的关键，天宫二号是我国首个正式的空间实验室平台和面向中期驻留的大型航天器。未来建立空间站，在轨维修、太空加注、舱外观测等等，都需要在天宫二号中逐步完善。因此，天宫二号可以说是中国载人航天迈向空间站时代的跳板。

2012 年，中国空间技术研究院年轻的专家朱枞鹏被任命为空间实验室系统总设计师，负责天宫二号的总体设计。1993 年，30 岁的朱枞鹏从哈尔滨工业大学研究生毕业后，进入中国空间技术研究院，成为我国新一代航天人。

天宫二号主要完成三大目标：一是接受神舟十一号载人飞船的访问，完成航天员 30 天的中期在轨驻留任务，考核面向长期飞行的乘组生活、健康和工作保障等相关技术；二是接受我国首艘货运飞船天舟一号的访问，验证推进剂在轨补加技术；三是开展大规模空间科学和应用实验以及在轨维修和空间站技术验证等试验。

朱枞鹏带领研制人员围绕任务对天宫二号完成了很多新的设计改进。天宫二号空间实验室依然采用实验舱和资源舱两舱构型，但在此基础上，实验舱增加了在轨维修试验系统和舱外观测平台，资源舱增加了推进剂补加系统。天宫二号最主要的改变是配备了智能化的"大脑"，通过一套控制计算机系统和操作系统，可自主进行航天器飞行轨道、姿态调整、运行状态的智能化诊断。

2016 年 8 月 6 日下午，发射天宫二号的长征二号 FT2 火箭和发射神舟十一号飞船的长征二号 F 火箭一同被运进发射场。载人航天工程有史以来的最长专列，在茫茫大漠中连接成一条"长龙"，成为大漠难得一见的壮观场景。

9 月 15 日，月朗风清的中秋之夜，大漠深处的酒泉卫星发射中心，今夜无人入睡。团圆与飞天，两个在龙的传人心灵深处流淌的梦想即将在这里交汇，千年流淌的弱水河将又一次目睹中国"天宫"的壮美出征。

22 时 04 分，伴随着巨大的轰鸣声，天宫二号在长征二号 FT2 火箭的托举下，带着中华儿女的期盼，拔地而起，奔向苍穹。7 分钟后，总调度的声音传来："天宫二号已进入近地点高度 200 千米、远地点高度 347 千米的预定轨道……"至此，中国人终于有了第一个真正意义上的空间实验室，太空中迎来一个升级版的中国"家"。

9 月 16 日，在北京航天飞行控制中心技术人员的精确控制下，天宫二号成功实施了两次轨道控制，进入测试轨道。这次任务中，调整了轨道控制策略和飞行程序，将交会对接轨道和返回轨道高度由 343 千米提高到 393 千米。10 天后，天宫二号又完成两次轨道控制，调整至距地面 393 千米的轨道上，静静地等待着神舟十一号的到来。

10 月 16 日，金秋的东风航天城秋高气爽。神舟十一号任务总指挥部公布了执行神舟十一号飞行任务的航天员乘组名单：景海鹏和陈冬。随

即，例行的航天员与媒体记者见面会便在航天员入住的"问天阁"隔离大厅举行。现场数百家中外媒体共同见证了这一特殊的时刻。

第三次挂帅出征的景海鹏看上去神采奕奕，在 2008 年和 2012 年，他曾经参加过神舟七号和神舟九号载人飞行任务，在神舟十一号载人飞行任务中，他是指令长。河南籍小伙陈冬显得很帅气，1978 年 12 月出生的他是 2010 年入选我国航天员大队的第二批航天员。

10 月 17 日 4 时 40 分，景海鹏和陈冬踏着浓浓的月色，缓缓走出"问天阁"出征通道。今天，他们将从这里启程，奔赴浩瀚太空。这一次，他们要创我国载人航天工程史上在太空中驻留时间最长的纪录——33 天；这一次，他们要在太空中开展多项具有突破性意义的空间实验。

　　在我国航天事业创建 60 周年之际，勇士们再一次携带国人的梦想问鼎苍穹。7 时 30 分，承载着神舟十一号飞船的长征二号 F 火箭冲天而起，把一团橘红色的烈焰留在了湛蓝的大漠长空。

　　此刻，与发射场相距千里的太平洋上，远望七号船早已进入待命状态，坚守飞船入轨海上测控的第一站。7 月 12 日，中国航海日的那天，远望七号正式加入"远望号"测量船队。

2016 年 10 月 17 日 7 时 30 分，神舟十一号载人飞船在酒泉卫星发射中心成功发射

在火箭升空 9 分 45 秒后，远望七号船将北京航天飞行控制中心传来的"太阳帆板展开"指令注入飞船，这是远望七号向飞船发出的第一个极其关键的指令。此后神舟十一号飞船正式开始了它长达 33 天的太空探索之旅。

19 日凌晨，经过多次变轨，神舟十一号飞船成功寻找到天宫二号，并在自主导引控制下来到距离天宫二号 5000 米的地方。为了更好地完成交会对接，科研人员专门设置了 4 个停泊点——5000 米、400 米、120 米和 30 米。经过这 4 次停泊后，两个航天器越来越近。捕获、缓冲、拉近、锁紧，中国式的"太空之吻"在暂停 3 年之后，再次上演。这一刻，是 19 日的凌晨 3 时 24 分。

6 时 32 分，两名航天员以飘浮姿态进入星辰大海中属于中国人的"太空之家"。景海鹏惊喜地发现，比起自己四年前入住的天宫一号，天宫二号内部有了很大改观。为营造更人性化的居住条件，天宫二号舱内色彩、光线、降噪等都做了人性化的环境布置，不仅铺设了地板，安装了可手动调节亮度的米黄色灯，为每位航天员增加了床头灯，还设置了一个多功能小平台，可以写字、吃饭、做科学实验。此外，实验舱内还配备了蓝牙耳机和蓝牙音箱，便于航天员与地面进行通信联络。景海鹏通过新华社发表了第一篇太空日记，他在日记中说：这是自己第三次上天，两次进入"天宫"。天宫一号比较舒服，天宫二号更舒服，布局、装修、颜色搭配都非常好，一切都很温馨，真的像是太空中的一个家。

10 月 20 日，在北京航天飞行控制中心的精确控制下，天宫二号与神舟十一号完成了组合体飞行期间的首次轨道维持，降低了轨道高度。22 时 21 分，地面飞控人员发送指令，天宫神舟组合体调整飞行姿态，由天宫在前神舟在后的姿态，转为天宫在后神舟在前的姿态。

10 月 23 日 7 时 31 分，为进一步验证小卫星的在轨释放、驻留和伴飞技术，天宫二号成功地释放了一颗伴随卫星。这颗伴随卫星属于新一代先进微小卫星，具备高效轨道控制、灵活姿态指向、智能任务序列处理和天地测控通信高速数传的能力，比 8 年前的神舟七号伴随卫星体积更小、能力更强。10 月 24 日，景海鹏 50 岁生日那天，伴随卫星装载的红外相机将天宫神舟组合体首张图像传回地面。10 月 25 日，另一台 2500 万像素的可见光相机也传回了所拍摄到的图像。

这次任务中，中国电子科技集团第十五研究所首次启用了室内小间距LED（发光二极管）巨型显示屏，保障显示屏的清晰度和稳定性是任务中难度较大的工程，技术人员通过上百次的测试与验证，突破各种技术瓶颈，最终保证了在限定时间内完成整体信息系统建设工作。从天宫二号发射到实现天地通话的近两个月中，LED 显示屏历经 55 天 1320 小时的"零故障"全天候显示，凭借高可靠性及优异的显示性能，成为中国航天史上又一个传奇的参与者与见证者。至此，我国天地通信的传输速度已能满足各种发送需求，航天员与地面无障碍通信已成为现实。

神舟十一号的主要任务是验证航天员中期驻留的各项实验项目，在"失重 33 天"之中，两人身兼工程师、医生和菜农，"你种菜来我养蚕"，总共进行了 30 多项的实验项目操作，其中医学实验占到 16 项。景海鹏曾在飞行期间展示一件并不鲜亮的实验服，内含多个粘扣，可以随时打开需要的扣子进行 B 超、血压和心电的测量。这是我国首次在太空进行航天员自主医学指标测试，科研人员将根据航天员在飞行前、飞行中和飞行后的数据对比找出其中的变化规律，从而更好地研究航天员在轨的身体指标变化。而备受关注的"蚕宝宝"计划则是香港中学生设计比赛的获奖项目，从 70 多个项目中脱颖而出。蚕的居住环境十分"奢华"，带有独立的卧室和卫生间，在蚕居住屋顶层还特意采用了无纺布设计。在太空日记视频中，蚕宝宝和航天员一同扭动身体。

此外，为了保障在轨期间航天员的身体健康，天宫二号首次将"太空跑台"运送至太空，景海鹏和陈冬在束缚带的保护下，互相帮忙，研究门道，经过一定时间的适应，二人终于可以在"太空跑台"上运动自如了。

2016 年 11 月 18 日 13 时 59 分，神舟十一号飞船返回舱在内蒙古中部预定区域成功着陆，执行飞行任务的航天员景海鹏、陈冬身体状态良好，天宫二号与神舟十一号载人飞行任务取得圆满成功

　　11 月 17 日，组合体已在太空飞行了整整 30 天。景海鹏和陈冬把太空试验的丰硕成果全都搬进返回舱，依依不舍地关上天宫二号舱门，回到飞船轨道舱。12 时 41 分，神舟十一号同天宫二号成功分离，踏上归途。

　　11 月 18 日 13 时，各项指令在北京指挥控制大厅和着陆场指挥调度车里陆续响起。神舟十一号飞船返回舱先后与轨道舱、推进舱成功分离，向内蒙古主着陆场飞来。

　　13 时 59 分，冬日的内蒙古阿木古郎草原这片在蒙古语中意为"平安"的地方，将巡天归来的航天员迎接回家。飞船着陆后，景海鹏自主打开返回舱舱门出舱，这在我国载人飞船的历次返回中还是第一次。

　　我国第六次载人航天飞行任务在美丽的草原画上了一个完美惊世的句

号。天宫二号与神舟十一号载人飞行任务实现了稳定运行、健康驻留、安全返回、成果丰硕的任务目标，标志着我国载人航天工程空间实验室阶段任务取得具有决定性意义的重要成果，为后续空间站建造运营奠定了更加坚实的基础。

神舟十一号飞船返回后，天宫二号转至独立运行轨道，继续开展空间科学实验和应用技术试验，并等待天舟一号货运飞船的到来。

飞向空间站的"天地之舟"

2014 年 5 月 9 日，国家重大专项领导小组会议暨载人航天工程"两总"联席会议，审议通过了中国空间站进一步优化的设计方案，并上报中央专委。按照这个方案，我国载人空间站要一步到位达到和平号空间站的水平，并为下一代载人航天器积累技术和运行经验。虽然空间站核心舱上要借鉴和平号的设计，但正像神舟飞船不是简单地复制联盟号飞船一样，在空间站的实验舱上，我国仍有自己的特色。

我国空间站的一个新设计是大型对接机构。在神舟八号、神舟九号分别与天宫一号对接后，现有的异体同构周边对接机构的可靠性已经通过了验证，未来载人飞船仍将继续使用异体同构周边对接机构。不过现有的异体同构周边对接机构仍有一些不足，突出表现在对接通道直径只有 0.8 米，虽然航天员通过并无问题，但较大的实验设备就只能拒之门外了。研制异体同构周边对接系统的团队，目前正着力于空间站系统机械臂抱爪式对接机构的研制。

同样正在改进的还有空间站机械臂。从 2012 年开始，中国空间技术研究院机械臂团队，除了继续研制现有的六自由度机械臂，还在研制更先进的七自由度冗余机械臂，从而使机械臂具备了爬行能力，使空间站机械臂在空间站建设、维护，航天员出舱操作等诸多领域得到更广泛的应用，使我国空间站技术更上一层楼。

经过这样诸多的改进后，我国空间站的新设计总体上达到了世界先进水平。

建造长期有人照料的空间站，需要输送航天员所需的生活、工作物资和空间站运转所需的推进剂。货运飞船就是面向我国空间站建造和运营物资运输补给任务的、全新研制的载人航天器。

根据载人航天工程的发展，载人航天工程的又一个大系统——货运飞船系统应运而生。货运飞船系统的研制工作，毫无悬念地交给了战绩辉煌的中国空间技术研究院。接受任务后，研究院立即从各部门抽调精兵强将，充实到载人航天总体部中开始抓总研制。

2010年底，货运飞船工程立项论证工作正式启动。中国空间技术研究院向工程总指挥部递交了精心准备的一套飞船研制方案。在这份方案中，"型谱化"的概念再次进入人们的眼帘。所谓"型谱化"，并不是将已有的不同规格的同类产品简单罗列、组合，或者不断改进现有产品的特性、功能，而是以最少数目的不同规格产品为标志的、能满足较长时期及一定范围内全部使用要求的产品系列。早在20世纪中后期，世界宇航发达国家就开始了宇航通用产品的型谱化研制和应用工作的探索，并成功地应用在卫星公用平台上，供用户选用。

我国航天界较早使用"型谱"概念的是运载火箭，但迈出载人航天器型谱化设计第一步的则是货运飞船。

在我国载人航天器设计领域，从神舟一号到神舟十一号的设计中，设计师们聚焦"载人"这一最主要的特点，打造了安全、可靠、稳定的载人飞船。但是，"神舟"系列飞船的设计理念，并不能称为"型谱化"。

俄罗斯"联盟号"系列飞船作为世界上最早并且至今仍在有效运营的

载人飞船，是载人飞船型谱化应用的成功典范。自 1966 年首次设计以来，经过数次升级换代，衍生出货运飞船多种适应不同任务需求的型谱。我国载人航天工程虽然起步晚，但起点高，以设计的高可靠性和安全性，根据任务需求，务实地迈出了载人航天器型谱化设计的第一步——货运飞船。

天舟系列货运飞船作为我国载人空间站的重要组成部分，主要任务是为空间站补加推进剂和运输货物，并将空间站废弃物带回大气层烧毁。针对运输的货物的不同类型和需求，天舟系列货运飞船设计了"全密封""半开放""全开放"三种型谱。

其中，全密封货运飞船主要用于运输航天员消耗品、密封舱内设备与试验载荷；半开放货运飞船除了可以运输密封舱内货物外，还可以满足包括太阳电池翼等舱外物资的运输需求；全开放货运飞船主要用于大型舱外货物的运输。

货运飞船由推进舱和货物舱组成，按照模块化思路搭建平台型谱，设计有推进舱模块、密封货物舱模块、半密封半开放货物舱模块和全开放货物舱模块。推进舱模块公用，货物舱模块则根据任务要求选择。不同的货物舱模块与推进舱模块组合，构成"全密封""半开放""全开放"货运飞船。模块化设计提高了货运飞船任务适应能力，便于任务拓展，飞船建造类似于搭"积木"。模块间技术和产品实现共享和通用，降低了研制成本，缩短了周期，可以通过有限的飞行试验快速提高平台可靠性。

作为首发货运飞船，天舟一号设计为全密封型谱状态，解决了载人航天器高风险、高标准、高要求与小子样之间的矛盾，让载人航天器的设计更规范化、更具有预见性，是符合载人航天器通用化、批量产、系列化发展的要求和未来趋势所在。

…………

中国空间技术研究院的卫星专家白明生被任命为货运飞船总设计师。中国载人航天工程正式启动后，白明生曾先后任总体组组长、总体室副主任、神舟五号飞船总体主任设计师。2003年神舟五号发射完成后，他被安排至返回式卫星项目任务担任副总师；2007年初，根据需要，他再次回到飞船队伍，作为副总设计师带领研制队伍投入神舟七号任务中……

接到研制货运飞船的重任后，白明生带领他的团队，对项目方案进行进一步研究论证。货运飞船的系统方案、飞行方案、技术状态、大型试验、技术流程、可靠性安全性、货物装载等等，全部由这支队伍负责完成。这个团队集中了空间技术研究院的青年专家，是他们的集智攻关，让天舟从方案走向投产，从大型试验走到型号首飞。

2011年1月27日，货运飞船的立项论证结束，转而进入方案研制阶段。这时，我国货运飞船雏形已显现：飞船全长9米以上、最大直径3.35米、质量13吨、最大上行货物运载量达到6.5吨。

拿到研制任务书的那一刻，白明生轻松地喘了一口气。但接下来才是重头戏。货运飞船系统的各个部门像一台机器里的各个零部件，相互配合着开始了高效而有序的运转。

2011年4月25日，中国载人航天工程办公室向全社会发布了一条关于中国货运飞船名称征集活动的启事。不到两个月的时间里，组委会收到9640份建议：天梭、鲲鹏、天舟、神龙、龙舟、神骥、天马、云梯、神驹、行者……2013年10月31日，中国载人航天办公室向公众公布了中国货运飞船的名字——天舟，第一艘货运飞船被命名为天舟一号。

2014年8月底，天舟一号初样研制完毕，天舟系列基本定型；9月，天舟货运飞船进入正样研制。正样投产的只有一艘全封闭状态货运飞船，任务定位即为我国空间货物运输系统的首次飞行试验。

2015年4月，天舟一号货运飞船正样投产结束。天舟一号采用两舱构型，由货物舱和推进舱组成，总长10.6米，舱体最大直径3.35米，太阳帆板展开后最大宽度14.9米，起飞重量约13吨，物资上行能力约6吨，推进剂补加能力约为2吨，具备独立飞行3个月的能力，具有与天宫二号空间实验室交会对接、实施推进剂在轨补加、开展空间科学实验和技术试验等功能。

2017 年 1 月，在经历又一番严苛的出厂评审后，白明生和他的团队终于拿到了天舟一号货运飞船的产品合格证。

天舟一号的运载任务，由不久前首飞成功的长征七号火箭承担。按照中国运载火箭的型谱规划，这次发射的长征七号火箭是中国新一代中型运载火箭的基本型。

4 月 20 日，海天之间，椰林深处，距离海边约 800 米的发射平台上，高大挺拔的长征七号运载火箭托举着天舟一号，静待出征。乳白色的箭体上，一面鲜艳的五星红旗图案在灯光照射下，格外醒目。

"5、4、3、2、1，点火！"19 时 41 分，文昌航天发射场 01 指挥员下达"点火"口令。天舟一号在长征七号的托举下，以雷霆万钧之势飞向深邃浩渺的太空。19 时 51 分许，天舟一号与长征七号成功分离，进入预定轨道。

如果把飞船发射比作航天大戏的精彩开幕的话，接下来的大量精彩表演，就要由北京航天飞行控制中心来完成了。

在 4 月 22 日天舟一号货运飞船与天宫二号空间实验室的首次交会对接中，他们不仅要承担轨道计算和控制策略计算任务，还要对天舟一号、天宫二号飞行轨迹的空间环境进行监视计算，为它们保驾护航。

天舟一号自升空以来，中心科技人员已经对天舟一号进行了 5 次远距离导引，从近地点抬高到轨道面修正再到远地点抬高和轨道圆化，每一次控制环环相扣，精准到位、分毫不差。

"天舟转自主控制状态！"22 日 10 时 02 分，北京航天飞行控制中心总调度一声令下，天舟一号货运飞船开始向天宫二号靠拢。

此次交会对接有一个显著特点，就是我国新研制的光学成像敏感器首次在阳照区开展工作。这要求光学成像敏感器等设备，在非常刺眼的环境下，能够快速找到目标。这就好比人们对着阳光找天上的飞鸟，这次交会对接也被形象地称为"耀眼阳光下的牵手"。指挥大厅的屏幕上，能够看到两个航天器各自视角的画面在切换。从天宫二号看天舟一号，是一个背光的景象，浩瀚无垠的太空中一个亮点闪着光晕逐渐变大、变亮，天舟一号的太阳帆板渐渐显现出来。而从天舟一号看天宫二号，却是一片神奇的逆光，一条条光芒排列成如同时空隧道一样的景象，色彩斑斓，无比震撼。

第一次对接是后向对接，对天地协同、密切配合提出了非常高的要求，稍有偏差，就会影响后续推进剂补加等任务的实施。

大厅里的电子屏幕上，交替显示着天舟一号和天宫二号的运行轨迹、参数和三维动画。

"渭南发现目标！"

"渭南跟踪正常！"

"青岛发现目标！"

…………

各测控站传来的测控状态报告此起彼伏。

紧接着，天舟一号运行到距天宫二号 120 米的停泊点。

时间在一分一秒地过去，这个"拥抱"比人们想象的更加漫长和珍贵。

"天舟转 30 米保持！"这是飞船交会对接过程中需要进行的最后一次停泊。大屏幕上，已经能够清楚看到货运飞船的十字准星向天宫二号的靶标不断对准。10 米，7 米，5 米……

只见天舟一号宛若一只翩翩起舞的蝴蝶，向天宫二号缓缓靠拢。距离越来越近。所有人都屏住了呼吸，目光紧紧锁定大屏幕上的数据和图像。

"对接机构捕获！"经过接触、捕获、缓冲、校正、拉回等技术动作，两个航天器连接成一个组合体，以优美的姿态飞行在茫茫太空。

在此次任务中，需要进行三项国内首次重大试验，分别是推进剂在轨补加试验、快速交会对接试验和自主绕飞试验。

推进剂在轨补加试验，即所谓的"太空加油"，由于将来空间站会长期在轨飞行，虽然它在距地面 400 千米左右的轨道范围内，但还是存在着大气阻力。空间站轨道会因大气阻力而衰减，这就需要靠推进剂补加来维持轨道高度。天舟一号进行推进剂在轨补加能力的验证，可以保证我们今后实施对空间站消耗推进剂的补充，这是空间站运输系统一项非常重要的关键技术。所以，货运飞船除含有满足常规推进功能的推进系统外，还具有为空间实验室和空间站进行在轨补加推进剂的补加系统。

天舟一号需要进行液体推进剂补加技术的空间交会对接，要求精度提高一倍。对接机构不仅要确保液路补加能够高精度地对上，还要确保能够百分之百地分开。

交会对接只是这次任务的开始。天舟一号此行的重要使命是进行推进剂在轨补加。补加驱动器是在轨补加任务中的关键单机，是智能的管路控制单元。它在接收到系统指令后，控制液体管路阀门的开关，同时调节流量、流速，保证推进剂补加过程安全进行。

与天宫二号相伴的大半年时光里，补加驱动器早已熟悉了太空中的各项工作和环境，并多次开展在轨试验验证，只等天宫二号与天舟一号交会对接后大显身手。这将是我国第一次在轨验证和实施空间飞行器燃料加注技术。

在本次飞行任务中，还要验证快速交会对接技术，这项技术也是空间站建设的关键技术。快速交会对接，顾名思义，核心和难点在"快速"，从发射到具备交会对接条件的时间短，从以天来计算缩短到了仅仅几个小时。此前从发射到交会对接，飞船需绕地球 30 多圈，而采用快速交会对接后仅需几圈。目前，2~3 天交会对接策略是地面向国际空间站运送航天员的主要方式，包括联盟飞船、航天飞机与国际空间站及神舟飞船均采用此方式。

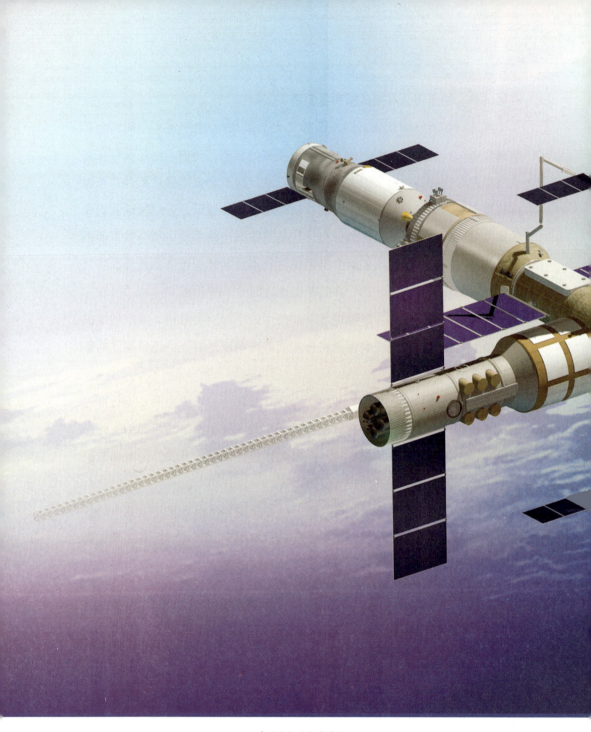

中国空间站的效果图

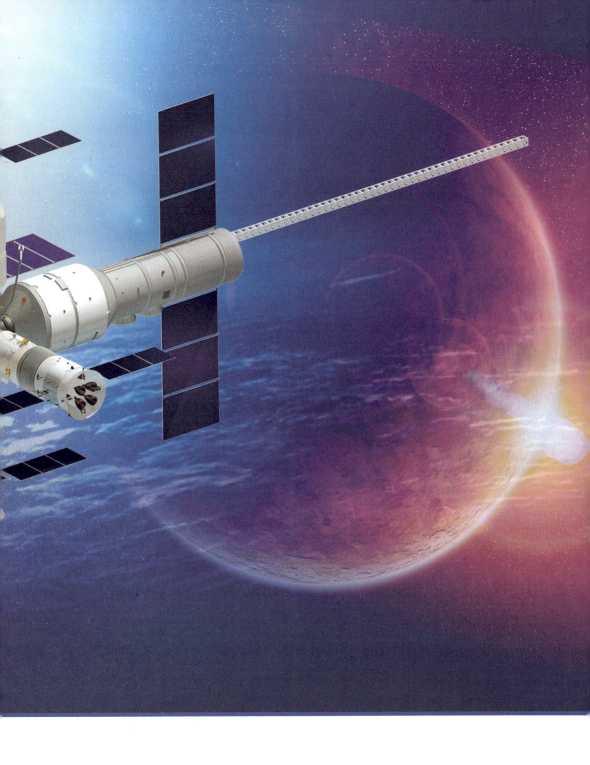

挺进太空：中国载人航天纪事

以往神舟飞船的交会对接从发射到具备交会对接条件需要大约两天时间，过程中还需要大量的人工参与，而天舟一号飞行中验证的快速交会对接，从入轨到对接成功仅需要几个小时，且以飞船的自主制导和控制为主。

从人的方面说，快速交会对接可以缩短航天员在飞船狭小空间中滞留的时间，减少航天员不必要的体力与精力付出，使载人太空飞行变得更加舒适、惬意；从任务角度来说，快速交会对接可保障科研用品特别是生物制剂等无法经历长期运输的货品尽快送达空间站，这对某些试验可能是至关重要甚至是有决定性作用的；从安全的角度来说，如果空间站等航天器突遇紧急情况，快速交会对接可以快速地对故障实施抢修与紧急救援等工作。

不久的将来，我国将建成自己的空间站。空间站建成后重量将达到百吨级，当有飞船造访进行交会对接时，不可能为了迎合飞船而大幅度调整姿态，而只能是飞船自动寻找空间站对接口进行自主绕飞。天舟一号货运飞船绕天宫二号的自主绕飞就是为了验证这项技术。

绕飞是一种高难度的太空工作，需要飞行器进行多次变轨和姿态机动来完成。绕飞主要应用于空间站多个舱段组装，或是载人飞船（货运飞船）已经在某个对接口，需要腾空对接口时，绕飞技术需要确保航天器能从多个方向与空间站对接，是交会对接技术的进一步发展，是空间站建造和运营的关键技术之一。

与神舟十号载人飞船在地面人员支持下进行的绕飞不同，此次货运飞船绕飞过程中的制导、调姿及进入 5 千米保持点均由船上软件自主规划完成。当绕飞指令发出，飞船上制导导航与控制系统的计算机便开始自主规划绕飞轨迹、自主进行变轨控制、自动进行姿态机动，不需要地面人员干预，这种全自主不仅极大减轻了地面支持人员的工作强度，更重要的是可以实现测控区外的自主绕飞。

空间绕飞，两个重达十几吨的飞行器在以 29000 千米/时的高速飞行过程中完成"上下绕圈"和"翻跟斗"，最大的风险就是碰撞，所以，要求两者的轨迹和姿态必须精准受控。除了要避免碰撞，"全自主"还须要规划出最优的绕飞轨迹，自主完成在特定位置的变轨控制，在预定的时间点到达预定的位置，以尽量少消耗燃料。

同时，飞船还要根据目标飞行器的状态进行协同控制，包括相对位置、相对速度、相对姿态、相对角速度等，所有因素都必须完美。

4 月 22 日，天舟一号与天宫二号成功"牵手"，一场被誉为"太空加油"的推进剂在轨补加试验随即开始。经过了 24 个小时，在轨补加系统终于成功建立。

4 月 23 日 7 时 26 分，试验正式开始。有一幅画面从未离开北京航天飞行控制中心飞控大厅的大屏幕，那就是"推进剂补加态势图"。这幅态势图出自这个中心年轻的科研创新团队之手，是基于推进剂补加原理和管路原理而设计，采用模型构建和逻辑抽象方法，实现了推进剂补加过程的动态可视化展示。

通过飞控大厅的大屏幕，在蔚蓝色的星空背景里，天舟一号和天宫二号实施推进剂补加的一条条管路、一个个阀门、一个个参数以及用不同颜色标示的贮箱等图形元素都清晰可见。一天的时间，从态势图中可以看到，天舟一号的推进剂已经有部分进入天宫二号的燃料贮箱里。

4 月 26 日清晨，试验已经进行了 4 天，从态势图中能清楚地看到，天宫二号的"肚子"越来越满，而天舟一号已经"两手空空"，试验即将完成。

4 月 27 日 22 时，是推进剂补加试验最后一个步骤"状态恢复"，就是把"油管"中残留的推进剂清除干净，确保两个航天器分离时不会有残存的推进剂扩散到太空里，污染对接机构和航天器表面。此时，距离试验结束还有不到一个小时，大厅里的气氛开始变得热烈起来，每个人的脸上都带着微笑，透着自信，透着从容。

突然，一阵嘹亮的总调度口令在大厅中回荡："推进剂在轨补加试验完成，后续工作按计划进行！"飞控大厅的科技工作者都站了起来，为这首次"太空加油"而庆贺欢呼。

突破和掌握推进剂在轨补加技术，填补了我国航天领域的空白，实现了空间推进领域的一次重大技术跨越，为我国空间站组装建造和长期运营扫清了能源供给上的障碍，使我国成为世界上第三个独立掌握这一关键技术的国家。

为进一步验证推进剂在轨补加技术的可靠性，6月15日18时28分，天舟一号货运飞船与天宫二号空间实验室进行了第二次推进剂在轨补加试验。在两天的时间里，这次补加试验主要完成了浮动断接器插合、管路检漏、燃料贮箱补加、氧化剂贮箱补加、浮动断接器分离和状态恢复等工作。

9月12日，天舟一号承担的又一项任务开始了。它要在这天深夜与天宫二号空间实验室进行一次自主快速交会对接试验。试验开始前，地面科技人员对天舟一号实施了4次轨道控制，保证快速交会试验的初始轨道条件。17时24分，地面判发指令，控制天舟一号转入自主快速交会对接模式。首先，天舟一号自主导引至远距离导引终点，接下来在天宫二号的配合下，利用交会对接的相关导航设备完成了与天宫二号的交会。之后，两个航天器的对接机构接触，完成对接试验，整个过程历时约6.5小时，在23时58分顺利完成。

9月16日20时17分，天舟一号与天宫二号进行了第三次，也是离轨前的最后一次推进剂在轨补加试验。天舟一号根据推进剂使用量动态评估结果和天宫二号的后续任务需求，采取只为一组贮箱补加的策略，3天时间里，共补加推进剂共约250千克，并完成了浮动断接器插合、管路检漏、燃料贮箱补加、氧化剂贮箱补加、浮动断接器分离和状态恢复等工作。

9 月 22 日 18 时，天舟一号按计划完成了全部拓展应用和相关试验，地面科技人员对它的飞行状况进行了科学评估，决定实施离轨。在测控通信系统的精确控制和密切监视下，天舟一号经过两次制动，轨道高度不断下降，如同一只雄鹰，朝着南太平洋急速飞去……

　　一般的卫星完成使命都是经过缓慢降轨后在大气层中烧毁，这样就会沦为太空垃圾。而天舟一号则可以坠落到南太平洋的指定区域，既避免了离轨过程中的不可控因素，也为打造洁净安全的太空环境做出了自己的贡献。

尾声　未来

探索浩瀚宇宙，发展航天事业，是我们不懈追求的航天梦。"中国人民有志气、有能力，一定要在不远的将来，赶上和超过世界先进水平"，60年前，毛泽东主席这句掷地有声的话，正在中国航天人搏击天宇的征程中变成现实。

走进迈向民族伟大复兴的新时代，中国航天已经踏上了"加快建设航天强国"的新征程。太空探索永无止境，对中国航天事业而言，每一个新高度都是一个新起点，每一次叩问都是下一次探索的开始。

从"三垂一远"的发射模式，到具有国际先进水平的航天测控网，从火箭控制系统采用更加精准的迭式制导手段，到具有中国自主知识产权的空间交会对接机构，从中国研制的"飞天"舱外航天服，到瞄准国际前沿的空间科学试验，凭着自强不息的自主创新精神和能力，中国航天人在20多年间，以最小的投入，高标准、高质量、高效益完成工程任务，走出了一条具有中国特色的载人航天发展道路。所有这些，都体现了"自主创新，重点跨越，支撑发展，引领未来"的中国特色。

20多年的发展，党中央科学的决策，中华民族的飞天梦想化作国家发展的战略，引领着中国开启壮丽的飞天征程。

在中国载人航天的历程中，每发射一次，中国航天事业的坚实足迹就前进一步，在飞天梦圆的实践中不断完善、优化。在漫漫飞天之路上，我们创造了具有自己特色的"中国模式"："大协作"体现的是科学、合理地配置资源，"一盘棋"体现的是有荣誉共同分享、有困难共同克服、有余量共同掌握、有风险共同承担。

作为一项涉及众多科技领域的宏大系统工程，载人航天事业需要无私奉献、科学求实，更需要众志成城、团结协作。据粗略统计，直接参加载人航天工程的单位有110多个，参试单位多达3000余家，参与的工程技术人员有十几万人……他们热爱祖国、为国争光的坚定信念，勇于登攀、敢于超越的进取意识，科学求实、严肃认真的工作作风，同舟共济、团结协作的大局观念，淡泊名利、默默奉献的崇高品质，在创造辉煌成就的同时，也铸就了不朽的载人航天精神，成为中华民族宝贵的精神财富。

当中国的航天员在科技进步的推动下漫游太空，充满自豪地俯瞰我们蓝色的地球家园，在太空创造着一个又一个中国航天的新纪录时，中国人的感动就不仅仅是来自科学意义上的突破了。20多年神舟飞天，中国开启了一个充满光荣与梦想的航天时代。未来的中国航天人将探索和研究天基服务新途径，通过研制更经济可靠的运输工具，研制和发射空间站，建立我国的近地轨道天基服务基础设施，将各种轨道的应用卫星与空间站进行集成，最大限度地发挥其效益，为向深空探索奠定技术基础并提供运行平台。

宇宙是无边无际的，探索宇宙的活动也是没有尽头的。"十三五"时期是中国航天事业发展的战略机遇期，也是全面建成小康社会的决胜阶段。载人航天，已经成为中国最闪亮的一张名片。现在我们只是迈出了一小步，更壮丽的事业还在后头。在掌握了载人飞船、大推力火箭、空间交会对接、航天器长时间自主运行、航天员中期驻留等技术后，我国将按照"建设国家级太空实验室"的总体目标，从2017年开始，逐步开展大型、长期有人照料的近地载人空间站的建设工作。

　　和平号空间站于 2001 年 3 月 23 日坠毁于南太平洋的指定海域，到 2024 年，国际空间站在完成使命后，也将坠入大气层。那时，中国的空间站将成为人类进军太空的新的重要基地，中国将是全球唯一拥有空间站的国家。2030 年，中国的航天事业将实现整体跃升，中国将跻身航天强国之列。那时，当我们再次仰望星空，视野将被无限延伸，脑海里浮现的不仅仅是"金阙银銮并紫府，琪花瑶草暨琼葩"，还有更真实、更浩瀚的宇宙景观。

　　汇聚创新创造的中国力量，中国梦与航天梦相互激荡。走进新时代，中国的航天事业将为中国标注新的高度，开创民族复兴的新境界。中国已经迈进了空间站时代……